KB113439

아주
작은
방울

초판 1쇄 인쇄일 2019년 05월 10일
초판 1쇄 발행일 2019년 05월 22일

지은이 | 서경
펴낸이 | 김기선

편집부 | 김아름, 박신혜, 김에너벨리, 유기웅, 배영주, 신현정, 전유정
디자인 | by_1984

펴낸곳 | 와이엠북스(YMBOOKS)
출판등록 | 2012년 7월 17일 (제382-2012-000021호)
주소 | 서울시 도봉구 노해로 379, 802호(창동, 대성빌딩)
전화 | 02)906-7768 / **팩스** | 02)906-7769
E-mail | ymbooks@nate.com

ISBN 979-11-322-4993-1 04810
ISBN 979-11-322-4991-7 04810 (set)

값 9,000원

YMBOOKS
ROMANCE
STORY

아주 작은 방울

2

서경 장편소설

BOOKS

차 례

9장. 질투

스튜디오로 들어온 지유는 매번 봐도 반가운 스튜디오 식구들과 인사를 했다.

"지유 씨, 갈수록 더 예뻐지네요. 작가님께서 잘해 주시나 봐요."

"하하. 네."

"얼굴 빨개진 것 봐. 지유 씨, 여기 와서 이것 좀 먹어 봐요. 슈인데 사르르 녹아요."

지유는 라영을 따라 안으로 들어갔다. 라영은 냉장고에서 슈를 꺼내 와 접시에 플레이팅했고, 지유는 손으로 하나 집어 맛보았다.

"와."

"맛있죠? 우리 팀 식구들은 다 너무 달대요. 지유 씨 생각은 어때요?"

"입 속의 오케스트라인데요. 이 정도면! 단맛이 이렇게 고급스럽다니. 제가 먹어본 슈 중에 제일 맛있어요. 잠시만요, 여기 어디 카페예요? 사진 좀 찍어야겠어요."

지유는 가방을 찾아 나섰다. 입으로는 슈를 오물거리며 손은 분주하게 움직였다. 그녀는 가방에서 핸드폰을 꺼낸 후 바로 슈 사진을 찍었다. 라영이 잘 보관한 덕에 포장된 박스도 그대로였다.

"지유 씨, 내가 찍고 메일로 보내줄까요?"

그녀의 손에 닿으면 맛있어 보이는 음식도 초상화를 만들어버린다고 들었지만, 라영은 직접 눈으로 보니 더 신기했다. 고급스러운 슈가 잔뜩 쌓인 똥처럼 보였다.

"잠깐만요. 제가 일단 최대한 찍어볼게요."

"지유 씨는 어디 가서 커플 사진 찍어주면 안 되겠다."

"안 그래도 찍어주고도 욕먹었다니까요! 제가 앉아서 위로 찍었는데…… 보통 다 길게 나오는데 짜리몽땅하더라고요."

"발끝에서부터 찍은 거 맞아요?"

"……무릎에서부터 찍었나."

그래도! 먼저 찍어달라고 해 놓고선 찍어 주면 일부러 못나게 찍었냐는 듯 저를 보는 몇몇을 보면 괜히 좋은 일 해 주고 욕먹는 것 같았다. 그렇다고 사진 잘 못 찍어서 못 해 준다고 하면 두 배로 욕할 거 같고.

"작가……."

지유가 혼을 담아 찍고, 또 찍는 동안 도형이 스튜디오 안으로 들어왔다. 도형이 라영을 보며 검지를 손에 올렸다. 조용히 해 달란 뜻이었다. 라영은 슬그머니 뒷걸음질을 쳐서 자리를 피해 주었다.

"음…… 조명 문젠가."

지유는 의자 위에 올라가서 최대한 높은 곳, 조명이 있는 부분에서 핸드폰 사진을 찍었다. 이것도 아닌 거 같은데.

"핸드폰 줘 봐."

갑자기 들려온 도형의 목소리에 지유는 놀라서 급하게 뒤를 돌았다. 뒤를 돌면서 의자 등받이를 무릎으로 세게 쳐 버렸다. 그러자 플라스틱 의자가 휘청였다.

"으아악! 오…… 오……빠!"

지유는 그를 부르며 소리를 질렀다.

의자는 흔들거리더니 등받이가 땅 쪽으로 기울었다. 지유는 두 팔을 허공에 휘적거리며 도형을 붙잡으려 했다.

살려줘. 안 돼. ……얼굴은 안 돼.

아직 죽기 싫단 생각에 본능적으로 팔을 엑스로 겹쳐 얼굴 쪽을 가렸다.

퍽!

탁!

둔탁한 소리가 동시에 났다. 의자 하나가 바닥에 고꾸라져 있었다. 그 옆으로 도형이 지유 대신 뒤로 넘어진 채로 미동 없이 누워 있었다.

"작가님!"

"무슨 일 있어요?"

그 소리에 놀란 레이와 재희가 동시에 안으로 들어왔다. 그들은 대자로 누운 도형의 하체 위에 앉아서 그의 가슴에 두 손을 대고 있는 지유를 목격했다. 하체가 딱 붙어 있는 위치가 애매해서 직원들은 손으로 눈을 가렸다.

"아무것도 못 봤어요."

"네. 저도요. 우리 물은 다음에 마실까?"

재희와 레이가 키득 웃으며 뒤로 물러났다. 지유는 제 아래 깔린 도형을 내려다봤다.

"살았다. 살았어!"

제일 먼저 든 생각은 살았다는 거였다. 얼굴을 바닥에 박지 않았고, 뇌진탕의 위험도 사라졌다.

"오빠, 고마워. 나 살았어. 오빠-! 오빠?"

"……."

"오빠?"

지유는 멍하게 하늘을 보고 있는 도형을 보고 놀라 그의 옷깃을 쥐고 흔들었다.

"괜찮아?"

다섯 손가락을 펴서 그의 얼굴 위에서 움직여 보던 지유가 검지를 그의 코밑에 가져다 댔다. 숨을 쉬고 있지 않았다.

"오빠…… 오빠. 어……쩌지."

지유의 눈동자가 심히 흔들렸다. 그러자 인영의 마지막 모습이 순간 겹쳐졌다. 그때처럼 피가 아스팔트 위로 번져 있고, 못 알아볼 정도로 몸과 얼굴이 기괴하진 않았으나…… 누워 있는 형상이 비슷했다.

그녀의 입에선 말이 나오지 않았다. 목에 무언가 걸린 듯이 목소리를 내려 해도 겁에 질려 낼 수 없었다. 그때의 생각과 지금이 겹쳐지자 혼란스러웠다.

도움을 청하려고 그의 위에서 내려가려는 순간, 그가 상체를 일으켜 그녀를 와락 안았다.

"지유야?"

"……뭐야! 놀랐잖아."

지유는 그의 품에서 몸을 떼고 그의 두 볼을 잡았다. 살아 있었잖아. 숨 안 쉬어서 정말 놀랐는데.

"죽은 줄 알았잖아! 이 바보 멍청아! 숨 안 쉬어서 놀랐다고."

긴장이 풀린 그녀가 그를 다시 와락 안았다. 눈가에 눈물이 고였다.

"울어?"

"아니. 안 울어."

"오빠가 장난 좀 친 거야."

"이런 장난치지 말라고. 심장이 아프잖아."

지유가 다시 몸을 떼고 가슴 부근을 만지며 칭얼댔다.

"우리 지유, 울보네. 울보. 이제 장난도 못 치겠다."

도형이 그녀의 눈가에 있는 눈물을 엄지로 쓱 닦아주며 웃었다. 지유는 그의 가슴을 손으로 팍 때렸다. 그때 그가 일부러 가슴에 힘을 주었고, 지유는 돌덩이 같은 근육 때문에 손을 뒤로 빼며 아파했다.

"아얏, 아파. 일부러 힘줬지!"

지유가 가자미눈을 하고 도형을 째려보았다.

"나 너 두고 먼저 가면 안 되겠다. 우리 지유, 울보니까."

"안 울었어."

"그래. 어? 이게 뭐지?"

도형은 능청스럽게 그녀의 눈물을 다시 닦아 주며 물었다.

"눈에서 나온 콧물."

"크크큭. 그만 놀릴게. 아…… 허리."

도형이 그녀를 안은 채로 일어나려다 다시 주저앉았다. 이번엔 진짜 아파 보여서 지유가 걱정스러운 표정으로 그의 허리를 살폈다.

"괜찮아? 아까 둔탁한 소리 나던데. 허리 못 쓰게 된 거야? 병원 갈까?"

"아니. 괜찮아."

도형이 먼저 일어나 앉았다. 아까처럼 아파 보이지 않고 멀쩡해 보였다.

"……나 또 놀린 거지?"

"응. 병원 말고 집에나 갈까?"

"아니. 안 가!"

지유가 먼저 일어나 앉아 있는 도형을 내려다보며 뾰로통한 표정을 지었다. 걱정하는 사람 앞에서 아픈 척 장난을 치다니 꿀밤이라도 쥐어박아 버릴까.

"오빠, 얼른 일어나."

"알겠어. 정리하고 물 마시고 나갈 테니까, 저기 가서 컴퓨터 하고 있어."

"부축 안 해 줘도 돼?"

"네가 부축해야 할 정도면…… 집에 가자고 안 했을 걸."

"으응?"

"……허리 나가면 그것도 못해."

도형의 말에 지유는 그의 등을 손으로 찰싹 때리고 스튜디오 밖으로 나갔다. 그러자 재신에게 전화가 걸려왔다.

-지유야!

"어. 재신 오빠."

-너 맞선 봤다며.

"응. 아침에 엄마가 전화 와서 나갔지."

-아 정말 어머니, 왜 그러시지. 지금 어딘데?

"지금?"

지유는 주변을 둘러보았다. 맞선 보러 나간 그녀가 지금 있는 장소는 도형의 스튜디오이고, 이따가는 도형의 집이 될 거 같은데.

-설마 도형이랑 있어?

"어, 응."

-스튜디오?

"맞아."

-거기로 갈게, 지금.

"……지금?"

-응. 왜?

이거 일부로 고도의 방법으로 연애를 방해하는 건가. 주말에 도형과 얼마 만에 하는 데이트인데.

"나 도형 오빠랑 오늘 여의도 가서 치맥 하려고 했는데. 아니, 할 예정이야."

-콜. 나도 좋아.

"……"

오빠는 안 와도 되거든! 도형 오빠랑 둘이 가서 돗자리 펴고 손도 잡고, 다리 베고 누우려고 했는데. 이 오빠가 오늘 왜 이렇게 눈치가 없을까.

-뭐라고 구시렁대는 거야. 금방 갈게.

아냐, 오지 마! 속으론 오지 말라고 외쳤지만, 입에선 다른 말이 나왔다.

"응. 조심해서 와."

***

세 사람은 재신의 차를 타고 여의도로 갔다.

'도형 오빠, 여의도 가자. 치맥 어때?'

'좋아. 돗자리 챙길까?'

'아니! 텐트면 더 좋은데, 아 맞다. 요새 텐트 여의도공원 주변에서 빌려주지 않나?'

'일단은 챙겨 볼게. 아니면 거기서 빌려도 되고.'

'오빠, 근데 재신 오빠도 온대.'

'아무것도 안 챙길래.'

지유는 도형과 했던 대화를 떠올리곤 피식 웃었다. 도형은 둘만의 데이트가 아니라면 아무것도 하지 않겠다고 선언했다. 둘만 있고 싶어 하는 그의 마음이 귀여워서 자꾸 웃음이 나왔다.

"태훈 오빠도 부를까?"

"걔 오면 돗자리 못 펴."

"……그러네."

재신이 여의도 공원 공영 주차장에 주차를 했다. 지유는 빠르게 차에서 내린 후 기지개를 쭉 켰다. 날씨가 좋아도 너무 좋았다. 바람은 선선하게 불고, 하늘은 맑고, 더없이 좋은 날이었다. 신이 난 지유가 그들을 앞질러 걷고, 도형과 재신은 나란히 걸었다.

"어머님께 지유랑 연애하는 거 말씀드리려고 해."

"그래."

"많이 놀라시겠지만, 반대는 안 하시겠지?"

"아마도."

지유가 뒤를 돌아 두 사람을 보며 활짝 웃었다.

"오빠들, 보트 타 봤어?"

"아니."

"여기선 안 타봤지."

"오오- 그럼 타 보자."

두 남자는 지유의 부탁에 거절하는 법이 없었다. 동시에 오빠들이 고개를 끄덕이는 걸 보곤 지유는 기쁜 마음으로 표를 사러 갔다. 한강을 가로지르며 보트를 타는 사람들을 보니 되게 재미있어 보였다.

"너 지유랑 결혼까지 생각하는 거지?"

"그럼."

"내가 정녕 네 형님이 되어야 하는 거냐."

"싫으면 처남이라고 부를까?"

"지유 입양된 건 알지? 딱히 부족하게 키우진 않으셨는데 나한테 주는 만큼 사랑을 주진 못했어. 지유가 섭섭한 것도 많을 거야. 그에 대한 콤플렉스도 조금 있는 거 같고. 잘해 줘. 너희 집에선 반대 없겠지."

"······그래. 그렇겠지."

도형은 잠시 뜸을 들였다가 답했다. 반대가 없어야 할 텐데. 그런 그의 눈에 즐거워하며 빠르게 걷다가 결국 뛰어가는 지유의 두 발이 보였다.

안 되는 것도, 되게 해야 하는 것. 그는 제 여자를 위해서라면 뭐든 할 수 있었다.

***

보트는 63빌딩을 지나가면서 가속도가 붙었다. 세 사람의 머리카락이 바람에 따라 이리저리 모양을 달리 했다.

"끄악! 시원해. 와-!"

"그러게."

"재신 오빠는?"

"덕분에 좋다."

"……둘만 왔어야 했는데."

"뭐라고? 요게!"

재신은 꿀밤을 때릴 것처럼 손을 가져갔지만 크큭 웃으며 물러났다.

"종종 너희 데이트에 끼고 싶다."

"오빠도 여자 친구 만들어. 이렇게 멋진데, 왜 안 생기지?"

"일에 치여서 여자 만날 틈이 없다. 누구랑 다르게 난 되게 바빠서."

오늘은 누구랑 다르게 바쁜 오빠가 일에 치이지 않은 한가한 날인가. 여자 만날 틈을 본인이 만들려고 하면 셀 수 없이 많은 여자를 만날 수 있을 텐데. 도형과 지유는 재신을 안쓰럽게 보았다.

"그 표정들 뭐야."

재신은 지유에게 다가가 헤드락을 걸었다. 그 모습을 보던 도형은 지유를 제 품으로 당긴 후 팔을 그녀의 어깨에 올렸다. 바퀴벌레 한 쌍처럼 붙어 있는 둘을 보던 재신의 미간이 좁혀졌다.

"그 팔 심히 거슬린다."

"이 정도는 요새 초등학생도 해."

"어느 초등학생이 발랑 까져서 여자 어깨에 손을 올려?"

"우리 오빠지만, 너무 유치해."

"……지유 너. 누구 편이냐."

"나는 오빠들 편?"

지유가 키득키득 웃었다. 이렇게 세상 근심 없이 오빠들하고 보트를 타며 바람을 맞으니 절로 기분이 붕 떴다. 강이 바람에 출렁일 때마다 보트가 올랐다가 내려가자 놀이기구를 타는 것 같은 착각이 들었다.

"지유. 맞선 상대는 어땠어?"

"아, ……오빠 그 얘기는 좀. 나중에."

"괜찮아. 말해도 돼."

도형이 아무렇지 않다는 듯 쿨한 표정을 지어 보였다.

"내 친구지만 얘가 쫌팽이는 아니거든."

"그렇긴 하지. 음. 그게 나 대학교 선배 겸, 직장 동료더라고. 좋은 사람 만나셨으면 좋겠어."

"그 사람이 유컬 매거진 아들인 건 알고?"

"유컬? ……유컬? 오빤 어떻게 알았어?"

"어머니께 들었어."

지유는 전혀 몰랐단 표정을 지었다. 유컬이라니. 근데 왜 테드에 인턴으로? 설마, 인수합병 건이 처음부터 계획된 거였나.

그러고 보면 미희가 유독 동우에게 잘하긴 했었다. 편집장도 알고 있던 거였나.

"엄마한테 맞선 상대에 대해 설명을 제대로 못 들었거든. 그냥 직업도, 외모도 다 괜찮다고만. 나랑 나이 차이도 얼마 안 난다고, 나이 차로 보면 찰떡궁합이라고만 들었지."

"지유 많이 놀랐나 본데?"

"어, 어. 말도 안 돼!"

"왜 듣고 보니 아쉬워?"

"……아니, 난 도형 오빠가 있는데 뭐가 아쉽겠어."

지유는 도형의 팔에 팔짱을 꼈다. 그걸 보는 재신의 표정만 썩어 있었다. 애교 많고 싹싹한 지유는 남자 친구에게도 그런 모양이었다.

"어머니께서 무리한 거 요구하면 오빠한테 말해."

"응. 근데 내가 해결해도 돼."

지유는 자리에서 일어나 두 팔을 벌렸다. 보트가 휘청일 때마다 앉아 있던 도형이 그녀를 잡아 주었고, 그녀는 그게 좋아서 일부러 서서 버텼다. 재신도 갑작스럽게 맞이한 여유가 좋았는지 입가에 미소가 번져 있었다.

도형이 지유의 사진을 찍겠다며 핸드폰을 꺼냈다. 웃고 있는 그녀와 재신, 보트와 맑은 하늘까지 앵글 구도를 잡았다. 카메라 챙겨올걸. 그는 아쉽지만 핸드폰으로 열심히 지유를 찍었다. 유재신은 그저 지유를 빛나게 할 병풍이었다.

"오빠, 나 여기 끝에서 찍을래. 아래에서 위로, 길어 보이게 찍어 줘."

지유는 도형으로부터 멀어졌다. 그녀는 하늘을 올려다보고 있었다. 도형은 그녀의 요구대로 아래에서 위로 길어 보이게, 하늘과 보트가 다 나오도록 구도를 잡았다.

휘청, 휘청.

보트는 잠시 한강 가운데에 멈췄다. 그가 사진을 찍고 있을 때, 멈춘 보트 주변으로 다른 보트가 휙 지나갔다.

"으아앗"

보트가 오는 걸 먼저 보고 있던 도형이 핸드폰을 아무렇게나 던지고 지유에게 빠르게 가서 그녀를 잡았다. 손을 잡아 제게로 당기자 지유가 살았다며 그에게 두 팔을 벌렸다.

"서도형? 너 허리 왜 그래?"

두 사람의 행각에 두 팔을 비비고 있던 재신이 도형에게 다가왔다. 그가 팔을 뻗느라 구명조끼가 위로 올라가면서 티셔츠도 위로 올라갔다. 그런데 그의 허리 인근에 피가 맺혀 있었다. 어디에 깊게 긁힌 모양이었다.

"오빠 아까 다쳤어? 어디 봐봐."

지유는 보트에 착석해서 그의 구명조끼와 티셔츠를 위로 들췄다. 긁힌 자국이 길게 나 있었다. 그녀가 들춘 곳보다 더 안쪽으로도 상처가 나 있을 것만 같았다.

"오빠 구명조끼 벗어 봐."

"아냐. 괜찮아."

"아까 다친 거지? 나 잡아주느라고."

지유가 두 입을 꼭 물고 미간을 찌푸렸다. 도형은 정말 괜찮다며 그녀의 두 손목을 잡고 안심시켜 주었지만, 그녀는 이미 상처를 봐 버린 후였다.

"그냥 원래부터 있던 자국이야. 너 때문 아니라니까. 지유."

"누가 믿어! 내가 이미 오빠 몸 다 봤는데, 원래부터 있던…… 읍! 읍!"

도형이 지유의 입을 손바닥으로 막았다. 이미 재신이 다 들은 모양이었지만. 재신이 등을 돌리고 손으로 부채질을 하고 있었다.

"나, 괜찮아. 안 아파."

"상처 나면 어쩌려고. 약 발라달라고 하지. 이게 뭐야."

그녀는 다시 그의 옷깃을 들추고 상처를 보았다. 아까 서도형이 바로 일어나지 못했던 건 정말 아파서였던 거다. 집에 가자, 집으로 가자, 꼭 저를 덮칠 것처럼 장난을 쳐서 멀쩡한 줄 알았더니 이렇게나 상처가 컸던 것이다.

"그럼 보트 움직일 때마다 아팠겠다. 등받이 딱딱하던데. 서도형 씨, 왜 이렇게 미련해!"

지유가 이로 입술을 물었다. 잘근잘근 이로 씹자 도형이 그녀의 입술 아래에 엄지를 대고 아래로 당겼다.

"입술 물지 마. 상처 나잖아."

그러더니 그녀의 아랫입술을 살살 엄지로 쓸었다.

"지유 너 다치는 것보다 이게 나. 며칠 지나면 괜찮아진다니까. 정말, 괜찮아."

그는 속상해하는 지유를 와락 안았다. 이러니 사랑하지 않을 수 있나. 저를 걱정해서 눈을 붉히는 녀석인데.

***

재신은 바쁘다며 사무실로 돌아갔고 지유는 도형의 집으로 향했다. 결국 도형은 티셔츠를 벗고 얌전히 침대에 엎드렸다.

지유는 구급상자를 가져와 열었다. 그러곤 그의 등에 호호 바람을 불어주며 소독약을 조금씩 뿌렸다.

"아아-"

"따가워? 아파?"

다시 호호 바람을 불고, 아주 조금 소독약을 뿌리고. 그 일련의 과정을 겪던 도형이 이불을 꽉 쥐며 이를 악물었다.

"지유야."

"응?"

"야금야금 뿌리지 말고 그냥 부어. 그게 낫겠어."

"그럼 더 아프잖아. 으으…… 몇 배로 아플 거 같은데."

"이렇게 찔끔찔끔 길게 아픈 것보다 아주 잠깐의 아픔을 견딜래. 오빠, 죽을 거 같다."

지유는 눈가를 찡그린 후 그의 말대로 과산화수소를 상처 난 곳에 길게 들이부었다.

"으윽!"

도형에게서 단말마의 신음이 터졌다. 그의 등 근육이 꿈틀거리며 아픔을 참아보려 애쓰는 것 같았다. 지유는 뒤에서 어쩔 줄 몰라 하며 호호 입으로 바람을 불었다. 어느 정도 아픔이 가신 후 도형은 온몸의 힘을 잃은 것처럼 전신에 힘을 풀고 침대에 쓰러졌다.

"자, 그럼 면봉으로 약 바를게."

"또?"

"……소독만 했는데."

"면봉으로 그럼 약 다 바르게?"

"응. 왜?"

"……아니다, 해, 해라."

도형은 자포자기한 심정으로 두 팔을 겹쳐 엎드릴 때처럼 자세를 취했다.

지유가 그의 등에 연고를 짠 후 면봉으로 상처 주위에 발랐다. 그가 아픔에 움찔할 때는 일부러 면봉을 돌려 약을 묻히지 않은 방향으로 살살 간지럼도 태워 주었다. 그러다가도 다시 약을 발랐다.

"⋯⋯으음."

"아파? 많이?"

아니, 아픈 건 아닌데.

아까 소독약은 미친 듯이 따가웠지만, 지금은 그의 몸이 지유를 느끼고 있었다. 엎드려 있어서 망정이지 그녀가 입으로 옅게 바람을 불고, 면봉을 쓸 때마다 맨살에 그녀의 손이 닿아 간지러웠다.

그러다 보니 절로 단전에 힘이 들어갔다.

"으⋯⋯."

"아파?"

"아니. 안 아파."

"아픈 거 잘 못 참지? 도형 오빠한테 애 같은 면도 있었네. 항상 오빠 같기만 했는데. 호호, 호오오~"

지유의 바람에 도형이 허리를 꿈틀거렸다. 점점 엎드려 누워 있는 자세가 불편해지고 있었다.

"거의 다 됐어. 조금만 더 참아!"

지유는 상처의 끝 쪽까지 꼼꼼하게 약을 발라준 후 구급상자를 닫았다. 도형은 그 상자가 닫히는 소리가 꼭 그의 이성이 끊기는 소리처럼 들렸다. 그는 엎드린 자세에서 몸을 뒤집은 후 침대 밖으로 다리를 내려 앉아 있는 지유를 와락 끌어안았다.

"으앗!"

눈 깜짝할 새 지유는 도형의 아래에 눕혀졌다. 그녀는 눈을 깜빡거리며 그를 봤다.

"오빠?"

"지유야."

"……지금 안 돼. 오빠 약 바른지 얼마 안 돼서."

"내가 위에서 하면 문제없어."

그러더니 그가 그녀의 입술로 다가왔다. 지유는 가까이 오는 그를 보며 스르르 눈을 감았다. 그의 목을 끌어안자 그가 깊숙이 입술을 맞춰왔다.

그는 목마른 사람처럼 그녀의 입 안을 헤맸다. 그녀의 혀를 찾은 그가 제 입 속으로 그녀를 초대해서 깊게 빨아 당겼다. 그러다가도 부드럽게 그녀의 입술을 어루만지며 그가 그녀를 예뻐해 주었다. 살짝 입술을 떼자 두 사람의 입술이 촉촉해졌다.

"약 발라주다가 이게 뭐야."

"아까부터 이랬어."

"언제? 소독약 바를 때?"

"아니. 연고 발라줄 때."

"아하! 읍!"

그녀의 다음 질문은 다시 도형의 입에 막혔다. 그는 거리낌 없이 그녀의 옷 속으로 손을 집어넣었다. 그러자 지유가 후 하고 숨을 쉬었다.

그는 그녀의 옷 속에서 손을 움직이며 장난을 쳤다.

"으읍!"

그녀의 몸이 움찔거렸다.

"하아…… 뭐 하는 거야?"

도형은 그녀를 바라보고 있다가 양 볼에 번갈아 가며 입을 맞췄다. 사랑스럽다는 듯 지유를 보고 있던 그가 다시 입을 맞췄다.

입 안이 얼얼할 정도로 강한 힘과 다시 부드럽게 저를 달래주는 혀에 지유는 녹아버릴 거 같았다.

지유는 팔꿈치로 침대를 짚고 상체를 일으켰다가 도로 누워서 이불을 꼭 쥐었다.

"오빠."

"지유야, 너무 예뻐."

그는 칭찬을 아끼지 않으며 손으로 맨살을 쓸었다. 복숭아뼈에서부터 시작된 그의 손길이 점점 위로 올라왔다. 헐렁한 치마 반바지는 그의 손이 들어올 수 있는 길을 만들어줬고, 그는 거리낌 없이 손을 가져갔다.

온몸이 간질거렸다.

도형의 입술과 손길, 숨결까지 닿은 몸이 금방이라도 터질 것 같았다. 참을 수 없는 쾌감에 지유가 온몸을 비틀었다.

"오…… 오빠."

"조금만 더 부끄러운 짓 하자, 지유야."

"으응?"

"그리고 가리지 마. 그럴수록 더 미치겠으니까."

도형이 거칠게 숨을 쉬며 그녀의 양 손목을 잡아 이불로 내려놓았다. 지유는 슬며시 고개를 옆으로 돌렸다. 부끄러워서 얼굴이 발갛게 달아올랐다.

그와 잠을 잔 게 한두 번이 아닌데…… 아직도 너무 부끄러웠다. 그런데 더 부끄러운 짓이라니. 지유가 이로 입술을 질끈 무는 사이 도형은 종아리에도 입을 맞췄다.

"하아…… 오빠!"

서서히 지유의 몸을 타고 오르는 입술이 무섭게 느껴졌다. 그는 실오라기 하나 남기지 않고 그녀의 옷을 모두 벗겼다.

"도형 오빠, 오빠 제발……!"

할짝.

그를 말리려는 그녀의 움직임이 멎었다. 지유는 별을 본 것처럼 눈앞이 번쩍였다. 손이 닿을 때와는 또 느낌이 달랐다.

도형은 살짝 눈을 떼고 위에서 지유를 내려다보았다.

발갛게 익은 몸과 얼굴, 열락으로 인해 이불보를 꼭 쥔 손. 버텨보려고 이를 악물다가도 터지는 신음까지.

저로 인해 달아오른 그녀를 보니 도형은 더 이상 참을 수가 없었다.

지유가 상체를 슬며시 들었다. 도형은 그녀의 손가락에 깍지를 끼어 손을 잡아 주었다.

잠시 깍지를 낀 상태로 그녀를 안심시켜 준 후에 그는 다시 그녀와의 사랑을 이어갔다.

"오빠, 도형 오빠."

지유는 더 이상 참지 못하고 도형을 위로 끌어당겨 입을 맞췄다. 그의 손길이 격해질수록 그녀의 키스도 격렬해졌다.

"오빠……!"

몸이 터질 것 같은 감각에 지유는 너무 놀라 그의 품으로 얼굴을 숨겼다.

"지유야."

"응?"

"잘했어. 너 너무 예뻤어. ……사랑해."

"나도. 사랑해!"

그가 서서히 몸을 겹쳤다.

"매번 잘 따라와 줘서 고마워."

"으응. 그런데 오빠."

"응?"

지유는 눈앞이 하얗게 부서지는 거 같았다. 그래서 눈을 질끈 감아 버렸다.

"귀 좀."

도형은 그녀 가까이 귀를 가져다 댔다. 둘밖에 없는데 귓속말이라니.

"오빠 너무 잘해. 그래서 너무 좋아."

지유가 부끄러워하면서도 할 말을 다 했다.

서도형은 수준급의 키스 실력을 갖추고 있었고, 그 이상의 것도 너무 잘했다.

그의 스킬은 날이 갈수록 늘었다. 침대 위에서 그녀가 아무 힘도 쓰지 못하도록 말이다.

"지유야."

"으응?"

여유를 부리던 그가 상체를 세웠다. 그러곤 다시 지유를 불렀다.

"유지유."

"으응? 대답…… 못 하겠……!"

"너 때문에 오빠 진짜 미치겠다. 우리 지유, 하아…….."

도형은 말을 하다 말고 지유의 달아오른 표정에 말을 잃었다. 너무 야했다. 제 여자의 이런 야한 모습을 저만 볼 수 있어야 하는데.

"오빠…… 잠깐."

"미안."

저도 모르게 몰아세웠나 보다. 그는 그녀의 모습을 보니 참을 수가 없었다. 이성을 잃어버렸다.

지유가 제 손과 입에 흥분해서 가는 모습을 보기 위해 여유로운 척했지만, 결국 이렇게 돼버리고 만다.

"천천……히. 오빠!"

지유의 입에서 침이 흘렀다. 도형은 그것도 아깝다는 듯 입술로 침을 먹어 치우며 올라가 입술도 깊숙이 빨았다.

"지유야."

도형은 얼른 지유를 떼어 내고 손을 뻗어 협탁을 뒤졌다. 원하는 것을 찾은 그가 포일을 벗겨냈다. 그러곤 바닥에 떨어진 이불을 주워 그의 등 뒤로 감쌌다.

아직은 부끄러워하는 지유를 위해 그는 공간을 어둡게 만들었다.

암막 커튼이 있는 창가로 가야 했지만 그는 지금 그럴 여유가 없었다. 그 대신 그는 이불로 어둡게 공간을 만들어냈다.

그는 그녀를 옆으로 눕게 만들었다. 어둠 속에서도 지유는 너무 예뻤다. 야하게 부서지는 모습조차 우아하게 느껴졌다.

"오빠. 오빠아…… 도형 오빠. 앗!"

지유의 부름이 듣기 좋았다. 그가 그녀를 안을 때마다 지유는 신음을 하면서도 버릇처럼 그를 불렀다.

지유의 시선이 그에게 향했다가 참지 못하겠는지 눈을 감아 버렸다.

"지유야."

"으응?"

"지유야…… 사랑해."

그는 두 팔로 그녀를 가두고 눈을 내려다보며 입술 주변에 계속 입을 맞췄다.

예쁜 입술과 코, 볼에도 아낌없이 사랑을 쏟아부었다.

"나도. 나도 사랑해. 오빠!"

도형은 그녀의 두 손에 깍지를 끼웠다. 잡을 것이 없어 이불을 계속 쥐고 있던 그녀의 손이 그의 손을 꽉 잡았다.

얽힌 두 손이 꼭 그들의 몸 같았다.

서로 떨어질 수 없다는 듯 꽉 잡은 두 손, 손 틈으로 땀이 배어

날 정도였다.

"오빠. ……도형 오빠, 나 못 참겠어."

"참지 마. 사랑스러우니까."

손등에 핏줄이 돋을 정도로 도형의 손을 꽉 쥔 그녀가 신음을 내질렀다. 도형의 손등과 이마에도 핏줄이 섰다.

눈물이 맺힌 지유가 도형을 올려다봤다. 흥분으로 인해 눈앞이 흐릿했다.

"오빠…… 도형 오빠. 사랑해."

"으응. 나도. ……하아, 유지유 예뻐서 정말 돌겠다."

그녀는 결국 그가 보는 앞에서 다시 한번 절정에 이르렀다. 이번엔 도형도 함께였다.

"맨날 이러고 싶어서 어쩌지."

"몰라~"

지유는 숨을 몰아쉬며 어둠 속에서 눈을 스르르 피했다.

"근데 그거 알아?"

"어떤 거?"

"끝은…… 또 다른 시작이라는 말."

"우와. 엄청 좋은 말이다. 그거."

지유는 도형의 명언에 환하게 웃었다. 그러자 그가 그녀의 귓불 가까이에 숨을 불어넣으며 둥근 어깨에도 입을 맞췄다.

"오빠?"

"끝은."

"……."

"또 다른 시작이라니까. 지유야, 사랑해."

그는 그녀의 답을 듣지 않고 입술로 그녀의 입술을 막았다.

***

월요일 아침, 지유는 자리에 가방을 두고 탕비실로 갔다. 캡슐 커피를 내리며 잠시 의자에 앉아 멍하니 기다렸다. 커피를 다 뽑을 때쯤 휘연 대리가 탕비실로 들어왔다.

"대리님. 이거 드세요."

"내가 뽑아 마셔도 되는데. 잘 마실게."

지유는 새로 캡슐 하나를 넣고 다시 기다렸다. 커피를 다 내릴 때쯤 이번엔 차석과 동우가 동시에 들어왔다.

"이거 드세요."

"아니에요. 지유 씨, 저희 건 저희가 타 마실게요."

차석이 지유에게 다시 컵을 쥐여 주곤 종이컵 두 개를 꺼내서 믹스 커피를 쏟아부었다. 그러자 옆에 있던 동우가 컵 두 개에 뜨거운 물을 부었다.

"설탕 더?"

"아니. 됐어."

지유는 고개를 갸웃하며 두 사람을 봤다. 분명 차석 선배가 더 선임인데, 반말하는 사이라니.

"두 분 언제 말을 놓으셨어요?"

"아- 저희가 동갑이라 술 먹다가 말을 놔서. 죄송합니다. 회사에

선 존댓말을 한다는 게 제가 버릇처럼 말을 놔버렸네요."

휘연의 질문에 동우가 죄송하다고 사과하며 상황 설명을 했다. 지유도 놀라서 눈이 커졌다. 동우 선배와 차석 선배가 동갑이라니!

차석 선배는 당연히 편집장님 동년배라고 생각했는데…… 스물일곱이라니. 눈을 깜빡깜빡거리며 두 사람을 번갈아 보는데, 차석 선배와 딱 눈이 마주쳤다.

"지유 씨, 왜 그렇게 봐요?"

"아닙니다! 죄송해요. 커피 더 드릴까요?"

"아직 반도 안 마셨는데."

차석이 덥수룩한 수염을 검지로 쓱쓱 만지며 물었다. 동우 선배가 동안에 잘생긴 축이긴 하지만, 그렇다고 해도 차석 선배가 이십 대였다니.

"차석 씨, 잠깐 시간 되면 옥상에서 봐요."

"네. 대리님."

휘연과 차석이 옥상으로 올라가고, 탕비실엔 지유와 동우가 남았다.

"그날 잘 들어갔어?"

"네. 네. 선배는요?"

"나도 뭐. 잘 들어갔지. 남자 친구는 잘해 줘?"

지유는 고개를 끄덕였다. 맞선 얘기가 나오니 분위기가 순식간에 싸해졌다. 그 이유는 동우가 그의 집에 자신이 마음에 든다고 말해 버렸기 때문이다. 엄마는 좀 더 만나보고 잘해 보라고 그녀에게 전화하였고, 지유는 만나는 사람이 있다고 말해 버렸다.

엄마는 그 사람이 누군지 꼬치꼬치 물어봤지만 지유는 곧 소개하겠단 말로 일단락했다.

"선배, 근데."

"내가 먼저 말해도 될까?"

"네."

"집에서 너 어떠냐고 물어봐서 나쁘지 않다고 말씀드렸어. 근데 지금까지 내가 다 거절만 해서 그런지 일을 크게 만드셨더라고. 너희 어머님께 연락드린 모양이야. 미안하다. 남자 친구 있는 거 아는데."

"……아."

상대가 미안하다고 선수를 치니 거기다 대고 따질 순 없었다.

"내 선에서 더 조심할게."

"네. 선배. 부탁할게요."

동우는 고개를 끄덕였다.

"차인 의미로 짠 한번 할까. 짠 하고 들어가서 일하자."

"에이. 선배도 참."

지유는 그가 종이컵을 내밀자 컵을 살며시 부딪쳤다. 선배가 차였다고 말은 했지만 사실 제대로 고백한 것도 아니고, 제게 마음이 있어서 진지하게 말한 것도 아니었다.

"누가 들으면 진짜 차인 줄 알겠어요."

"진짠데? 나 유지유한테 뻥~ 차였잖아. 신랑감으로 꽝이라고."

"에에? 제가 남자 친구가 있어서 그렇지, 선배가 꽝은 아니라고요. 전 절대 선배가 꽝이라고 한 적 없습니다!"

지유는 두 손을 겹쳐 엑스 표시를 했다.

"끝은 또 다른 시작이라고 했어. 우리가 결혼 상대로는 끝났지 만, 좋은 친구로 시작하자. 계속 선후배 관계도 좋고. 어색해지지 말자고."

"네. 그럴게요. 선배."

지유는 간단히 묵례를 하고 탕비실을 나왔다. 그녀의 볼이 발갛 게 물들어 있었다. 끝은 또 다른 시작이라는 말을 들으니 왜 열이 나는지 모르겠다.

도형이 그 말을 시작으로 끝이 나면 계속 '끝은 또 다른 시작'이 라며 그녀를 주말 내내 재우지 않으려고 했었다. 오늘 반팔이 아 닌, 얇은 시폰 블라우스로 손목까지 가려야 할 정도로 그는 주말 내내 짐승이었다.

지유는 도형을 떠올리며 피식피식 웃으면서 사무실로 복귀했 다. 이번 주는 지옥의 마감 주였다.

***

도형은 평일 저녁 작은아버지와 약속을 잡았다. 어려서부터 바 쁜 아버지를 대신해 작은아버지께 많이 의지를 했었다. 작은집에 놀러 가 자주 놀았고 작은어머니와 작은아버지를 제 부모처럼 잘 따랐었다. 그래서 오늘의 만남에 유독 마음이 무거웠다.

먼저 식당에 도착한 도형은 무겁게 한숨을 쉬었다.

그간 지유와 연애하면서도 틈틈이 그때 고시원에 왔던 남자를 찾아다녔다. 그 남자가 왜 거기 있었는지, 왜 지유에게 그러는지 알아야 했다.

재신도 모르는 것. 그러나 그는 알아야 했다. 제 여자가 다치거나 위험에 빠지는 일은 사전에 막아야 했기에.

도형의 친한 고등학교 선배가 일찍 승진하여 경감이었고, 동기는 경위였다. 그들을 찾아가 조언을 구했고 결국 당사자를 찾아냈다.

사건을 함께 파다 보니 인영의 남자 친구였던 사실까지 알게 되었다. ……그리고 인영이가 서우대학교 출신이라는 것도. 인영이가 지유와 동갑이었다는 것도, 두 사람이 같은 과였다는 것도 알게 되었다. 인영의 죽음과 관련이 있다는 것도. 당시 미국에 있었던 그는 사촌의 죽음에 대해 물어보거나 알아보려 하지 않았다.

"도형아."

"네, 작은아버지. 오느라 힘드셨죠?"

"아냐. 네가 맛있는 거 사 준다는데 와야지. 허허허, 귀국하고 처음 보는 건가?"

"아뇨. 그때 기일에 뵀었죠."

"아…… 그랬구나."

급격히 쓸쓸해지는 작은아버지의 얼굴을 보며 도형도 잠시 숙연해졌다. 작은아버지가 정말 어렵게 얻은 자식이 인영이었고, 금지옥엽으로 키웠다.

"일단 앉으세요."

테이블엔 음식이 놓이기 시작했다. 도형은 미리 주문한 술을 작은아버지의 잔에 따랐다. 몇 잔을 서로 주고받으며 안부 인사를 나눴다.

"그래서 오늘 보자고 한 이유가 뭘까. 우리 조카가 무슨 고민이 있는 듯한데."

"네. 다름이 아니라, 박진용 씨라고 아세요?"

"박진용? 우리 인영이 전 남자 친구였어. 아직도 연락 종종 주더라고. 인영이 기일에도 연락 오고. 그 녀석 우리 인영이가 정말 좋은가 봐. 산 사람은 살아야지 하는데 그 녀석은 그게 안 된다고 하더라고. 참 고마운 친구지. 근데 우리 조카가 진용이는 어떻게 알아?"

"우연히 알게 됐어요."

"그랬군."

"힘드시겠지만 인영이 일 어떻게 된 건지 자세히 알고 싶습니다."

도형은 작은아버지의 술잔을 다시 채워주었다. 아픈 곳을 들쑤시고 싶진 않지만, 조금 더 자세히 알아야 할 필요성이 있었다.

"MT 갔다가 뺑소니로…… 내가 그 생각을 하면 아직도 목이 메. 우리 인영이 괜히 보냈나 싶고. 그 대학교만 생각하면 내가, 우리 안사람도 억장이 무너져. 세상에 어떻게 그런 일이 있을 수 있니. 인영이가 우리한테 어떤 딸이었는데……."

작은아버지는 잔을 비웠고, 도형은 다시 따랐다. 그걸 몇 번 반복하며 작은아버지는 울분을 삭혔다.

"아직도 너무 마음이 아파. 왜 아무도 개가 그럴 동안 몰랐는지,

도대체 왜 술을 그렇게 먹였는지. 가서 실컷 놀고 콧바람 쐬라고 보냈는데 우리 인영이가 그렇게 될 줄 정말 몰랐어."

차마 말을 맺지 못하는 작은아버지의 눈동자가 흔들렸다. 도형은 더 이상 묻진 못하고 고개를 끄덕였다.

"장례식 때 왔던 인영이 동기 얼굴들 하나도 안 빼놓고 기억나. 다들 죄인처럼 내 눈도 못 마주치고 우리 인영이 영정 사진 앞에서 우는데, 그 모습 보고 아이들도 상처받았겠지 생각해야 하는데 안 되더라. 다 그냥 밉더라고. 내 딸은 없는데, 살 사람은 살아야 생각하면서도 인영이가 거기 안 갔으면, 아니 누구라도 인영이 옆에 있었으면 그런 일 안 생겼을 거라고 생각하니까 그 애들 얼굴을 못 보겠더라고. 지금은 다들 우리 아이 잊었겠지만 말이야."

"잊진…… 못했을 겁니다."

"그런가?"

도형은 고개를 끄덕였다. 지유도 여전히 그때의 일을 못 잊고 있었다. 아직도 클랙슨 소리가 갑작스럽게 나면 두려워했고, 종종 악몽도 꾸는 것 같았다.

진용이 나타난 이후 서우대 동기들과 연락이 닿으면서 한동안은 많이 불안해하기도 했었다. 그에게 다 털어놓지 않았지만 옆에서 보면 느낄 수 있었다.

도형도 이 일을 캐다 보니 인영과 연관되어 있어서 처음에 정말 많이 놀랐다. 왜 하필 두 사람이 그렇게 엮였을까. 지유에게 인영은 평생의 트라우마로 남을 거였다. 그날의 기억은 지유를 계속 따라다닐 것이다. 그건 작은 부모님도 마찬가지일 테고. 그래서 그는 작은 부모님께 지유 이야기를 꺼내고 쉬이 예뻐해 달라는 말을 하기가 어려웠다.

"이런 얘기 말고, 도형이 네 이야기나 해 봐. 예쁜 색싯감은 없고?"

"만나는 여잔 있어요."

"정말? 네가 고른 사람이면 집에서도 반대 안 할 게다."

"그러면 좋겠어요."

"형님과 형수님이 네 일이라면 다 응원하잖니. 자식을 전적으로 믿기 힘든데, 항상 존경스러운 분들이야. 그러니까 부모님께도 잘해."

"네. 작은아버지."

대답을 하며 도형은 고기 한 점을 입에 넣고 씹었다. 지유는 그가 부모님만큼 어쩌면 그보다 더 사랑하고, 평생을 함께하고 싶은 여자이다. 같이 있으면 즐겁고, 사랑스러워서 어쩔 줄 모르겠고, 성품 또한 좋은 여자.

그런데 지유가 그 사건과 관련이 있다면…… 어쩌면 집에서 반대할 수도 있겠단 생각이 들었다.

부모님께선 항상 저를 지원해 주시고, 믿어 주셨다. 그는 그 믿음에 배반한 적 없이 항상 결과물을 안겨 드렸다. 여자가 생겼다는 말을 해도 고자가 아니라서 다행이라며 농담을 섞으셨고, 언제 한 번 소개해 달라고 하셨다.

지유가 인영을 죽음으로 몰아간 건 아니다. 다만 그 자리에 함께였을 뿐. 그걸 알게 되면……. 도형은 잠시 머리가 지끈거렸다.

오랫동안 혼자 간직해 온 마음이 이제야 통해서 하루하루 행복한데, 혹시라도 이 일 때문에 둘 사이에 변화가 생기는 건 아닐까 걱정이 되었다. 지유에게 털어놓을까 싶다가도 그는 그러지 못했다.

생각이 많아지는 밤이었다.

***

거의 해골이 된 지유는 일주일 내내 회사를 떠도는 유령처럼 돌아다녔다. 다른 부서 직원들이 편집부 직원의 몰골을 보고 깜짝깜짝 놀랄 정도로.

[오늘은 퇴근해?]

[응. 오늘은 트렁크 들고 집에 가야지. 흐흑. 졸려 죽겠어.]

지유는 도형에게 투정을 부렸다. 회사에선 피곤하고 졸리다고 투정을 부리지 못했다. 같은 부서 식구들도 모두 같은 꼴이었으니까.

남자 친구가 있어 좋은 점은 이런 것이다. 상사 욕도 할 수 있고, 투정도 부릴 수 있고.

편집장에게 깨질 때마다 도형에게 속상함을 털어놓으면 무슨 일이든 제 편이 돼주었다.

도형에겐 자신이 어떤 잘못을 해도 상대가 나쁜 사람일 것이다. 그래서 좋았다.

"하아……."

"지유 씨, 힘들지."

휘연이 지유에게 초콜릿을 내밀었다. 지유는 냉큼 받아서 껍질을 까서 입에 넣었다. 사르르 녹는 초콜릿이 꿀맛 같았다.

"365일 마감처럼 살지만, 그래도 힘내자고. 단 거 먹고 힘내."

"네. 대리님이 계셔서 저 정말 힘이 됩니다. 흑흑. 근데 이 초콜릿 진짜 맛있네요."

"응. 선물 받았어."

"남자 친구분께요?"

"으응."

"아직 잘 사귀고 계시네요! 이런 것도 사 주시고 다정하시네요."

"그럼. 징글징글해도 잘 만나고 있지. 참, 우리 내일 마감 끝나면 회식."

"넵! 일정 빼놓겠습니다!"

지유는 달력에 빨간색으로 동그라미를 친 후 회식이라고 썼다.

Rrrrr.

아 깜짝이야. 지유는 목소리를 가다듬고 전화를 받았다.

"안녕하세요. 테드 편집 1팀 유지유입니다."

-네. 저 저번 달 테드 잡지 산 사람인데요. 기사에 오타랑 띄어쓰기 맞춤법이 안 맞아서요. 환불 요청했는데 안 된다고 하네요? 다음번엔 더 신경 쓴다고 하더니 이번 호에도 맞춤법이 엉망이라서요. 일 되게 대충 하시나 봐요?

밤새 잠도 못 자며 일하고 있던 지유의 표정이 점점 굳어갔다.

'누구?'

휘연이 옆에서 소리는 내지 않은 채 입술의 움직임으로 그녀에게 질문했다.

'진상 고객이요.'

'아, 그 게시판? y 어쩌고?'

지유는 고개를 끄덕거렸다. 테드 게시판엔 프로불편러 몇몇이 똬리를 틀고 있었다. 패션에 나온 코디와 화장대로 했느데 왜 안 예쁘냐며 이런 식으로 홍보하면 좋냐고 하는 사람도 있고, 재킷이 28만 원대라고 되어 있는데 실제로 50만 원대라며 바득바득 우기는 사람도 있었다. 실제로 찾아본 바로는 디자인이 비슷한 다른 재킷이었다.

그중 그들이 진상 고객이라고 하는 사람은 'yuio87'님이었다. 정기 구독자님은 단 하나의 오탈자와 띄어쓰기에도 예민해하셨다. 물론 직원 모두 실수 없이 하려고 하지만 10교를 해도 나오는 게 오타였다.

사실 그들은 패션 잡지이기 때문에 문학 책처럼 10교까지 가는 일은 없다. 오탈자가 없도록 최선을 다하고 있지만 그래도 간혹 놓치는 한두 개는 생길 수밖에 없었다. 그럴 때마다 그분은 꼬박꼬박 게시판에 문의 글을 남겼다.

처음엔 그마저도 감사한 마음으로 구매해 주셔서 감사하다고 시정하겠다고 했고, 실제로 다들 긴장한 채로 자가 검수를 한 번 더 하였고 외주 교정 업체에도 맡겨 본 적도 있었다. 그래도 그 고객에겐 모두 소용이 없었고, 나중엔 잡지 내용까지 이렇게 저렇게 하라는 등 갈수록 갑질이 심해졌다.

결국 불편해서 환불해 달라는 말까지 나왔다. 다음부턴 안 사 볼만도 한데, 그럼에도 계속 매달 구매를 해서 게시판에 불편함을 남겼다. 요샌 그것도 모자라 전화까지 주고 있었다.

"전화기 줘 봐."

미희가 다가와 손을 내밀었다. 지유는 미희에게 전화기를 넘겼다.

"네, 고객님. 안녕하세요. 호호. 어머, 말씀 너무 재밌게 하신다. 작년 10월 호 89페이지에 나왔던 그 옷 말씀하시는 거죠? 그게 안 맞으셨구나. 요새 스몰이라고 적혀 있어도 사실 33-44 사이즈로 나오는 데가 많죠. 저희가 대중적으로 맞춰서 쓴다고 해 놓고 그 죠. 연예인 사이즈에 맞춰서 매번 올라가니 구독하시는 분들께서 직접 구매하지 못했겠네요. 네네. 이번 호에는 66 사이즈의 데일리룩 코너도 있으니까 한번 봐주세요. 매번 호호, 저희가 감사하죠."

통화를 끝낸 후 미희가 지유에게 전화기를 내밀었다.

"이번 호에 롱 원피스에 라이더 재킷 사진 있지?"

"네, 네. 있습니다."

"66 사이즈가 입어도 예쁠 코디니까 기사에 그 문구 한 줄 넣어 주고. 얘기 들어 보니 오타는 겉으로 보이는 핑계고 우리가 추천한 제품이 본인한테 안 어울려서 지랄한 거야. 앞으로도 전화 오는 진상 고객은 나한테 넘겨. 끙끙 앓지 말고."

"네! 알겠습니다!"

지유는 미희에게 쌍엄지를 들었다. 편집장님 짱! 왜 휘연 대리가 나이스 샷을 하는지 알 것 같았다. 곤란하거나 어려운 상황에서 든든하게 받쳐주는 느낌이랄까. 종종 혼이 나고 깨져도 그녀를 좋아할 수밖에 없는 이유였다.

저녁 9시, 지유는 터덜터덜 회사 건물을 나왔다. 눈은 반 이상 감겨 있는 상태였다.

"지유야!"

"도형 오빠? 오빠 맞아?"

지유는 눈을 비볐다. 도형이 회사 앞 도롯가에 차를 대놓고 기다리고 있었다. 그녀는 도형이 가까워지자 얼른 두 손으로 얼굴을 막았다.

"왜 가려, 보고 싶어서 왔는데."

"안녕하세요, 오늘의 저는 유지형입니다."

"응? 유지형? 무슨 소리야?"

"오늘은 나 아니란 말이야. 얼굴이…… 말 좀 해 주지! 화장도 못 했는데."

완전 민낯에 온종일 씻지도 못해서 전체적으로 엉망이었다.

"민얼굴 자주 보는데 뭐."

"……오늘은 좀 심해. 다크서클이 아래까지 내려왔어."

같은 민낯이어도 봐줄 만한 날이 있고, 아닌 날이 있다. 분명 본판이 같고 옷도 평소와 비슷한 데도 못생겨 보이는 날이 있다.

"여기까지 왔는데 얼굴 안 보여 줄 거야?"

"그럼 반쪽만 봐."

지유가 한 손만 쓱 내렸다. 둘 중 눈이 미세하게 조금 더 큰 쪽을 보여 주었다.

피곤에 쩐 그녀와 다르게 도형은 평소처럼 댄디하고 멋있었다. 넋 놓고 그의 얼굴을 보는데 그가 반쪽 얼굴도 볼 작정인지 그녀의 손목을 잡았다. 지유는 손을 내리지 않으려고 힘을 줬고, 도형은 잡은 손목을 흔들었다.

"예쁘기만 한데, 뭘."

"정말?"

"응."

"후……. 그럼 나 용기 낼게. 손 내린다?"

지유는 다른 손도 내렸다. 그는 그녀의 두 볼을 잡더니 가볍게 입을 맞췄다.

"사랑스러운데."

"에이- 말도 안 돼."

"말이 왜 안 돼? 내 눈엔 지금 이 모습도 너무 예뻐."

도형은 그녀의 손을 잡고 차로 갔다. 조수석 문을 열어주자 지유가 냉큼 올라탔다. 도형은 운전석으로 와서 바로 차에 시동을 걸었다.

"잠깐 눈 좀 붙여."

"오랜만에 오빠 봤는데, 어떻게 눈 붙여. 집에 가서 잘래. 오빠 운전하는 동안 계속 볼래. 나도 진짜 보고 싶었거든."

지유가 안전벨트를 매곤 아예 옆으로 몸을 돌렸다. 도형의 얼굴을 보고 있으니 가슴이 두근두근거렸다. 언제 졸렸나 싶게 심장이 쿵쿵 불규칙적으로 뛰어서 입술도 바싹 말랐다.

"그 선배라는 사람은 얼쩡거리진 않고?"

"누구? 동우 선배?"

"어. 그 사람."

"회사에 마주치면 인사만 하지, 뭐. 선배랑 후배로 남기로 했어. 좋은 선배긴 해, 나 마감하느라 계속 야근했잖아. 저녁에 우리 팀 간식도 챙겨주고, 커피도 가끔 사다 주고 그러더라고. 그러니 우리 편집장님이 동우 선배를 아끼지. 칫. 아! 오빠. 동우 선배랑 차석 선임님이랑 동갑이래. 내가 말했나? 나 차석 선임을 편집장님 동년 배로 봤거든. 근데 동갑이라고 해서 너무너무 놀랐어."

"그랬어?"

"응. 진짜! 동우 선배가 동안이고 잘생긴 편이긴 한데. 아니, 차 석 선배가 이십 대였다니. 크큭. 나랑 고작 한 살 차이라니."

"그 선배가 동안이고 잘생겼어?"

"어. 우리 학교에서 제일 인기 많았었거든."

지유가 신이 나서 회사 일을 말하다가 입꼬리가 점점 삐뚜름하 게 변하는 도형을 보며 아차 싶었다.

"아니, 아니- 도형 오빠보단 별로야."

"누가 뭐라고 했나."

"우리 도형 오빠는 세상에서 제일 잘생겼고, 키도 크고, 몸도 좋 잖아. 체력도 좋고. 동우 선배는 야근하면 막 지치는데 우리 오빠 는 밤새 나 사랑해 주고 나서도 혼자 방에서 일도 하고, 아침에 출 근도 하고. 거기다 돈도 잘 벌고, 집안도 좋고. 말하고 나니 내가 복 받았네. 오빠랑 연애도 하고."

"내가 복 받았지. 지유랑 연애하잖아."

그러면서도 삐뚜름하게 올라갔던 그의 입꼬리가 서서히 내려와 부드럽게 변했다. 눈꼬리도 살며시 접히는 걸 보니 즐거워하는 게 틀림없었다.

"다 왔다."

지유는 차에서 내린 후 운전석으로 다가와 창문을 똑똑 두드렸다. 도형이 창문을 내렸다.

"고마워, 오빠."

"그래. 잘 들어가."

"응! 오빠도 조심히 가."

지유는 두 손을 흔들며 인사를 해 준 후 엘리베이터 쪽으로 방향을 돌렸다. 그녀는 고개를 갸웃했다. 평소라면 먼저 내려서 조수석 문을 열어주고 어떻게든 조금 더 같이 있으려고 하는데 오늘의 도형은 조금 이상했다.

지유는 뒤를 슬며시 봤다. 도형의 차에 시동이 걸려 있었다.

이거 뭔데 괜히 서운한 거지.

회사 앞까지 찾아와준 것도 고맙고, 민낯도 예쁘다고 해 줘서 너무 좋았는데. 이렇게 쿨하게 간다고 하니까 괜히 서운했다.

발을 툭툭 치듯이 걷던 지유가 결국 뒤를 돌아 도형의 차로 돌아갔다.

똑똑.

다시 창문을 두드리자 도형이 창문을 내렸다. 이번엔 다 내리지 않고 반만 내렸다.

선팅이 너무 잘 돼 있어서 도형의 눈만 보였다.

"오빠."

지유의 부름에 그가 다정한 표정으로 그녀를 보았다.

"왜? 얼른 들어가지 않고."

"아니. 이거 창문 좀 내려 봐."

치이익, 소리와 함께 창문이 내려갔다. 그제야 너무 멋진 제 남자의 모습 전체가 드러났다. 지유는 씩 웃으며 창문으로 얼굴을 넣어 도형의 볼에 입을 맞췄다.

쪽.

"그냥 가기 아쉬워서. ……사랑해, 오빠."

지유는 인사를 한 후 창문에서 고개를 뺐다. 그리고 두 손바닥을 펴고 '바이, 바이'라고 말하며 손을 흔들었다.

그러자 그가 운전석에서 내렸다. 그러곤 스마트키를 눌러 잠금 처리를 했다.

"오빠?"

"너 피곤해 보여서 일부러 겨우 참았는데, 이러면 내가 집에 못 가잖아."

"응?"

"유지유가 사랑스러워서 집에 못 가겠다고."

"방금 전엔 인사도 안 하고 가려고 했잖아."

지유가 입을 삐죽이자 그가 그녀의 머리를 흐트러뜨리며 와락 안았다.

"집에 가기 아쉬운데, 너 너무 피곤해 보여서 내가 잡을까 봐 그랬지. 내일 회식까지 있다며. 내가 올라가면 너 또 못 자게 할 거 같아서. ……정말 힘들게 참고 있었다고."

"바보. 왜 참냐! 안 참아도 되는데!"

지유가 팔꿈치로 괜히 그의 배를 푹 찔렀다.

피곤하고, 힘들어도 오빠랑 함께 있으면 힘이 나는데!

먼저 엘리베이터로 걸어가는 지유의 뒤로 도형이 따랐다. 얼른 그녀의 걸음을 따라잡은 그가 그녀의 허리에 손을 올렸다.

10장. 미안한 마음

테드와 유컬이 합쳐진 이후, 회사는 오히려 더 바빠졌다. 유컬의 내로라하는 편집장 윤석호와 미희가 업무적으로 계속 부딪치고 있었다. 그 안에서 같이 움직이는 편집 팀 직원들만 서로 눈치 보며 고래 싸움에 새우 등이 터지고 있는 상황이었다.

"손이 많이 가도 그만큼 파급력이 있다면 써야죠."

"아니. 그런 거 따라다닐 시간에 다른 거 열 개를 더 따올 수 있습니다. 시간 낭비죠."

매번 일정 펑크 내고 에디터에게 협조적이지 않은 여배우를 두고 두 사람의 대립 구도가 극에 달했다.

미희는 그래도 파급력이 있으니 따라다니면서라도 설득해서 잡지에 실어야 한다는 쪽이었고 석호는 그럴 시간에 협조적이고 더 파급력 있는 스타를 섭외하면 된다는 쪽이었다.

"잠깐 따라 나와요."

"그러죠."

두 사람은 종종 저렇게 밖으로 나갔다. 오늘도 옥상에서 대판 싸울 것 같은 예감이 들었다. 지유는 눈치만 보다가 자리에 앉아서 본인의 일을 이어갔다.

"오늘 J 스튜디오 촬영 잡혔지?"

"네, 대리님."

"우리 팀은 그쪽으로 먼저 가자. 차석 씨, 준비해요. J 스튜디오로 갑시다."

"아…… 저는 편집장님 기다렸다가 추후에 합류하겠습니다."

"네. 그럼 우리 둘이. 지유 씨, 운전…… 아, 못하지. 그럼 1층으로 내려와. 내가 차 빼서 나갈게."

"네! 올해까지 운전면허 따겠습니다."

지유는 휘연이 나간 후 바로 가방을 챙겨 1층으로 내려갔다. 하필 가는 곳이 도형의 스튜디오라고 생각하니 절로 발걸음이 가뿐해졌다.

*　*　*

작업실 안은 분주하게 돌아갔다. 재희는 녹색의 벽을 배경으로 한 세트장에 의자와 목재 테이블을 갖다 두고, 그 위에 꽃병과 오래된 책자 하나를 두었다.

"콘티 이거야?"

도형의 경우엔 첫 기획부터 마지막까지 본인이 하는 편인데 요새는 의뢰가 많이 들어오다 보니, 업체에서 작성한 기획서에 그의 생각을 덧대 촬영하는 경우가 많아졌다.

　사진업계가 갈수록 어렵다 보니 기획까지 맡기기엔 예산의 문제가 컸다. 그가 장소 섭외를 하고 전체 핸들링을 할 경우엔 하나의 프로젝트에 드는 비용의 단위가 억이 된다. 그래도 이렇게 오후 촬영만 해 주는 경우엔 이천만 원 선으로 의뢰받고 있었다.

　의뢰를 하는 입장에서도 이 방식을 더 선호하는 것 같기도 했다.

　"으음…… 다 뽑아서 벽에 붙여 놔."

　"네. 알겠습니다."

　조석이 촬영장 옆쪽 컴퓨터와 서브 모니터를 확인하는 동안, 재희는 기획서를 다 뽑아서 벽에 붙여 놨다. 도형은 커피를 한잔 마신 후 사무실 안으로 들어갔다.

　그러곤 컴퓨터를 켜고 태블릿 펜으로 어제 작업한 사진을 켜 두고 보정하기 시작했다. 그의 손이 거칠 때마다 사진은 조금 더 완벽하게 바뀌었다. 카메라 성능이 좋아진 탓에 주름 하나까지 다 잡을 수 있었고, 키의 비율도 조정할 수 있었다.

　제이크가 이 업계에서 유명한 건 사진도 잘 찍지만, 후처리를 기가 막히게 하기 때문이었다. 예리한 그의 눈은 배경에 있는 얼룩까지 다 찾아냈다.

　"안녕하세요! 우리 승환 씨 오셨구나. 어쩜 피부가 더 좋아지셨어요."

"안녕하세요! 테드 잡지사 유지유입니다."

"네, 오랜만이에요. 그런데 이쪽은 처음 뵙는 거 같네요."

"네, 네! 열정 많은 신입입니다. 잘 부탁드립니다."

도형은 펜을 놓고 사무실 밖으로 나갔다. 세트장 옆 대기실 앞에 서 있는 지유가 보였다. 열두 명 가까이 되는 인원 중에 지유만 유독 눈에 띄었다.

"작가님, 안녕하세요."

"네."

도형은 지유를 포함하여 각자 업체 직원들의 인사를 받았다.

"안녕하세요. 김승환입니다. 오늘 잘 부탁드립니다."

대기실에서 나온 승환이 도형에게 깍듯이 인사했다. 도형은 고개를 끄덕이는 걸로 인사를 받아 준 후 촬영 현장을 다시 체크했다. 도형 뒤에 있던 라영이 그들에게 다가와 승환의 피부와 바디 칭찬을 해 주며 기분을 띄웠다.

"레이, 여기."

레이는 승환이 앉을 자리에 앉아 있었다. 도형은 카메라를 들고 각도를 잡으며 레이 사진을 찍었다. 그가 사진을 찍을 때마다 서브 모니터와 PC 모니터엔 촬영한 이미지가 차곡차곡 담기며 파노라마처럼 지나갔다.

찰칵, 찰칵.

사진을 찍던 도형은 레이에게 다가가 스탠드 조명을 끌어 방향을 바꾸었다. 그러곤 다시 위치로 돌아가 촬영을 마저 했다.

레이는 본인이 모델이라도 된 것처럼 점점 상황에 빠져 다리를 길게 내밀더니 나중에는 혀를 내밀고 한쪽 눈을 찡그리는 등 표정을 만들기 시작했다.

그러자 도형은 카메라를 아래로 내렸다.

"지레이."

"네! 작가님 진지한 눈빛 보니까 저도 모르게…… 형, 죄송해요."

"테이블을 앞에 두지 말고 옆으로 돌려 봐. 다리가 다 나올 수 있게."

"네."

레이는 빠르게 방향을 틀고 다시 자리에 앉았다. 도형이 카메라를 들자 레이는 손가락 두 개를 펴고 싶어서 근질거렸다. 손을 뒤로 돌려 등에다가 검지와 중지를 펴서 브이자를 만들었다.

카메라를 든 서도형은 누구보다 섹시했다. 이 공간에 꼭 그 한 사람만 존재하는 것처럼.

"됐어. 그럼 첫 콘셉트, 이거부터 시작하자."

도형은 레이를 보며 벽에 붙은 기획서 3페이지를 손으로 가리켰다.

승환이 자리에 앉은 후 휘연은 서브 모니터 앞에서 도형이 찍은 사진들을 보았고, 지유는 뒤에서 구경했다. 도형은 촬영을 위해 카메라를 들고 구도를 잡으러 앵글을 봤다.

"잠시만요. 작가님~ 여기 옷 셔츠 벌어진 부분 조금 예쁘게 하고 갈게요. 잠시만요."

휘연은 촬영에 집중한 도형의 비위를 거스르지 않도록 활짝 웃으며 말했다. 그러곤 승환의 매니저에게 눈짓을 보냈고, 오늘 같이 온 코디가 그의 옷깃을 매만져줬다.

"됐습니까?"

"네, 작가님. 감사합니다!"

도형이 셔터를 누를 때마다 사람들의 입에선 탄성이 터졌다. 레이를 찍을 때완 달리 모든 이의 이목이 모니터에 집중되었다.

지유는 사진을 찍고 있는 도형의 등을 보았다. 사진을 찍고 뷰파인더로 확인하고, 다시 카메라를 드는 모습을.

"좋아요."

계속해서 그가 셔터를 눌렀다. 그럴 때마다 승환은 얼굴 각도를 달리해 가며 다른 분위기를 연출했다.

"왼발 조금만 더 빼 주세요."

도형의 말에 승환은 한쪽 다리를 더 앞으로 내밀었다.

"오케이. 좋아요. 살짝 기대서."

그의 주문대로 승환은 열심히 맞춰주었다. 도형은 그가 원하는 완성물을 위해서라면 자비 따윈 없는 사람이었다. 다른 날에 다시 촬영을 하더라도 자신의 이름에 먹칠을 하는 작업물을 내보내지 않는 사람이었다.

"미소 한번 갈게요."

승환이 활짝 웃음을 지어 보였다. 사람들의 감탄사가 여기저기서 터졌다.

"체크 한번 해 볼게요."

도형은 모니터 앞으로 갔다. 레이가 방금 촬영한 사진을 띄워 놓고 도형이 보기 좋게 착착 넘겨주었다.

"네. 다음 컷 갈게요. 옷 갈아입고 준비해 주세요. 세트장 교체하는데 조금 시간이 걸려서요. 10분 정도 후에 다시 갈게요."

그의 말이 끝나자 승환은 대기실로 들어갔다. 레이와 재희는 세트장을 교체하고, 도형은 사무실 안으로 향했다.

지유는 도형을 따라가고 싶었으나 승환이 있는 대기실로 들어갔다.

"지유 씨?"

"네?"

"반가워요. 아까 보니까 작가님한테서 눈을 못 떼시던데요. 팬인가 봐요."

"아……. 저는 승환 님 팬입니다! 뮤지컬도 보러 갔었어요. 일부러 승환 님 나올 때 보러 갔거든요."

"어땠어요?"

"목소리가 너무 좋아서 행복했습니다. 귀 호강 제대로 했잖아요."

지유는 쌍엄지를 딱 들고 말했다. 엄마와 함께 승환이 주인공으로 나오는 뮤지컬을 관람했기에 이 말은 진심이었다. 잘생기고 목소리도 울림이 있어서 보는 내내 눈과 귀가 호강했다. 물론, 지금 이 공간에선 서도형보다 존재감이 없었지만 말이다.

"준비 다 됐습니다."

재희가 대기실로 와서 사인을 주자 승환은 등을 펴며 일어났다.

세시 반에 시작된 촬영은 일곱 시가 다 되어서야 끝이 났다. 촬영이 끝난 후 도형은 사무실로 들어가고 지유는 세트장을 정리하기 시작했다. 처음 촬영했던 것처럼 세트장을 바꾼 후 레이에게 동영상 촬영을 해 줄 것을 부탁했다.

"안녕하세요. 김승환입니다. 테드&유컬 매거진 독자님들, 만나서 반갑습니다. 이번에 영광스럽게도 좋은 배역을 맡아 연기하게 되었습니다. '리프레시' 많은 사랑 부탁드립니다. 사랑해요!"

그는 엄지와 검지를 붙여 하트 모양을 만든 후 카메라를 향해 하트를 마구 쏘는 시늉을 했다. 그렇게 휘연 대리의 몇 가지 질문에 답을 하고서야 촬영이 끝이 났다.

"수고하셨습니다!"

"고생하셨습니다."

지유와 휘연은 승환을 따라 대기실로 들어갔다. 바로 다음 스케줄이 있다던 그는 팔짱을 낀 채 옷을 갈아입지 않고 의자에 앉아 있었다.

"오후 스케줄 취소했는데, 다 같이 저녁 먹죠."

"승환아."

"형. 부탁해요. 오늘 다들 고생하셨으니, 제가 살게요. 소고기로 하죠."

매니저의 당황스러운 눈빛을 무시하곤 승환은 지유와 휘연에게 다가왔다. 그의 제안에 휘연은 거절하지 않고 고개를 끄덕였다.

"지유 씨. 작가님 시간도 되시는지 여쭙고 와 줘요."

"네! 알겠습니다."

지유는 대기실을 나와 스튜디오 안쪽에 있는 그의 사무실로 들어갔다. 아무나 함부로 드나들 순 없는 공간이었다.

가끔 레이와 재희가 들어오긴 하지만 그곳은 오직 서도형 홀로 쓰는 공간이었다.

"오빠. 오늘 바빠?"

"응. 내일모레 사이판으로 촬영 가야 해서 오늘 찍은 것까지 마무리해야 해"

도형은 랩하드를 켜고 마무리한 사진들은 각각 업체 파일 안에 넣었다. 태블릿 펜을 놓은 후 그는 모니터 화면을 끄고 지유에게 다가갔다.

"바로 회사 들어가야 하지?"

"아니. 촬영 끝나고 뒤풀이한대. 오빠도 갈래?"

지유의 질문에 도형은 가볍게 고개를 저었다. 술 마시고 밤새워 노는 건 딱 질색이었다.

"끝나면 연락해. 데리러 갈게."

"응."

지유는 뒤를 보고 아무도 없는 걸 확인하고 도형을 와락 안았다. 그리고 고개를 들어 도형의 얼굴을 봤다.

"오늘 배우보다 오빠가 더 멋있더라."

"그랬어?"

"촬영장 안에 사람들이 모니터 보다가도 오빠한테 막 눈이 가던 거 있지. 이상하게 여기 오면 매번 오빠가 주인공 같아."

"네 눈에만 그럴 거야."

"그랬으면 소원이 없겠네. 아쉽게도 다른 이들도 동의하는 거 같아."

도형에게 의뢰하는 사람도 남자보다 여자가 월등히 많았다. 내로라하는 남자 배우도 촬영하러 왔다가 이곳의 주인공은 서도형임을 뼈저리게 깨닫고 그 이후로 그와의 촬영을 꺼리는 분위기라고 들었다.

자존심의 문제랄까.

"이따가 연락할게."

"응."

도형은 지유의 머리를 쓰다듬어 준 후, 그녀를 따라 밖으로 나갔다.

"지유 씨. 이쪽으로 와요. 기다리고 있었어요."

거기엔 트렌치코트를 입고 나갈 준비를 마친 승환이 서 있었다. 이 많은 이 중 콕 집어 지유를 부르며 활짝 웃고 있었다.

"저도 가겠습니다."

뒤에서 도형의 목소리가 들리자 지유의 고개가 뒤로 돌아갔다. 방금 전까지 뒤풀이 끝나면 연락하라고 했던 서도형이 태연한 표정으로 말을 바꾸고 있었다.

***

소고기집 안은 왁자지껄했다. 대체적으로 승환을 칭찬하는 말이었고, 그는 아닌 척하며 매우 좋아하는 표정으로 대화를 이어갔다. 휘연이 열심히 승환의 테이블에 있는 고기를 굽는 걸 보고 지유가 옆으로 왔다.

"대리님, 제가 할게요."

"응."

지유는 휘연에게 집게와 가위를 받았다. 열심히 고기를 구워 먹기 좋게 자른 후 테이블에 있는 사람들 접시에 잘 놓아 주었다. 그러고 바로 옆 테이블을 봤다. 거기선 재희가 열심히 고기를 잘라서 도형의 접시에 올려놓고 있었다.

잘 먹고 있나 신경 쓰였는데 챙겨 주는 이가 있어서 다행이었다.

"고기 굽는 우리 지유 씨 쌈을 싸줘 볼까~"

승환은 그의 접시에 있는 소고기 한 점을 상추에 넣고 이것저것 야채를 올렸다. 그는 지유가 먹기 좋게 쌈을 만든 후 지유의 입가로 손을 뻗었다.

"아~"

"괜, 괜찮습니다."

"아니. 아-"

지유가 괜찮다고 가위와 집게를 내려놓자 승환이 얼른 받아먹으라는 듯 보챘다. 지유는 휘연을 한번 봤다가 눈 딱 감고 입에 쌈을 쏙 넣었다.

"잘 먹네요."

그녀는 오물오물 씹어 먹었다. 승환의 매니저가 집게와 가위를 가져가 남은 고기를 마저 구웠다.

"먹여 주니까 더 맛있죠?"

"……네."

그녀의 대답에 승환이 웃었다.

"대리님은 전에 만나시던 분 계속 만나요?"

"그럼요. 기억하고 계셨네요."

"당연하죠. 테드랑 저희 자주 일하잖아요. 지유 씨도, 있죠?"

"네? 켁켁!"

지유는 물을 먹다 말고 사레가 들렸다. 갑작스러운 질문에 진정할 새도 없이 계속 기침이 나왔다. 얼굴까지 새빨개진 지유에게 승환이 물을 내밀었다.

"당황하는 거 더 귀엽네요. 어떤 사람이에요?"

승환의 질문에 음식을 먹던 이들이 모두 조용해졌다. 어디선가 강렬한 시선이 느껴져 고개를 틀자 도형이 이쪽을 빤히 주시하고 있었다.

"그, 그게……."

"아. 연예인?"

"아뇨."

"일반인이에요?"

"네……."

지유의 말에 승환이 안도의 한숨을 짓더니 다시 고기를 구워 지유의 접시에 놓았다.

"명함 좀 줄래요?"

"김 배우님~ 제 명함으로 드리면 안 될까요? 아직 신입은 명함이 나오지 않아서요."

"대리님 번호는 제가 갖고 있죠. 그럼 지유 씨, 번호 좀 주세요."

돌직구로 관심을 표현하는 승환 덕에 잠시 분위기가 싸했지만, 다들 하하호호 웃으며 분위기를 맞췄다.

"제 번호가, 그게……."

안 줄 수도 없고, 그렇다고 여기서 번호를 주면…….

"남자 친구 때문에 그래요? 뭐 어때요, 사귀자는 것도 아닌데. 연락하고 지내면 좋을 거 같아서요. 같은 업계니까."

승환이 일적으로 연락할 일이 얼마나 많은지 나열하기 시작하자 정말 번호를 주지 않으면 안 될 상황처럼 느껴졌다.

"그럼, 여기 찍어줘요."

승환이 결국 그의 핸드폰을 지유에게 내밀었다. 그녀는 그걸 받아 들고 울며 겨자 먹기로 번호를 입력하기 시작했다.

그때, 레이가 지유와 휘연의 사이로 끼어들며 팔꿈치로 지유의 손을 탁 쳤다.

"지유 씨, 쏘리. 우리 배우님께 저도 오늘 고생하셨다고 술 한잔 드리고 싶어서 왔습니다. 하하. 제 잔 받으세요."

레이는 승환의 술잔에 술을 따랐고, 승환은 떨떠름한 표정으로 잔을 받았다. 매니저는 바닥에 놓여 있는 승환의 핸드폰을 집어 들었다. 이후, 승환이 제 연애 사업을 방해하는 레이에게 앙심을 품고 잔에 술을 따랐다.

"고생하셨습니다. 어익쿠, 사랑이 넘치시네요~"

"네. 많이 드세요."

레이의 손에 소주가 흘러내렸다. 일부러 잔에 넘치게 술을 따라

준 승환의 곁으로 도형이 다가왔다. 천상천하 유아독존으로 살고 있던 승환이 움찔했다.

도대체 얼마나 잘났기에 제가 아는 지인이 J 스튜디오를 피하고 그를 무서워하는 건지 궁금했다. 그래서 확인해 보기 위해 승환은 굳이 J 스튜디오에서 촬영을 하게 된 것이다.

요즘 스튜디오에서도 매니지먼트를 병행하면서 어떻게든 고객을 잡으려고 사교 모임에도 얼굴을 비추기 마련인데 제이크는 그런 모임에는 얼씬도 하지 않아 콧대 높은 걸로 유명했다. 그런데도 그만큼 만족스러운 작업물을 내주니 촬영 의뢰는 끊이지 않았다.

"저도 한 잔 주시죠."

도형이 먼저 잔을 내밀자, 승환이 소주병을 들어 잔에 따랐다. 술이 잔의 중간을 넘어서자 도형의 눈빛이 점점 차가워졌다.

승환은 레이에게 했던 것처럼 넘치게 따르지 못하고 중간보다 조금 위까지 따르고 멈췄다.

"저도 한잔 주세요, 작가님."

승환이 도형에게 잔을 내밀자 도형 역시 술을 따랐다. 넘치지 않을 정도로 아슬아슬하게 따른 도형은 술병을 탁 내려놓았다. 술잔을 입가로 가져가던 승환의 손이 흔들리며 옷에 조금 술이 쏟아졌다. 그러자 승환의 얼굴이 종잇장 구겨지듯 팍 구겨졌다. 결국 잔에 든 술이 옷에 떨어지자 승환은 불쾌한 표정을 숨기지 못했다.

"여기 휴지 있습니다. 괜찮으세요?"

주변에서 승환을 걱정하는 목소리를 냈다. 그의 매니저와 스타일리스트는 승환이 도형에게 예민하게 굴까 싶어 걱정했겠지만 도형을 아는 사람들은 반대로 승환을 걱정했다. 저놈, 얼마나 깨지려나.

"얼굴로 먹고사는 직업은 보이는 게 가장 중요하겠죠. 그래서 다들 피부를 관리하고 제일 큰 자산인 얼굴을 보호하려고 하겠죠."

도형은 존댓말로 상대를 존중하는 듯 보였으나, 입가엔 조소가 넘쳤다. 승환은 그런 도형을 보며 왜 자신이 그 앞에만 서면 말문이 터지지 않는지, 왜 저 남자에게 꼼짝할 수 없는지 머리는 이해할 수 없었지만 제 몸은 이해하는 모양이었다. 그의 자세가 매우 공손해졌다.

"카메라를 든 사람에겐 이 손이 재산입니다. 저희 직원한테 사과하시죠."

"네? 제가 왜……."

"저희에겐 이 손이 당신의 얼굴과 같으니까요."

도형은 이후로 말없이 승환을 오래도록 보았다. 사과를 할 때까지 기다리겠다는 심산이었다. 소리 없는 살벌한 분위기에 다들 이러지도 저러지도 못하고 발을 동동 굴렀다. 결국, 패배자는 승환이었다. 이 숨 막히는 상황을 견디다 못해 그가 입을 열었다.

"미안해요, 레이 씨."

"아닙니다. 제가 적당히 달라고 했어야 했는데. 다들 짠 합시다, 짠."

"짠 하기 전에 하나만 더요."

"……."

승환은 뭐가 또 있나 하는 표정으로 그를 노려봤다가 금방 눈에 힘을 풀었다.

"지유 씨가 만나는 일반인 나예요. 그래도 번호 필요합니까?"

"……!"

그는 지유와 만나는 것을 숨길 생각이 없었다. 질문하듯 물었지만 그건 제 여자에게 흑심을 품은 남자에게 경고하는 협박과도 같았다.

내가 골대 앞을 지키고 있는데 네가 감히 넣을 수 있겠냐는 무언이었다.

"필요하지 않은 걸로 알겠습니다. 그럼, 술자리 슬슬 마무리하죠."

도형이 잔을 들자 다른 사람들도 함께 잔을 따라 들었다. 승환도 묵묵히 술잔을 들고 마셨다. 도형은 승환의 잔이 비면 채워 주었고 그 이후엔 승환이 하는 이야기를 잘 들어주었다. 채찍질을 한 후 당근을 주는 것처럼.

***

승환은 친구들을 만나 2차 모임을 갖는다고 하였다. 스튜디오 식구들은 뒷정리를 하러 스튜디오로 갔고, 휘연 대리는 택시를 타고 집으로 갔다.

"차가 스튜디오에 있네."

"다시 갈까?"

"그래야겠다."

도형과 지유는 결국 스튜디오 쪽으로 함께 걸었다. 지유는 슬쩍 도형의 손을 잡았다.

"아까 레이 오빠가 오빠를 사랑하는 눈빛으로 보더라."

"그랬어?"

"응. 내 눈에도 좀 멋있었고. 보복이 올까 두렵긴 하지만."

"그러진 않을 거야. 네 옆에 있는 사람이 누군지 아는데, 병신 같은 짓은 안 하겠지."

도형의 확신에 지유는 그저 그의 손을 꼭 잡는 걸로 믿음을 표현했다.

"잠시만."

그는 레이에게 전화를 걸었다. 무슨 일인지 그는 전화를 받지 않았다.

"왜? 안 받아?"

"응. 아무래도 올라갔다 와야겠다. 지유 넌, 여기서 기다려."

"그렇게. 얼른 다녀와."

도형은 지유를 두고 스튜디오로 들어갔다. 그는 안으로 들어가며 대리 기사에게 전화를 걸었다.

지유는 벽에 등을 기대고 숨을 '후' 하고 쉬었다. 분위기에 맞추다 보니 술을 꽤 많이 마셨다. 그것도 소주로.

술을 못하는 편은 아니라 기억을 잃을 정도로 인사불성이 된 적은 없지만 항상 흐트러지긴 했다.

"쓸데없이 멋있는 서도형."

그녀는 킥킥 웃으며 혼잣말을 했다. 자신이 만나는 일반인, 서도형. 남자가 옆에 오기만 해도 질투해 주고 경계하는 그를 보니 왜 마음이 뿌듯한지 모르겠다.

걱정하고 있는 사람은 정작 이쪽에 있는데.

그의 주변에 있는 여자에게도, 과거에 그에게 관심 있던 언니들이 하나둘씩 다 떠오를 정도로 그녀는 알게 모르게 그의 주변을 경계하고 있었다.

사람마다 차이가 있겠지만 지유는 도형의 질투가 너무 기분 좋았다. 그에게 관심받는 느낌이 들어서.

술까지 마셨겠다, 킥킥 자꾸 입에선 웃음이 터져 나왔다. 그런 그녀의 시야에 스튜디오 건물 앞에서 기웃거리는 중년 여성이 보였다.

"……!"

고개를 갸웃거리던 지유는 중년 여성을 자세히 보기 위해 눈을 가늘게 좁히다 상대와 눈이 마주쳤다. 지유의 눈이 왕방울만 하게 커졌다.

4년 전에, 인영의 장례식장에서 보고 단 한 번도 마주친 적 없던 사람이었다. 그녀의 뺨을 때리고 오히려 상처받은 눈으로 저를 보았던, 과 동기들을 모두 죄인 취급했던 인영의 어머니였다.

"아, 안녕하세요."

지유는 인영의 모친에게 다가가 고개를 숙여 인사했다. 상대는 눈을 가늘게 뜨고 지유를 보더니 온화한 표정을 순식간에 굳히며 표독스러운 눈을 해 보였다.

"오랜만이네요. 그럼."

지유의 인사를 받아준 인영의 모친은 작은 핸드백에서 폰을 꺼냈다. 핸드폰을 귓가에 가져가는 걸 보고 지유도 등을 돌렸다.

도형을 기다리느라 이러지도 못하고 저러지도 못하고 있는 상황이 난감했다. 괜히 발끝으로 땅을 툭툭 치는데 상대의 입에서 그녀가 아는 이름이 튀어나왔다. 지유는 저도 모르게 뒤를 돌았다.

"그래. 도형아. 전해 줄 게 있어서 지나가는 길에 들렀다. 안에 있니? 그래. 바로 나온다고."

도형 오빠와 아는 사이?

지유는 고개를 갸웃하며 상대를 보다가 눈이 마주치자 다시 등을 돌렸다.

그때의 사고가 벌어진 날 그 현장에 있었다는 이유로 왜 죄인이된 것 같은 기분이 드는지 모르겠다.

"말도 없이 오셨어요? 종이백 주세요."

"네 옷 한 벌 사뒀는데 매번 시간이 없어서 못 줬지 뭐니. 이 근방에서 모임이 있어서 갔다가 집 들어가는 길이었다."

"감사합니다. 작은아버지께 감사하다고 전해 주세요."

"도형이 네가 전화드리는 게 더 나을 거 같은데?"

"하하. 네. 지유야, 이리 와. 작은어머니, 제 여자 친구예요."

지유는 얼떨결에 도형의 옆에 섰다. 도형은 인영의 어머니 앞에서 친근하게 제게 스킨십을 하며 저를 여자 친구라고 소개하고 있었다.

"아, 안녕하세요. 유지……유입니다."

"여자 친구?"

"네. 가볍게 만나는 사이 아니고요. 어쩌다 보니 작은어머니께서 제일 먼저 보셨네요."

그는 사람 좋게 웃으며 어깨동무한 지유의 둥근 어깨를 토닥이듯이 꾹 눌렀다.

"나중에 다시 이야기하자꾸나. 옷은 잘 입고. 그, 그래."

인영의 모친은 핸드백에서 선글라스 꺼내 쓰고는 그러곤 얼른 그 자리를 벗어났다.

인영의 어머니가 가시고 둘만 남게 되자 지유는 입을 달싹이다가 이로 질끈 입술을 물었다.

그분을 작은어머니라고 부른다는 건, 인영은 도형의 사촌 동생이라는 것이다. 이게 말이 돼? 인영과 2년 가까이 수업을 같이 들었는데 전혀 눈치채지 못했다. 하긴, 인영이 먼저 제 사촌 오빠가 서도형이라며 제게 알려주는 것도 이상했다. 상대가 말하지 않는데 네 사촌이 서도형이냐고 물을 생각은 당연히 해 본 적이 없었다. 그랬기에 그녀는 충격이 컸다.

그런데 장례식장에서 도형과 마주친 적이 없었다. 한참 고민하던 그녀는 그 당시 그가 미국에 있었던 걸 떠올렸다.

"지유야?"

"어, ……어."

"바로 집에 가기 아쉬우면, 와인 한잔할까?"

"으응, 그래."

지유의 말에 도형은 아까처럼 제 어깨를 감쌌다. 다정한 그의 손길에 마음이 안정되면서도 한편으론 작은어머니가 도형과 그의 부모님에게 자신을 어떻게 얘기할지 불안했다.

설마 헤어지라고 할까.

"유지유."

"으응?"

"내가 방금 뭐라고 했게?"

"미안. 못 들었어."

그가 미간을 찌푸리더니 와인 바 테이블을 두드렸다. 거기엔 메뉴판이 놓여 있었다. 지유는 메뉴를 쭉 보다가 아무거나 하나를 가리켰다. 빼곡한 글자를 하나하나 읽어보며 메뉴를 선택할 수 있는 정신이 아니었다.

"내가 알아서 주문할게."

"으응."

"보헤미안으로 주세요. 안주는 이따 주문할게요."

도형은 주문을 마친 후 여전히 고민에 빠진 지유를 응시했다. 그가 앞에서 의자에 등을 기댔다가 팔짱을 끼었다가 풀어도 그녀는 정신이 다른 곳에 있는 듯 했다.

작은어머니께서 갑자기 스튜디오에 오실 줄 몰랐다. 두 사람의 표정을 보니 이미 서로를 알아본 듯하다.

"오빠."

"응?"

"저기…… 아니다. 아니야."

"걱정하지 마. 지유 네가 생각하는 일 일어나지 않을 거야."

도형의 말에 지유의 눈이 커졌다.

"오빠 알고 있었어?"

"좀 됐어."

"……그랬구나."

"네가 미안할 일 아니야."

그는 딱 잘라 말했다. 그 일은 사고였고, 너의 잘못은 아니라고. 단지 그곳에 있었다는 이유로 죄인 될 필요는 없는 거라고.

"언제부터 알았어?"

"전에 인영이 전 남친이 너 찾아왔을 때. 그맘때쯤."

"……말도 안 돼."

지유의 눈빛이 흔들렸다. 너무 태연한 그의 앞에서 지유는 물잔을 쥐고 있는 손도 파들파들 떨렸다.

"그거 알고 나도 말을 어떻게 꺼내야 할지 고민했어. 부모님께 어디까지 말씀드려야 좋을지. 아직 우리 서로 알아가는 단계인데. 내 멋대로 결혼하고 싶다고 찾아가서 무턱대고 설득하는 것도 이상하고, 지유 네 잘못도 아닌데 그걸 또 이해시키는 것도 이상하더라. 언제가 시기가 좋을지 계속 보고 있었어."

"으응."

"나는, 네가 나 다친 줄 알고 놀라서 울었을 때. 그때, 정했어."

"뭘 정해?"

"나는 너 두고 어디 가면 안 되겠구나. 뭐가 됐든 네 옆에서 다 이겨내면 되겠구나. 그런 거."

"오빠……."

"걱정하지 마. 네가 생각하는 게 뭐였든 나는 너랑 같이 갈 거야."

"……."

"지유 너만 맘 약해지지 말고. 혼자 고민하지 말고, 다 나한테 말해 주면 좋겠어. 나도 그럴게."

"알겠어. 오빠. 고마워. ……미안해."

"미안해하지 말라고, 유지유 씨. 그럴 일 아닌데."

지유는 도형과 눈이 마주치자 눈물이 고였다. 도형은 손을 뻗어 지유의 한쪽 뺨을 감싼 후 엄지로 눈물을 닦아 주었다.

"울보라니까, 우리 지유."

"미안해서 그렇지. 알고 있으면 말 좀 해 주지. 진짜 울 일 아닌데, 왜 이러지."

지유는 손등으로 쓱 눈을 닦다가 눈을 감아 버렸다. 그 사건이 이렇게 다시 엮이게 될 줄 몰랐다. 어쩌면 도형의 집안에서 반대가 있을 수 있고, 도형도 저를 잠시나마 원망할 수 있었을 텐데도 그는 티 내지 않았다. 그녀의 잘못은 아니지만 그 자리에 있던 건 맞았으니까.

만약 술을 마시지 않았다면, 그때 그녀가 홀로 밖에 나가는 걸 단 한 명이라도 보고 같이 따라 나갔다면 그 일은 일어나지 않았을 거다.

"너랑 네 동기도 힘들었을 거야. 작은어머니랑 아버진 너희 탓을 해야만 했을 거고. 하필 왜 거기에 네가 있었을까 그런 생각 안 해 봤다고 하면 거짓말이지. 그렇다고 해서 너에 대한 내 마음은 변하지 않아. 그 기억이 네게도 아픈 기억일 테니 들추고 싶지도 않아. 나와 만나면서 다시 들춰질까 봐 오히려 내가 미안하지."

"그러지 마. 오빠가 뭐가 미안해. ……재신 오빠한텐 말하지 말아 줘."

"응. 알겠어. 그만 울고."

도형은 아예 옆자리로 와서 와인 잔을 지유에게 쥐여 주었다. 여린 마음에 상처를 들쑤시는 것 같아 마음이 아프지만 이미 벌어진 일이었다. 도형은 이제 어찌 수습해야 할지 와인을 한 모금 마시면서 고민하기 시작했다.

***

늦은 밤, 평소라면 잠이 들 시간인데 도형의 본가는 불을 환히 밝히고 있었다.

인영의 모친은 도형의 스튜디오에서 마주친 지유의 일로 남편과 함께 도형의 본가로 찾아온 것이었다.

도형의 아버지인 중택은 동생 내외의 말을 들어주었다.

도형이 만나는 여자가 인영의 동기였고, MT 때도 함께 술을 마셨던 아이라고.

"형. 형이 하는 말에 왈가왈부 간섭한 적 없었고 항상 지지했었어. 내겐 형이 되게 큰 사람이고 지금도 존경하는 사람에 속해."

"……."

중택이 입을 다물자 그는 형수를 보았다.

"형수님. 자식 잃어 본 이의 마음을 눈앞에 뜯어서 보여 줄 순 없지만 가슴이 문드러집니다. 아직도 서로 우리 애 이름을 제대로 입에 올리질 못해요. 그런데 도형이 녀석이 우리 인영이 일을 다 알고 있으면서 그 애를 만났다고 합니다. 다 알면서요."

"서방님."

"네, 형수님. 어떻게 도형이 그 녀석이 그럴 수 있답니까? 인영이랑 그렇게 친했는데. 장례식 때도 저 바쁘다고 안 오더니. 서운합니다. 그래도 제 아들처럼 생각했는데, 어떻게…… 지 사촌 여동생 죽게 만든 애랑. 하, 나 참."

"서윤택. 윤택아."

잠시 동생의 말을 막아보려 했지만 소용없었다. 인영이를 죽게 만든 건, 그 아이들이 아니라고 말해야 하는데 상대는 들으려 하지 않았다. 윤택은 본인이 말하면서 점점 더 흥분해 가고 있었다.

"형. 그 앤 안 돼. 우리 눈에 흙이 들어가도 우리 집안에 못 들여. 살다 보면 그때 왔던 애들 중 어쩌면 한 명은 회사 직원이든 아는 사람으로 엮이게 될 지도 모른다고 생각했는데, 가족으로는 아니야. 그건 못할 거 같아. 그 애들이 도대체 우리 애한테 얼마나 술을 먹였으면……. 그 애를 어떻게 가족으로 봐, 내가. 그 애가 그런 게 아니라고 해도 매해 명절마다 어떻게 봐."

"이만 가 봐라. 늦은 시간이니."

"형……."

"도형인 우리가 알아서 하마."

"형, 고마워. 고맙습니다, 형수님."

서중택 회장은 먼저 자리를 뜨며 방으로 들어갔다.

"저도 들어가 보겠습니다. 멀리 못 나갑니다. 조심히 가세요."

"네, 형수님. 감사합니다."

남은 두 사람은 하나밖에 없는 딸을 떠올렸다. 허탈한 마음에 가슴이 저렸다.

남이 봤을 때 꿋꿋이 잘 지내고 있는 것 같아 보여도 여전히 가슴속엔 대못 하나가 박혀 있었다. 빼낼 수 없는 대못은 시시때때로 그들의 삶을 조여 왔다.

제 자식을 먼저 보낸 부모의 마음을 누가 헤아릴 수 있을까. 억울한 죽음 앞에서 누군가를 탓하는 것밖에는 할 수 있는 게 없었다.

무슨 짓을 해도 제 딸이 살아 돌아오는 건 아니니까. 차라리 그때 MT를 안 보냈으면 이 일이 일어나지 않았을 텐데.

같이 있던 사람들이 무슨 죄가 있겠냐마는 두 사람은 그곳에 있던 그들을 다시는 보고 싶지 않았다. 인영의 장례식장에 와서 자신들에게 욕을 먹으면서도 3일 내내 어느 누구도 자리를 뜨지 않고 묵묵히 일하던 그들의 마음을 모르진 않았다.

그럼에도 마음이 그들을 탓하고 있었다. 어른으로서 제 마음 다잡고 객관적으로 상황을 직시해야 하는데, 적어도 제 자식을 두곤 그렇게 되지 않았다.

심지어 도형의 여자 친구라는 아이는 손찌검까지 받았다. 맞은 게 억울해서 집에 갈 만도 하건만 그녀는 조용히 자리를 지켰다. 모두 돌아간 새벽, 가족들조차 피곤함에 옆방에서 잠시 눈을 붙였을 때 그 애는 인영의 사진 앞에서 한참을 울었다.

그러나 그땐 그 모습조차 미워보였다. 그 아이는 가해자가 아니고, 이 일로 상처를 받았다는 걸 외면했었다.

"이만 일어남세."

"그냥, 우리가 이곳을 떠날까요. 아마 10년, 20년 후에도 우린 인영이 못 잊고 있을 거예요. 이렇게 사는 게 맞는지. ……4년이나 지났는데 이제 그만 슬퍼할 때도 되지 않았냐고 하는데. 시간이 아무리 흘러도 아직도 인영이 일로 힘들어하는 우릴 보면 누구라도 진질머리를 낼 거라고…… 그런 생각이 들었어요."

"그래도 그 앤 안 돼."

별거 아닌 일에 예민하게 반응하고 있는 거라고 할 수 있겠지만 두 사람은 명절 때나 가족 행사 때마다 도형이 만나는 그 애를 보고 싶지 않았다. 가족으로 들이는 건 정말 아니라고 생각했다.

***

그 일이 있고 나서 지유는 한동안 도형을 만나지 못했다. 그는 사이판으로 촬영을 하러 간 이후로 후 작업량이 많아서라고 했지만 실제론 본가로 얼굴도장을 찍으러 드나드느라 그런 것 같았다.

"휴우."

"무슨 일이야, 지유."

"아…… 선배."

"편집장이 괴롭혀? 얼마 전에 보니까 두 편집장 사이에 스파크 장난 없더라."

동우가 다가와 몸을 부르르 떨며 그녀의 안부를 물었다.

"그런 건 아니고요. 물론 그것도 힘든 부분 중 하나긴 해요."

"뭔데. 털어놔 봐."

"아니에요."

지유는 빈 종이컵을 와작 구겨 쓰레기통에 넣었다. 선배한테 고민 상담할 일은 아니었다.

"남자 친구가 속 썩여?"

"아뇨."

"아닌데…… 바람?"

"선배!"

"미안, 미안! 취소. 둘 사이에 틈이 있다면 나한테 반가운 소식인데?"

"그런 거 아니거든요!"

지유가 팔꿈치로 밀어내자 그가 큭큭 웃으며 뒤로 물러났다. 그러더니 주머니에서 주섬주섬 무언가를 꺼내 지유에게 내밀었다. 손바닥만 한 작은 박스였다.

"일할 때 보니까 축 처져 있는 거 같더라."

"초콜릿이네요?"

"응. 힘내. ……어때, 이 정도면 좀 매력 플러스 됐어?"

"고마워요. 잘 먹을게요."

"아…… 이거론 부족했나."

동우는 고개를 좌우로 저으며 키득키득 웃었다. 지유는 정말 못 말리겠다는 듯 저도 모르게 미소를 지었다.

"데이트라면 언제든 환영입니다. 유지유 후배. 술도 사줄 수 있어."

"말씀 감사해요."

"입으로만 감사 인사받긴 좀 그런데. 그렇게 고마우면 저녁에 볼링이나 치러 가자."

"저랑 선배님 둘만요?"

"아니지~ 다 같이 가야지. 내가 모집할게."

"네. 다들 바빠서 갈지 모르겠네요."

지유는 알겠다며 편집 팀으로 들어갔다. 내부는 조용했지만 여전히 긴장감이 서린 상태였다.

이런 사람들과 함께 볼링이라니 상상도 못 할 일이다.

***

분명 상상도 못 할 일이었는데, 동우는 생각보다 넉살이 좋아 두 팀을 한 번에 다 모았다. 그들은 회사 구내식당에서 저녁을 먹고 앞 건물 볼링장에서 만났다.

어쩌다 보니 테드와 유컬 편집장을 선두로 두 팀이 마주 보듯이 나열해 서 있었다.

"이번 일은 이긴 사람 쪽 손을 들어주는 게 어때? 이미희 편집장?"

"좋아요."

"동우 씨는 어느 팀이에요?"

미희는 힐끗 고개를 틀어 동우를 봤다. 동우는 두 손을 들고 두 팀의 정 가운데로 섰다.

"저는 심판입니다."

어느 쪽도 끼지 않겠다는 의미였다. 테드의 직원이지만, 유컬의 대표를 아버지로 둔 인물. 평소에 같이 밥도 먹고 커피도 마시고 대화도 나누지만 뒤돌아서 생각해 보면 엄청 친한 것도 아니었고, 그렇다고 모임에 부르지 않을 정도로 불편한 사이도 아니었다.

"4대4네요. 딱 좋아요. 남녀 비율도 잘 맞네요."

볼링공을 굴릴 때마다 양쪽은 희비가 엇갈리며 응원하길 반복했다. 상대가 잘할 땐 침울해졌고, 본인 팀이 잘할 땐 즐거워했다.

서로 실력이 비슷해서 엎치락뒤치락하며 승부를 이어갔다.

유컬이 앞서간다 싶으면 테드가 따라잡았고, 테드가 잘하면 유컬도 그만큼 잘해냈다. 두 팀은 경쟁하는 듯 자신의 팀이 경기에서 이기기 위해 사기를 끌어올려 그들이 할 수 있는 것보다 더 좋은 점수를 내었다.

"차석 사수님이 진짜 볼링 잘치네요. 우와. 윤석호 팀장하고 거의 비등비등? 이거 그냥 윤석호 팀장님하고 차석 사수님의 싸움인데요."

각 팀의 에이스들은 깍두기인 사람들의 몫까지 다 해냈다. 미희와 석호의 싸움에서 차석과 석호로 바뀌었다.

그들의 피 튀기는 전쟁은 유컬의 승리로 끝났다. 마지막 승부를 내고 내려오던 석호는 목을 돌리며 미희의 앞에서 피식 웃었다.

"다들 고생했어요. 잘했어."

"더 잘할 수 있었는데."

"괜찮아. 잘했어. 차석 씨도 고생했고."

미희는 사기가 떨어진 직원을 토닥였다.

"오늘은 내가 쏜다! 막걸리 한잔하러 갑시다!"

그렇게 테드 편집 팀은 파전에 막걸리를 하러 자주 가는 단골집으로 갔다.

한 잔이 두 잔이 되고, 빈 막걸릿병이 발아래를 가득 채우고 있었다. 처음엔 진 게 분해서, 나중엔 서로의 이야기를 들어주다가, 마지막엔 술 마시니 기분이 좋아서.

"어? 근데 동우 씨는 언제 왔어?"

"대리님~ 저 처음부터 있었는데요?"

"……아까는 우리 팀 편 안 들어 주더니."

"에이. 저는 테드 직원이었죠."

"얼씨구? 동우 씨는 볼링 얼마나 치는데?"

"그냥 공 굴리는 수준이죠."

동우의 말에 지유가 힐끗 그를 봤다.

"학교 다닐 때 선배 볼링으로 프로 데뷔하려고 했잖아요. 못 치긴!"

"하하하……."

"동우 씨 그렇게 잘 치는데 우리 안 도와준 거예요?"

"저는 편집 팀이 아니니까요. 마음만은 테드 팀 응원했죠."

동우의 너스레에 다들 절레절레 고개를 흔들며 웃었다. 술 마시

아주 작은 방울 79

는 틈에 동우가 지유를 눈으로 흘겼지만 그녀는 콧잔등을 찌푸리며 턱을 들어 보였다.

화기애애한 틈에 그녀는 밖으로 나왔다. 건물 뒤편으로 가서 도형에게 전화를 걸었다.

"오빠!"

-응, 지유야. 회식 끝났어?

"응. 오빠는?"

-난 영상 편집 하고 있었지. 액세서리 브랜드 면세점에 들어갈 거.

"저번에도 그거 하고 있었잖아. 아직 안 끝났어?"

-그러게. 뭐가 자꾸 아쉽네. 술 많이 마셨어?

"조금. 아니, 조금 많이."

-누가 그렇게 우리 지유 술을 먹여 으음…… 시간도 늦었는데 데리러 갈게.

아니야, 됐어. 안 와도 돼.

도형은 항상 지유가 미안할 틈도 주고 싶지 않다는 듯 거절하기도 전에 행동으로 옮겼다.

"으으, 근데 나 확실히 언제 끝날지 모르겠어. 거의 막바지긴 한데……."

-괜찮아. 기다리면 되지, 뭐.

"날도 추운데."

-차에서 기다리면 돼. 너 보러 가는 건데, 추운 게 대수야.

"나도 사실 오빠 엄청 보고 싶었어. 흐흐."

-그렇다고 도망 나오진 말고.

지유는 키득키득 웃었다. 마음 같아선 가방도 겉옷도 안에 다 두고 이대로 도형에게 가고 싶었다.

지유는 도형이 자신과 만나지 못했던 며칠 동안 그가 집안에 뭐라고 이야기를 해 두었는지, 도형의 가족들이 자신을 어떻게 생각할지에 대해서 무척 신경이 쓰였지만 도형에게 먼저 물어볼 자신이 없었다.

-춥다. 들어가 있어. 도착하면 문자할게.

"으응. 오빠!"

-왜?

"좋아서. 오늘 나 오빠네에서 자고 가도 돼?"

주변에 아무도 없는데도 얼굴이 빨개진 지유가 손부채질을 하며 주위를 둘러봤다. 괜히 발로 바닥을 툭툭 차기도 하고 벽과 벽 사이를 왔다 갔다 움직이며 도형의 대답을 기다렸다.

오빠네서 오빠 품에 안겨서 자고 싶어.

그 말을 하고 싶었는데 부끄러워 차마 뒷말은 하지 못했다. 말을 뱉기 전까지 왜 이렇게 가슴이 뛰는지. 상대가 거절할 리는 없지만 혹시 바쁘다거나 일이 남아 있다고 하면 상처가 된다.

-오빠 컴퓨터 끄고 갈게.

마우스를 클릭하는 소리가 들렸다. 컴퓨터를 종료한다는 건 그가 오늘 더 이상 작업을 하지 않겠다는 뜻이었다.

띠디디딕, 핸드폰 너머로 도어로크가 열리는 소리가 나더니 문이 잠기는 소리가 났다. 도형은 오늘 지유를 데려다주는 게 아니라 그의 집으로 데려가는 쪽으로 결정을 내린 듯했다.

"크큭. 오예!"

테드가 져서 아까 주먹이 울었는데, 도형과 만날 생각에 가슴이 설레었다. 어떻게 기분을 이렇게 바꿔 놓을 수 있을까.

자신의 기분을 이토록 좌지우지하는 그를 만난다는 것 자체만으로도 하루의 피로가 싹 풀린다. 어느새 서도형이 이렇게 제게 큰 존재가 되어 있었을까.

나도 그의 삶에 없어선 안 될 존재였으면 좋겠는데.

그를 사랑하는 마음이 커질수록 그의 안에 내가 얼마만큼을 자리를 차지하고 있는지에 대한 확신이 점점 줄어든다. 내가 더 사랑하는 것 같은 기분.

같이 있을 땐 사랑받는 것 같다가도 어느 순간엔 내 사랑이 더 큰 것 같이 느껴진다. 그래도 그를 만나면 그 생각마저 잊어버릴 만큼 그가 좋았다.

지유는 싱숭생숭한 마음을 기지개를 켜며 함께 날려 버리고 막걸릿집 안으로 들어갔다.

***

도형은 차 시동을 켜고 내비게이션에 장소를 입력했다. 지도상으로 보니 어딘지 알 거 같아서 그는 내비게이션을 끄고 음악 볼륨을 올렸다.

부드럽게 주차장을 빠져나간 차는 금세 도롯가에 진입했다.

사이판에 가기 전, 그는 부모님의 호출로 본가에 갔다. 당연 그 이유는 지유와 관련이 있었다.

'헤어져라. 더 마음 깊어지기 전에.'

항상 저를 지지해 주던 아버지는 처음으로 그의 연애를 반대했다. 아버지 회사로 들어가지 않고 사진을 찍으며 세상 팔도를 돌고 싶다고 할 때도 이렇게 완강하진 않으셨다. 오히려 네 인생을 존중하겠다고 하셨던 분인데, 그만큼 이번 사안은 아버지께도 중대한 일이었던 것 같다.

'그래, 노형아. 세상은 넓어. 또 좋은 사람 만날 거야.'

어머니까지 그의 연애를 반대했다.

'저 못 헤어져요. 그런 이유로 헤어질 정도로 얕은 마음 아니에요. 그 일이 지유 잘못은 아니잖아요. 어머니, 아버지도 아시잖아요.'

'알지. 그 친구 잘못 아니라는 것도. 그런데 작은집에서 못 본다잖니. 차라리 네 친구라거나 후배라면 모를까. 조카며느리론 어렵다는데 어쩌니. 그 애 볼 때마다 인영이 생각나서 힘들 게 눈에 보이는데.'

그는 고개를 저어 상념을 지웠다. 부모님은 그 이후에도 저녁 식사 때마다 그에게 헤어짐을 강요했고 도형은 그럴 수 없다고 부딪혔다. 그런 상황에서도 그는 꿋꿋이 불편한 식사 자리를 나갔다.

결국 꿈쩍 않는 그의 완강한 태도에 화가 난 아버지가 숟가락을 내려놓았다.

'결혼 이야기가 오가기도 전에 이렇게 집안을 시끄럽게 하는 아이는 나도 싫다. 넌 네 멋에 사는 녀석이니 부모 없이 네 생각대로 살려무나.'

아버지는 그러고 방 안으로 들어가셨고 어머니는 아버지와 도형을 번갈아 보다가 그의 손을 잡아 주었다.

'네 아버지 마음 알지? 다른 일도 아니고 동생 일이잖니. 네 아버지가 인영이 그렇게 되고 작은집 끔찍이 생각하는 거 알지? 인영이 생각하면 작은아버지 안쓰러워서 잠도 못 주무시는 분이다. 네게 화가 나서 그런 말한 거니까 한 귀로 듣고 흘려. 그리고 여자 친구는…… 꼭 결혼까지 가야겠니?'

'네. 어머니. 저는 이때까지 지유 한 사람이었고, 앞으로도 그 애밖에 없어요. 그 애 놓치면 아마 제 옆엔 앞으로 아무도 없을 거예요. 그래서 그래요. 그 애 못 놔요. 아버지는 제가 설득할게요. 어머니는 힘이 돼 주세요.'

그의 간절한 마음에 어머니는 그저 손을 꼭 잡아 주는 것으로 답을 대신했다.

***

차는 어느새 건물 안으로 진입했다. 주차장에 차를 대고 그는 시동을 껐다. 왼손으로 버튼을 뒤로 밀자 운전석 의자가 뒤로 밀렸다. 그러곤 바로 옆 버튼을 뒤로 젖히자 시트가 뒤로 기울어졌다.

그는 핸드폰을 한번 봤다가 조금 더 기다렸다. 지유에게 지금 연락하면 어떻게든 나오려고 눈치 볼 게 뻔하니 회식이 끝나길 기다려주는 쪽을 택했다.

오랜만에 지유 볼 생각하니 피로가 싹 가셨다. 그는 핸드폰을 켜 앨범 폴더를 눌렀다. 거기엔 지유 사진이 가득했다.

웃고 있을 때, 찌푸렸을 때, 맛있는 거 먹을 때, 배경이 예뻐서 포즈 취했을 때 등등. 사진 찍는 게 직업이 되다 보니 밖에서 누구를 잘 찍어 주는 일이 없었다. 꼭 가수가 자기 노래 안 부르듯이.

친구들끼리 만나도, 폰 사진도 잘 안 찍었는데 지유는 달랐다. 자꾸 제 프레임 속에 담고 싶어서 데이트할 때 자신도 모르게 지유를 찍게 된다. 처음엔 부끄러워하던 그녀도 요샌 곧잘 포즈도 취하고 같이 찍자며 달려들기도 한다.

띠링.

[오빠, 어니야?]

도형은 그녀의 문자를 보고 바로 전화를 걸었다.

-오빠, 어디야?

"주차장."

-벌써? 나 역 쪽인데, 그럼 다시 거기로 갈게.

"아니야. 내가 역 앞으로 갈게."

-그럴래? 그럼 으음, 어느 방향에 서 있어야 하지?

"출구를 내가 모르겠다. 나가면 음식점 있는 방향 말고 뒷골목인 거 같던데."

-그럼 내가 어디 서 있어야 하지, 으악. 어렵다. 나도 얼른 운전을 배워야겠어.

지유의 말에 도형은 피식 웃으며 부드럽게 핸들을 돌렸다.

"아무 데나 서 있어. 이 방향 아니면 유턴할게."

-정말? 고마워! 그럼 나 여기 꼭 붙어 있을게.

"응. 금방 갈게."

도형은 전화를 끊은 후 주차비를 계산한 후 나왔다. 뒷골목에서 큰길로 빠져나가자 다행히 유턴을 하지 않아도 될 방향에 지유가 서 있었다. 그녀 앞에 차를 멈추자 지유가 조수석 문을 똑똑 두드린다. 락을 풀자 그녀가 문을 열고 금세 차 안으로 들어왔다.

"오빠~ 도형 오빠아."

술 냄새가 언뜻 났지만 얼굴을 보니 행복한 기분이 들었다. 도형에게 다가온 그녀가 팔짱을 끼고 그의 팔에 볼을 부비고, 너무 좋다고 볼에 뽀뽀까지 해 주자 도형의 입이 귀에 걸렸다.

"술 냄새 나?"

"안 나."

"일부러 박하사탕 먹긴 했는데, 다행이다."

"그런 의미로 한 번 더 해 줘."

도형이 검지로 그의 볼을 찍으며 말했다.

빵! 빵!

사랑스러운 지유를 더 보고 싶은데 뒤에서 클랙슨 소리로 난리가 났다. 도형은 아쉬움을 뒤로 하고 그녀에게서 손을 거뒀다.

그 대신 누구보다 빠른 속도로 차를 몰아 집으로 향했다.

***

집에 도착한 두 사람은 집에 들어가자마자 입을 맞췄다. 현관에 불이 들어왔다. 신발을 아무렇게나 벗고 키스를 하며 집 안으로 들어온 두 사람은 약속이라도 한 것처럼 안방으로 들어갔다.

술을 마신 지유는 평소보다 적극적이었다. 도형이 침대에 앉고 지유가 그의 다리 사이에 선 채로 격렬하게 입술을 부딪쳤다.

서로의 숨결이 너무 뜨거워 두 사람은 잠시 입을 떼었다.

"오빠, 보고 싶었어."

"나도. 우리 지유. 너무너무."

지유가 그에게 이마를 대자, 그가 이마를 비비며 눌렀다. 그러다 슬쩍 입술이 닿았고 도형은 그녀의 턱을 잡고 슬며시 고개를 옆으로 기울였다. 그러곤 부드럽게 지유의 입술을 빨아 당겼다.

촉촉하게 머금은 입술이 그의 입술 안에서 부드럽게 녹아내렸다. 너무 달콤해서 온몸에 전율이 일었다.

제 앞에 선 지유를 안은 채로 그는 뒤로 누웠다. 그러곤 몸을 뒤집어 지유를 눕히고 그 위로 올라갔다.

입고 있던 티셔츠를 훌러덩 벗은 후 그는 그녀에게 입을 맞췄다. 그러곤 블라우스 안으로 손을 넣었다.

"……지유야, 사랑해."

"나도. 오빠, 사랑해……."

그녀를 먼저 기쁘게 해 주기엔 지금 그는 좀 급했다. 오랜만에 지유를 본 것도 그렇지만 제게 애교를 부리고, 먼저 적극적으로 나오니 어쩔 줄을 모르겠다.

"그런데 오빠."

"응?"

"나 오늘 몸이 좀 이상해. 자꾸 흥분돼."

지유가 아랫배를 살살 쓸며 말했다.

"나는 매번, 매번 그래. 미치겠다. ……오늘은 더 미치겠고."

"오빠, 오빠!"

"응?"

"……나 오늘은 이렇게 하고 싶어."

그러더니 지유가 슬그머니 일어나 뒤를 돌았다. 침대에 배를 대고 누운 그녀가 고개를 돌려 도형을 보았다.

당황한 그가 뭐라 답하기도 전에 그녀가 블라우스 단추를 풀었다. 손을 뒤로 뻗어 도형의 복근을 어루만지는 걸 보며 그의 눈빛이 흔들렸다.

지유의 잘록한 허리와 옷 위로 봉긋 선 애플힙이 그의 시야를 어지럽혔다.

여인의 굴곡진 몸을 보니 이 모습 전체가 꼭 사진 같았다. 도형은 그 아름다움에 매료되어 지유의 잘록한 허리선을 쓸었다. 그 이후엔 입술을 붙여 목 언저리를 간지럽혔다.

"오빠…… 하아."

"지유야. 우리 지유, 예쁘다."

잘 터지지 않는 그의 신음도 같이 터졌다.

그는 그녀의 위에 자리를 잡았다.

도형은 상반신을 세운 후 그녀의 골반을 잡았다.

술을 마신 탓에 지유의 다리는 부들부들 흔들리다 다시 엎어졌다.

"지유야. 사랑해."

"나도! 오빠. ……너무 좋아. 어떡해."

지유의 좋다는 말에 그의 몸에 더 힘이 들어갔다.

도형은 지유를 제대로 눕힌 후 다시 위로 올라갔다.

"오빠!"

두 사람의 행위는 격렬했다. 도형과 지유의 몸에서 땀이 비 오듯 쏟아졌다.

"하아…… 목말라."

지유의 말에 도형은 그녀에게 입을 맞췄다. 지금 물을 챙겨줄 여유가 없었다.

쾌감에 목까지 젖힌 그녀의 입에서 침이 흘러나왔다.

"……오빠."

두 사람에게도 절정이 찾아왔다.

기력이 소진한 지유가 침대에 뻗자 도형은 그녀를 꼭 안아주었다. 그렇게 그들은 잠시 숨을 골랐다.

***

편한 옷을 입은 두 사람은 침대 위에 누웠다. 도형은 하의만 입고 있었고, 지유는 티셔츠와 반바지를 입은 상태였다. 지유는 그의 팔을 베고 안겨 있었다.

"오빠."

"응?"

이불 속에서 지유가 빙그르르 돌아 눕더니 그의 위로 꿈틀거리며 올라왔다.

"나 유전자 검사해서 친부모 찾기 신청 해 보려고."

"갑자기?"

"지금 엄마도 좋은데, 감사하고 좋은데. 그냥 만나보고 싶어. 왜 날 버렸나 궁금하기도 하고. 이런 거 신청한다고 다 찾을 수 있는 거 아니지만, 아마 안 하면 평생 후회할 거 같아."

"뭐든 응원해. 난 네 편이야."

도형은 그녀의 잘록한 허리를 쓸고 부드러운 몸을 만지며 고개를 끄덕였다.

"아으, 나 진지한 얘기하는데."

"이러고 진지한 얘기하면 오빠는 어떡하라고."

찰싹. 그녀가 그의 가슴을 때렸다. 웃음이 날 정도로 가벼운 터치였다.

"진지하게 들어달라고요, 서도형 씨~"

"그게 되냐고요. 유지유 씨."

"치. 오빠는 내 말투 막 따라 하더라. 저번에 '또형이는'도 따라 하더니."

"크큭. 네가 또형이라고 하니까 왜 귀엽냐."

그는 그녀의 뒤통수를 지그시 눌러 제게 잡아당겼다. 쪽 입을 맞춘 후 지유의 여린 입술을 깊게 빨아들였다.

"으응."

술도 마시고, 평소보다 몸이 예민한 지유는 바로바로 반응해 왔다.

다시 그녀가 흥분하고 있었다.

"오빠. 하아."

"응?"

"나 또 흥분돼."

"그러라고 이러는 건데?"

지유가 아랫배를 만지며 울상을 지었다.

발갛게 달아오른 그녀의 얼굴, 입에서 터지는 신음까지. 그 모습 모두가 그에게 자극적으로 다가왔다.

그는 조금 더 손을 올려 배 위에 앉은 그녀의 반바지 바로 아래 허벅지를 움켜쥐었다.

그러곤 보드라운 살결을 쥐고 엄지로 살살 쓸었다.

"내 몸이 내가 아니라, 오빠 거 같아."

"이제 알았어?"

"크큭. 오빤 원래 알았어?"

"당연하지. 내가 길들인 몸인데."

그가 반팔 티셔츠를 들추고 안으로 손을 넣었다. 허리를 움켜쥐었다가 간지럼 태우자 지유가 그의 위로 쓰러져 누웠다.

"키킥, 키킥. 간지러워."

"예민해서 좋네."

"다른 여자들은 안 그래?"

지유도 거칠게 숨을 쉬었다.

"난 너뿐이라 모르겠는데."

"이렇게 잘생기고 잘난 오빠가 나뿐이라니, 진짜 안 믿겨."

그녀의 투정에 도형은 그녀의 목 언저리를 잡고 얼굴에 계속 입을 맞췄다. 귓불을 만지작거리다가 목을 만지고, 목 뒤 옷 틈으로 손을 넣어 등을 쓸었다.

"학생 땐 공부밖에 없었고, 성인 되고 처음 눈에 들어온 게 너뿐이라……. 그렇다고 너를 욕망할 순 없었잖아. 너를 마음에 품고 다른 여자 안는 건 더더욱 아니고."

"남자는 몸과 마음이 따로 논다던데. 오빠 보니까 그건 아닌가 봐."

"그런 남자도 있겠지만."

"……."

"적어도, 나는 아니야."

도형의 말에 지유는 그가 더 좋아져서 이번엔 그녀가 그의 얼굴에 마구 입을 맞췄다.

"고마워, 오빠."

"뭐가?"

"그냥…… 나만 기다려줘서."

오랫동안 마음에 품고, 기다려주고, 이 사랑을 소중히 생각해 줘서.

쉽게 저를 탐하지도, 그렇다고 물러나지도 않아줘서.

무엇보다 지유는 그가 부모님의 반대에도 불구하고 저를 끝까지 사랑할 거란 확신이 들었다.

그를 만나니 그의 눈빛을 보니, 자신감이 생겼다.

"지유야."

"응?"

"사랑해."

그녀의 귓가에 속삭여주자 지유가 그의 가슴에 쪽 뽀뽀를 했다. 그는 그녀의 귓불을 만지작거리다가 다시 그녀를 불렀다.

"지유야."

"으응?"

"이제 오빠가 할게."

그는 제 위에 누운 그녀를 두 다리로 안은 후 빙글 몸을 돌려 제 아래에 눕혔다.

이제 그녀를 다시 극한으로 몰아갈 시간이었다.

입으로 나누는 대화도 좋지만 두 가지를 함께할 때 그는 더 좋았다.

유지유라는 여자 자체를 온전히 가질 수 있는 시간.

시공간이 오로지 두 사람에게 맞춰져 굴러가는 그 느낌.

두 사람은 서로를 꼭 안은 채 서로에게 매달렸다. 이 밤이 끝날 때까지 말이다.

손 하나 까닥할 힘이 없는 지유를 두고 도형은 부엌으로 가서 야식으로 먹을 만한 게 있는지 찾아보았다.

술을 마셔 해장하고 싶어 할 그녀를 위해 콩나물 북엇국을 끓이기 위해 재료를 손질했다. 멸치 육수가 팔팔 끓기 시작할 때쯤 중불로 낮춘 후 말린 북어에 참기름과 국간장, 다진 마늘을 넣고 팬에 볶았다.

적당히 볶은 후 그 위에 콩나물을 덮고 미리 끓여둔 육수를 부었다. 도형은 뚜껑을 덮은 후 옆 도마에 청양고추를 썰었다.

그는 다 쓴 부엌칼과 도마는 설거지를 바로바로 했다. 그가 손에서 물기를 닦았을 땐 끓고 있는 콩나물국을 제외하고는 주변이 물기 하나 없이 깨끗했다.

안방으로 들어가자 지유가 금세 옷을 다시 입고 엎드려 누워 두 다리를 접었다 펴며 무언가를 보고 있었다.

도형은 침대 위로 올라갔다. 뭘 보고 있나 했더니 그가 찍어서 메신저로 보낸 커플 사진을 열심히 보고 있었다.

"오빠 옆에 있으니까 내가 좀 못생겨 보인다. 그치?"

"아니. 너무 예쁜데."

"말만?"

"아니 정말로."

"그럼 요기."

지유가 눈을 감고 손으로 입술을 톡톡 쳤다. 도형은 키득 웃으며 그녀의 입술에 가볍게 입을 맞췄다.

"다른 사진도 볼래? 네 사진 많은데."

"정말? 내 사진 많다고?"

"응. 잠깐만."

도형은 슬리퍼를 신은 채로 본인의 방으로 들어가 상자 하나를 뒤적였다. 그 안에서 사진 뭉치와 앨범 하나를 들고 다시 안방으로 들어왔다.

"우와. 뭐가 그렇게 많아? 우리가 언제 그렇게 찍었지?"

앨범을 받아든 지유가 앨범을 열더니 귀신이라도 본 것처럼 밀어내며 탁 덮었다.

"으악. 이거 나 예전에 고등학생 때잖아. 오빠 스튜디오 알바할 때."

"응. 하나도 안 버렸지."

"오 마이 갓. 나 못 보겠어. 이런 걸 왜 갖고 있어. 사람 부끄럽게."

지유가 두 손으로 본인의 얼굴을 가렸다.

"꼭 남자 친구 앞에 내 졸업사진 보여 주는 기분이야. 으악. 과거 사진은 안 보고 싶다."

"예쁘기만 한데, 뭘."

도형이 앨범을 가져가려고 하자 지유가 앨범을 뺏었다.

"이왕 가져왔으니까 볼래. 궁금해."

지유는 앨범을 펴고 다시 침대에 엎드려 누웠다. 한 장, 한 장 넘길 때마다 지유는 으악 소리를 지르다가도 사진을 꽤 오래 응시했다.

"내가 이때 교복 치마 길이가 이랬지. 그래, 맞아."

"너 재신이랑 치마 길이로 엄청 싸웠잖아. 이게 두 사람의 합의점이었지, 아마?"

"맞아. 더 짧게 하고 싶었는데."

지유가 아쉽다는 듯 손으로 무릎 위를 손으로 짚었다. 딱 여기까지였으면 더 예뻤을 거라며.

"그때 오빠 사진 촬영 연습할 때 모델 되어 준다고 알짱알짱 거렸는데. 맞다, 오빠 그거 기억나?"

"어떤 거?"

"나 어떤 양아치 무리한테 맞을 뻔했는데 오빠가 모른 척하고 갔잖아."

지유의 말에 도형의 미간이 좁혀졌다.

"내가 언제."

"그때! 그때 기억 안 나? 오빠 스튜디오 있던 골목에서. 내가 그때 서도형 다시 봤잖아."

"네 기억이 잘못된 거 같은데?"

도형의 말에 지유는 다시 곰곰이 그때를 떠올렸다. 지유의 기억엔 도형이 자신을 힐끗 보더니 하던 거 하라는 비슷한 말을 하고 가버렸었다.

"맞다! 그러곤 오빠가 다시 왔지."

"응."

그녀는 그때의 일을 떠올리며 키득키득 웃었다.

***

지유는 하교한 후 신사동으로 가기 위해 지하철을 탔다. 지유는 재신으로부터 바쁘지 않으면 도형에게 서류 하나만 전해 달라는 부탁을 받았다.

정확히 말하면 지유가 재신과 도형의 통화하는 내용을 듣고 자신이 대신 전해 주겠다고 일을 자처한 것이다.

어쨌든 서류 봉투가 구겨지지 않게 파일에 한 번 더 넣어 도형이 있는 신사동으로 향했다.

오늘은 단축 수업을 한 날이라 지하철에는 학생이 거의 없었다. 점심도 대충 먹고 나온지라 배가 고픈 상태였는데 빵 사 먹을 돈도 없었다.

도형 오빠를 만나면 핫도그라도 사 달라고 할 요량이었다.

지유는 신사역에 내려서 골목으로 들어왔다. 도형의 작업실은 도로변으로부터 좀 떨어진 골목 구석에 있었다. 번화가이지만, 도로변에 있는 곳들보다는 한적하고 조용한 위치가 꼭 도형 오빠 같다.

적당히 화려하지만, 속은 깊고 고요한 느낌이 드는 사람. 그게 지유가 본 도형이었다. 다정하지만 또 그만큼 가벼운 느낌도 든다. 결론은 도형 오빠는 어떤 사람인지 잘 모르겠다는 거다. 확실한 건 착한 사람 범주 안에 속한다는 거였다.

지유가 도형을 떠올리며 골목을 걷는데, 그녀의 발길을 잡는 목소리가 들렸다.

"어이."

지유는 자신을 부르는 소리인지 몰라 앞으로 걷는데, 이번엔 그녀의 앞을 누군가가 막았다. 그녀처럼 교복을 입고 있었다.

"뭐야?"

"뭐, 뭐야? 야 애 눈 동그랗게 뜬 거 봐. 킥킥."

그제야 지유는 그들이 딱 보기에도 불량한 학생들이라는 걸 깨달았다. 무릎 위로 한참 올라온 치마와 과한 화장. 바로 앞에서 나는 향수 냄새가 지유의 코를 찔렀다.

"어딜 쳐다봐? 눈 안 깔아?"

"네엡!"

지유는 당장 눈을 아래로 깔았다. 일단 살고 봐야 했다. 갑자기 심장이 크게 두근거리기 시작했다. 눈을 아래로 내린 채로 좌우로 눈동자만 굴려서 주위를 살폈으나 아쉽게도 아무도 없었다. 대낮에 구석진 골목이라 지나다니는 이가 없었다.

"얘 핸드폰부터 뺏어."

껌을 씹던 여자가 지시하자, 곱슬머리의 여자가 지유의 주머니에서 핸드폰을 빼서 종료 버튼을 눌렀다.

"언니들이 뭘 좀 사고 싶은데, 돈이 좀 부족하네."

"큭큭. 신사역 돌아다닐 정도면 돈 좀 있겠지? 어라? 얘 가방에 지갑 없는데?"

이미 지유의 가방은 교복이 터질 것 같은 또 다른 언니의 손에 들려 있었다. 오늘 지갑 두고 왔는데. 돈 하나도 없는데, 정말로.

"돈 좀 빌려줘."

껌을 씹던 여자가 바닥에 퉤 뱉으며 지유에게 손을 내밀었다. 지유는 여자의 손바닥을 멍하니 바라보다가 불쌍한 표정을 짓고 고개를 위로 들었다.

"뭘 봐?"

안 통하나 보다. 여자의 적은 여자라더니.

"저…… 제가 진짜 오늘 하필 지갑을 두고 와서, 돈이 없거……으악!"

여자가 위로 손을 들자 지유는 말을 하다 말고 두 귀를 막고 주저앉았다. 아직까지 아픔이 느껴지지 않는 걸 보니 맞진 않은 것 같다. 지유가 눈을 살며시 뜨자, 여자가 황당하다는 표정으로 그녀를 보고 있었다.

"얘 할리우드 액션 대박이네?"

"하하. 언니 저 진짜 돈 없어요."

"야. 백 원에 한 대다? 얘 다 뒤져 봐."

역시 껌 씹는 언니가 대장이었구나. 그녀를 선두로 옆에 있던 여자들이 지유의 몸을 더듬기 시작했다. 매우 불쾌하고 기분이 나빴지만, 거부할 수 없었다.

지유는 살고 싶었다. 맞고 싶지 않았다.

"아오, 요 쥐방울만 한 게. 진짜 없어?"

"네. 네. 저 버스 카드밖에 없어요. 언니 이거라도. 이거 티머니라 편의점에서 환불⋯⋯."

"야!"

지유가 진심을 담아 편의점에서 버스 카드에 남은 돈을 환불하라고 말한 건데, 그 말에 여자는 대뜸 소리를 질렀다. 지유는 놀라서 어깨를 움찔거리며 뒤로 물러났다.

"너 좀 맞자."

"네에? 제가 왜요? 돈은 정말 없는데. 안 드리려는 게 아니라, 정말 없는 건데요!"

"이게 확?"

다시 손이 올라갔다. 이번에도 눈을 질끈 감고 주저앉는데 아픔은 엉덩이와 허벅지에서 느껴졌다.

퍽.

누군가의 발이 지유의 여린 살을 가차 없이 찼다. 지유는 처음 느껴 본 고통에 눈을 찌푸렸다. 너무 아팠다. 누군가에게 발로 차인 건 처음이었기에 지유는 당황해서 눈가에 눈물이 가득 차올랐다.

"으허엉. 살려주세요!"

"얘 한 대 맞고 우는 거야?"

뒤에서 때린 여자가 황당해하며 물었다. 지유는 대장으로 보이는 여자를 올려다보며 두 손을 싹싹 빌었다. 사실 잘못한 건 하나도 없는데, 살아야겠단 생각뿐이었다.

한 번 덤벼볼까 싶다가도 싸움을 한 번도 해 본 적 없는 걸 깨닫고 섣불리 덤비지도 못했다.

"아아악!"

뒤에서 다시 발길질을 했다. 자기들끼리 쿡쿡거리며 지유가 몸을 움츠리자 발길질은 더 거세졌다. 지유는 엉엉 울며 양팔로 몸을 감쌌다.

이상한 게 분명 맞을 때마다 몸은 휘청이는데 극심한 공포에 사로잡힌 탓인지 점점 통증은 희미해져갔다. 언제 끝날까, 언제까지 맞아야 하나, 이번에는 발이 어디서 날라 오려나. 그 생각을 하느라 아픈 줄도 몰랐다.

"그만."

지유가 한창 맞고 있을 때였다.

"동작 그만!"

다시 한번 남자의 큰 소리가 골목을 쩌렁쩌렁하게 울렸다. 지유를 때리던 여자 셋은 지유의 앞에 쪼르르 섰다.

"너희 나와 봐."

"가시던 길 가세요."

지유는 여자의 다리 사이로 남자의 운동화를 보았다. 성격만큼 깔끔한 운동화에 긴 다리. 도형 오빠가 확실했다. 그 사람도 지유를 본 게 확실했다. 그녀는 안심이 되어 숨을 '후' 하고 뱉었다.

"그래, 그럼 수고."

아니, 오빠, 이게 아니잖아? 정의는 어따 팔아먹은 거야?

지유는 여자의 다리 사이로 손을 넣어서 손을 마구 꼼지락거렸다.

살려줘, 살려줘, 도형 오빠. 나야. 나 지유. 나라고!

손가락을 미친 듯이 꼼지락거렸는데 도형의 운동화는 그녀를 지나쳐 갔다.

진짜 실망이다, 서도형. 어른도 아니야!

속으로 울먹이며 지유가 손등으로 코를 비비는데, 교복 상의가 누군가에 손에 잡혔다. 엄청난 힘으로 일으켜 세우는데, 지유는 엎드려 있다가 졸지에 똑바로 섰다. 그래, 정의는 살아 있었어! 다행이다. 안도의 한숨이 깊게 새어 나왔다.

"가시던 길……."

껌 씹던 여자가 도형에게 다시 말하는 순간, 도형은 지유를 잡았던 손을 놓고 그 여자의 가방을 낚아챘다. 순식간에 도형의 얼굴 앞까지 당도한 여자는 눈을 깜빡였다.

가방을 잡은 그의 손에 힘이 들어갈 때마다 여자는 가방이 들려 발끝을 세웠다. 흔들리는 눈동자가 겁을 먹었음을 상대에게 알리고 있었다.

"남자였으면 가방이 아니라 목이었어."

도형이 인상을 쓰고 세 여자를 꽤 오랫동안 말없이 응시했다. 오히려 큰 소리로 화내는 것보다 이게 더 무서웠다. 침묵이 길어질수록 지유를 구타했던 여자들은 도형 앞에 일렬로 서서 두 손을 꼭 모았다.

여자 셋이 덤벼도 도형 하나를 어쩌지 못할 거란 건 지유 말고 그들도 잘 아는 사실이었다.

"이름, 연락처, 학교."

"네…… 네?"

"두 번 말 안 해. 경찰서로 바로 가기 싫으면, 적어."

도형의 말에 여자들은 서로 눈길을 주고받았다. 그들은 서로 팔꿈치로 서로의 옆구리를 찌르더니 입 모양이 시시각각으로 변했다.

하나, 둘, 셋. 지유도 그들의 입을 따라 속으로 숫자를 셌다. 정확히 셋을 세고 그들은 달릴 준비를 했다.

도형이 그들의 이름을 차례로 부르기 전까지, 그들은 분명 도망갈 생각이었을 것이다.

"이하나. 반윤희. 김주영."

"헉."

그제야 여자들은 일제히 자신의 이름표를 가렸다. 이미 도형의 입에서 나왔다는 건 그가 그들의 이름과 학교를 외웠다는 뜻이었다.

"라윤 고등학교."

사형 선고를 하는 목소리처럼 들렸다.

"지유야."

"네…… 네?"

"경찰서에 전화 좀 해 줄래?"

지유는 도형의 핸드폰을 받았다. 그의 말대로 112를 누르는 순간, 여자들은 재빨리 도형의 앞에 와서 그의 옷을 부여잡았다.

"잘못했습니다. 잘못했어요."

"그런다고 해결될 일은 아닌 것 같은데."

지유가 들어본 도형의 목소리 중 가장 차가웠다. 누가 눈앞에서 죽도록 빌어도 눈 하나 깜짝하지 않을 것 같은 얼굴을 하고 있었다.

"남자가 아닌 걸…… 정말 감사해야 할 거야."

도형은 그들의 연락처를 다 받아 적고 지유를 데리고 작업실로 향했다.

"상처 좀 보자."

"어허. 오빠. 아녀자의 몸을 어찌 함부로 보일 수 있을……. 아, 그만 때려! 나 방금 맞고 왔는데."

지유는 손으로 이마를 문지르며 말했다.

"너 왜 맞았는데?"

"돈이 없어서."

"뭐? 고작 그런 이유로 사람을 때려? 요새 애들 진짜 못됐네."

도형이 황당한 표정으로 지유를 보며 냉장고에서 콘 아이스크림을 꺼내서 왔다.

지유의 손에 아이스크림을 쥐여 주고 도형은 부엌으로 가서 선반을 열었다. 구급함에서 약을 꺼낸 그가 한숨을 푹 쉬었다.

"돈 달라는데 진짜 돈이 없는 거야. 있으면 나도 줬지! 돈보다 내 목숨이 먼저니까. 근데 진짜 없어서, 버스 카드에 남은 돈 환불받아서 쓰라고 했더니 때리더라고. 나 그게 전 재산이었단 말이야."

"지갑은 어따 두고."

"집에."

지유가 헤헤 웃으며 가방을 찾으려고 두리번거렸다.

"아, 맞다. 내 가방!"

"잠깐만."

지유가 얼굴을 찡그리는데, 도형이 그녀의 가방을 들고 왔다.

"여기 있다. 휴. 재신 오빠가 오빠 전해 주래."

"이것 때문에 온 거야? 너도 참."

"응. 중요한 거 같아서."

"나 만나러 오다가 이런 일 생긴 거네. 미안해서 어떡하냐."

"자책하지 마. 오빠 때문은 아니지. 내가 때리면 반격 안 하게 생겼나 봐."

오히려 지유가 한숨 쉬는 도형을 달랬다.

"너 맞은 거 알면 재신이 길길이 날뛸 텐데."

"괜찮아. 대신 오빠가 날뛰어 줬잖아."

지유가 어깨를 으쓱하자, 도형이 그녀의 이마를 콩 찧었다.

"오늘은 좀 때리지 말라니까?"

지유가 먹던 아이스크림을 내려놓고 인상을 썼다. 아닌 척 하긴
했지만, 아까 맞았던 순간 엄청 무서웠었다. 그래서 그런지 비정상
적으로 손이 덜덜 떨렸다. 도형이 구해 줬음에도 불구하고 그 순간
이 너무 두려웠나 보다.

"나 지금도 무섭단 말이야."

"무섭다고?"

"응. 왠지 오늘 일을 평생 기억할 거 같아. 맞는 게 이렇게 아픈
건지 몰랐어. 아까 둘러싸였을 때 처음으로 공포를 느꼈다니까."

지유의 말 한마디에 구급함을 열어서 밴드를 꺼내던 도형의 손
이 잠시 멈췄다.

"공포? 많이 무서웠구나."

도형의 다정한 물음에 지유는 코끝이 찡해졌다.

"응. 나 지금 안 괜찮아, 오빠. 후우. 몸이 아픈 것보다 너무 무서
워서 눈물이. 흑흑. 오빠 없었으면 진짜 얼마나 맞았을까. 상상만
해도 무서워."

지유가 두 손바닥으로 얼굴을 가리고 무릎에 이마를 댔다. 긴장
이 탁 풀리자 아까 전 느꼈던 공포와 아픔이 한 번에 밀려왔다.

지유가 도형의 앞에서 넋 놓고 울자 그가 지유의 앞에 와서 머
리를 쓰다듬었다. 지유는 울다 말고 고개를 들었다.

"안 때릴게, 꿀밤."

"흐으윽, 응……."

코를 훌쩍이며 고개를 끄덕이자 그가 단호한 음성으로 말을 이어갔다.

"다시는."

다시는 안 때릴게, 꿀밤.

더 때려도 되긴 하는데, 그가 주는 꿀밤은 하나도 아프지 않았으니까.

도형의 별 의미가 없는 말에 지유는 다시 무릎으로 고개를 숙이고 더 울었다. 이상하게 도형 앞에선 우는 게 하나도 부끄럽지 않았다. 오히려 이렇게 펑펑 울면 시원해지는 것을 느꼈다.

"오빠. 꿀밤은 돼."

"왜?"

"흐윽…… 오빠가 때리는 꿀밤은 아프진 않아. 그리고 나 머리 좀 쓰다듬어 줘."

코맹맹이 소리로 지유가 말하자, 도형은 그녀의 말대로 머리를 쓰다듬어 주었다. 그 손길이 참, 따뜻했다.

그렇게 사건이 일단락된 줄 알았는데 아니었다. 나중에 알게 된 사실이지만 도형은 라윤 고등학교를 직접 찾아갔고 학생 지도부 선생님들과 이야기를 나눴다고 했다.

그들의 부모님을 불러서 징계를 내릴 것을 요구했고, 병원비는 당연히 받아 내 지유를 때린 가해자 셋과 그들의 부모까지 지유의 앞에 데려와서 사과하도록 했다.

도형이 그래도 용서할 기미를 보이지 않자, 한 엄마가 지유의 앞에 무릎을 꿇고 제발 봐달라고 용서까지 빌었다. 뒤늦게 안 지유의 엄마와 재신은 도형에게 한참 동안 고맙다고 하였다.

지유는 보복이 있을까 두려웠지만 다행히 그런 일은 일어나지 않았다. 도형 덕분에 사과도 받았고 말이다.

*　*　*

콩나물국을 먹고 지유는 도형의 컴퓨터 옆에 노트북을 켰다. 그녀는 의자를 끌어가 도형의 모니터를 봤다.

"요건 뭐야?"

"어떤 거?"

"찍이 폴더."

"아, 이거. 보여 줄게."

도형은 폴더를 열어 지유에게 보여 주었다.

그 안엔 여러 동영상 파일이 있었는데 파일명을 보니 날짜와 장소 음식점 상호명이 적혀 있었다. 지유는 도형의 마우스를 가져와 아무거나 눌렀다.

"우와…… 이게 대체."

지유는 자신이 맛있게 먹고 있는 모습이 담긴 영상을 보는 것만으로도 그 음식의 맛이 생생하게 전달되는 것 같은 착각이 들었다.

"이거 다 오빠가 편집한 거야?"

"응. 사진으로도 기록하고."

"오빠 보통 기획부터 영상 편집까지 다 해 주면, 1억 정도 받지 않아?"

"조금 더."

"그런데 요걸 무료로? 하루 종일 카메라랑 자료 편집할 텐데, 집에서도 일하면 질리지 않아?"

"돈 받고 하는 일보다 이게 더 재밌던데. 취미지."

지유는 입을 헤 벌리고 다른 영상도 하나하나 보았다. 왜 사람들이 제이크, 제이크 하는지 알 것 같았다.

음식 소개할 때마다 들어가는 배경 음악도 다 다르고, 사진이 넘어가는 효과도 다 달랐다. 얼마나 공을 들였는지 알 수 있을 정도로 보기만 해도 군침이 돌았다.

"크큭, 근데 이렇게 보니까 나 되게 예뻐 보인다. 어떻게 했어?"

"그냥, 뭐."

"보여 줘! 보여 줘!"

지유의 말에 도형은 포토샵을 열고 마우스로 사진을 끌어 옮겼다. 그러고 펜을 들고 쓱쓱 피부톤을 보정하기 시작했다.

"……우와. 마법의 손이네."

"원래 예쁘니까 피부 톤만 보정해도 이렇게 되는 거지."

"아닌데. 분명 다른 데도 보정한 거 같은데."

"……아니야."

"대답이 늦었다. 서도형 씨."

지유는 킥킥 웃으며 의자를 밀어 노트북 앞으로 왔다. 술도 먹고 그와 힘을 다 뺄 정도로 침대에서 사랑을 나눴고, 콩나물국까지 먹었다. 할 걸 다 한 지유에게 남은 건 마감이었다.

저번 달 내내 맛있게 먹었던 음식을 곰곰이 생각하면서 이번 마감 주제는 무엇으로 할지 고민했다. 그러다 방금 먹은 북엇국으로 생각이 이르자 북엇국 맛집을 미친 듯이 검색하기 시작했다.

엑셀을 열어 정리해 둔 식당명과 감상평, 별점을 얼마나 주었는지를 확인했다. 그리고 새로 가볼 만한 곳을 추린 후 그녀는 스케줄러를 폈다.

주말과 평일 저녁마다 시간이 되는 날로 골라 어디로 갈지 체크해 뒀다.

"지유야."

"응?"

"알람 몇 시로 맞춰 놓을까? 자고 갈 거지?"

"으음, 그럴까. 그럼 7시. 집에 가긴 가야 해."

"응. 알람 맞출게."

도형은 핸드폰 알람을 맞췄다. 지유가 집에 간다고 하면 데려다주겠지만 시간도 늦었고, 안고 자는 게 좋아서 지유를 집에만 두고 싶었다. 오랜만에 보니 더욱 집에 보내고 싶지 않았다. 만약 지유가 집으로 가겠다고 했으면 매우 서운했을 것이다.

"재신이는 요새 바빠?"

"아니. 사실, 모르겠어. 오빠랑 연애하면서 우리 오빠는 뒷전이됐네. 서운해하려나?"

"내가 술 사면 돼."

"응응. 지갑 거덜 나겠다. 재신 오빠 작정하고 마시면 끝장 볼 텐데."

지유가 마우스를 딸깍거리며 맛집 서핑을 하다가 의자 바퀴를 끌어 그에게 다가갔다.

"오빠, 근데…… 나 진짜 궁금한 게 있는데."

그녀의 말에 도형이 의자를 돌려 그녀와 마주 봤다. 조금 긴장한 기색이 있는 그녀를 보며 그도 침을 삼켰다.

"뭔데, 그래."

"솔직히 말해 줘야 해."

"응."

"그게 뭐든. 알겠지?"

"알겠어."

지유는 긴장되는 듯 심호흡을 했다. 그러곤 그와 만나지 못했던 며칠 동안 침이 바싹 마를 정도로 궁금했던 것을 묻기 위해 입을 열었다.

"오빠네 부모님께서 나 반대하시지?"

"……."

거짓말을 못 하는 도형이 바로 대답하지 않는다는 건, 인정하는 거나 마찬가지였다.

지금 그의 부모님은 저와 도형의 연애조차도 반대하고 있는 게 분명했다.

***

지유는 퇴근 후 제게 고민 상담을 요청한 지수를 만나러 소고기 뭇국집으로 향했다. 그곳은 지수의 집 앞에 있는 식당으로 속을 뻥 뚫어줄 만큼 맛있는 집이었다.

"지유야. 여기."

"빨리 왔네?"

"응. 내가 주문했어."

지유는 테이블에 놓인 영수증을 확인했다. 소고기뭇국 두 그릇과 골뱅이무침. 안 그래도 속이 답답하던 차에 지수의 메뉴 선택이 아주 기가 막혔다.

"어째 상담 요청한 나보다 네가 더 고민인 얼굴이네?"

"아니야. 네 고민은 뭔데."

"나는 상사 욕하려고 불렀지. 회사 다니기 왜 이렇게 뭣 같냐. 흑흑. 친구야. 스트레스받아서 요새 머리카락도 빠져."

지수가 머리카락 속으로 손을 넣어 잡아 뺐다. 그러자 그녀의 손에 한 움큼 머리카락이 뽑혀 나왔다.

"내 앞에서 여자들은 왜 그러냐며 욕하고, 맨날 무시하고 윽박지르고. 아, 지가 얼마나 대단하다고! 나 최근에 머리 커트했잖아. 다 예쁘다고 하는데, 탈코르셋 하냐고 웃음거리 만들고. 진짜 어디 가서 한 대 팰 수 없을까?"

"가만있었어?"

"아니. 소심하게 복수했어. 커피에 침 뱉기? 약 올라 죽겠네. 내가 사직서 낼 때 그 자식 얼굴에 죽빵이라도 날리고 나갈 거야. 후······. 난 그렇다 치고 넌 왜."

"나는······."

지유가 말하려는 사이 뜨끈한 소고기 뭇국과 매콤한 골뱅이가 그들의 앞에 놓였다.

"소······."

"소주 주세요."

두 여자는 서로를 보다가 피식 웃었다. 비슷한 사람끼리 친구가 된다더니, 이래서 친구인가 보다.

"나는, 뭐. 뒤에 말 마저 해. 운을 띄웠으면 끝을 내야지."

"일단 맛 좀 보고. 캬~ 국물 끝내준다. 묵은 감정이 다 씻겨 내려가네."

"그러게. 역시 우리 동네 뭇국이 짱이야."

두 여자는 한동안 말없이 뭇국을 열심히 퍼먹었다. 군산에서 먹은 뭇국 맛집보다 지수네 집 앞 뭇국 가게가 훨씬 맛있는 것 같았다.

"도형 오빠네서 나 반대해."

"……뭐? 너를? 왜?"

지수가 전혀 이해가 가지 않는다는 눈으로 지유를 보았다.

"내가 너한테 말 안 한 게 있는데. 나 편입하기 전에 전 대학교에서 사고가 좀 있었어."

"사고? 어떤 거?"

지유는 재신에게 말하지 못했던 그 일을 꺼냈다. 후배들과 함께 간 MT에서 여자 동기 한 명이 교통사고로 목숨을 잃었다고. 분명 다 같이 술을 마시고 게임을 하고 있었는데 홀로 밖에 나간 동기 한 명이 뺑소니로 사고를 당했고, 동기들은 그 사건이 트라우마로 작용해 몇몇은 저처럼 편입을 하고, 몇몇은 자퇴를 했다고 털어놓았다.

"그런 일이 있었구나. 그때 너 되게 힘들어했잖아. 괜히 내가 물어보면 더 힘들까 봐 못 물어봤는데…… 그런 일이."

지수가 안타까운 눈으로 제 친구를 보았다.

"그때 그 애 남자 친구가 있었는데, 우리 동기들 쫓아다니면서 미치게 하는 거야. 딱히 원하는 건 없는데 우리 주위를 맴도니까, 언제 어디서 우리가 크게 다칠지 모르는 상황인 거고. 한 번 나한테도 찾아왔었는데 도형 오빠가 그걸 본 거야. 그땐 둘러댔는데…… 혼자 알아본 모양이야. 도형 오빠 다 알고 있더라."

"그런데?"

"문제는 그 애가 도형 오빠 사촌이었어."

"뭐? 말도 안 돼! 어떻게 그런 일이 다 있어?"

지유는 먹던 순가락을 놓고 빨간 골뱅이무침 하나를 젓가락으로 집어 먹었다. 혀가 얼얼할 정도로 매웠다. 몇 개 더 먹으니 눈가가 시큰거렸다.

"티는 안 내도 매일 집에 불려가는 거 같아. 그래서 미안해."

"근데 그게 너랑 네 동기들 잘못은 아니잖아. 다 지난 일이고!"

"그렇지만 인영이 부모님께는 아마 우리가 다 평생 죄인일 거야. 가족으로 명절 때마다 본다고 생각하면 힘들 수 있어. 우리도 아직 인영이 얘기 입에 잘 안 올리는데, 뭐. 나도 너한테도 말 안 했던 거 보면 그 일을 잊고 싶었던 거 같아."

실제로 잊고 살기도 했다. 인영의 남자 친구가 나타나기 전까지.

전 대학 동기들과 연락을 하고 지내지 않았던 것도 그런 이유로 외면했다.

"야 더 먹어라."

지수가 본인의 뚝배기에 있는 무와 소고기를 순가락에 올려 지유의 뚝배기로 옮겨 주었다. 국물에 건더기가 점점 많아지는 걸 보니 목이 메여 왔다. 왜인지 모르겠다.

"우리 아직 결혼한다고 한 것도 아닌데 내가 찾아가서 허락받으면 되게 이상하지?"

"으응, 그건 좀 앞서가는 거 같아."

"……나 어쩌지. 도형 오빠가 너무 좋은데. 헤어지는 거 생각만 해도 눈물 날 거 같아."

정말 도형과 헤어진다고 말을 하고 생각을 하니 눈가가 다시 시큰거렸다. 이제는 정말 도형 오빠 없이 못 살 거 같은데. 제 삶에 많은 부분을 차지하고 있어서 이제 그가 없으면 안 될 존재처럼 느껴졌다.

지수의 고민으로 시작해 지유의 묵직한 고민이 이어졌고, 두 사람이 앉은 테이블엔 소주병이 하나씩 늘어갔다.

***

도형은 한우와 와인을 사 들고 작은집으로 갔다. 초인종을 누른 후 잠시 기다리자 문이 열렸다. 그는 마당을 가로질러 바로 안으로 들어갔다.

"어서 오세요."

"네, 작은어머니는 계시죠?"

"네. 갑자기 오셔서…… 그건 제가 들게요. 사모님 통화 중이세요."

도형은 여사님이 안내하는 곳으로 따라 들어갔다. 투명한 창밖으로 티테이블에 앉은 작은어머니가 통화를 하고 있었다. 그는 묵묵히 통화가 끝나길 기다렸다. 통화를 하던 작은어머니가 그를 보자 눈이 커졌다.

작은어머니는 급하게 통화를 마무리하며 도형에게 다가왔다.

"······이따 다시 전화해요. 도형아, 연락도 없이······."

"연락하고 오면 혹시 문 안 열어 주실까 봐 그냥 왔습니다. 작은어머니 저 밥 좀 주세요."

"시간이 늦 신데, 아직도 못 먹었어? 차는 됐고, 밥으로 준비해 줘요."

작은어머니는 따스한 눈으로 도형을 보고는 여사님께 식사 준비를 요구했다. 도형은 작은어머니와 함께 다이닝룸으로 갔다.

"예전에 가까이 살 때 여기 와서 자주 밥 먹었는데, 그때 작은어머니가 해 주신 김치찌개가 아직도 생각나요. 저희 어머닌 요리 못 하시잖아요."

"그랬나? 하도 안 해서 요샌 기억도 안 난다, 얘."

"네. 예전에 인영이가 저희 집 와서 어머니가 해 주신 밥 먹고 맛없어하던 표정이 아직도 생각나요. 애가 뭐 숨기고 그런 거 못 했잖아요."

"······그 얘긴 하지 말자. 아직 불편하구나."

작은어머니는 먼저 대화를 회피했다.

"저 작은어머니랑 아버지 설득하지 못하면 지유 못 만나요. 저희 부모님은 끝까지 반대하실 테니까요."

"……."

"좋은 사람이에요. 옆에 있으면 행복하고 내일이 기다려져요. 앞으로도 계속 함께할 생각을 하면 삶 자체가 활력이 돋고, 제가 간절히 원하는 사람이에요."

"그래도 가족으로 보긴 어렵구나. 그래, 4년이면 아무렇지도 않을 만큼 충분한 시간이야. 부모님이나 형제를 잃은 거라면 4년이면 다 가슴에 묻고 삶을 꾸려 나갈 수 있었을 거야. 그런데…… 그게 자식일 땐 쉽지 않더라. 그 애 얼굴 보는데 그때 상황과 감정이 다 생각났어. 나도, 네 작은아버지도 한숨을 못 잤단다. 먼저 간 자식 생각하는 우리 마음, 이해 바라진 않는다."

"작은어머니. 숙모."

그는 작은어머니를 불렀다. 작은어머니가 이로 입술을 물고 안으로 말아 넣자 차마 거기서 허락해달라고 조를 수가 없었다.

"네 마음 잘 알았다. 그 애도, 너도 억울할 거야. 네 부모님도 아닌 우리가 반대를 하니까. 왜 우리한테까지 허락을 받아야 하는지 그 앤 이해할 수 없을지도 몰라."

"……."

"집에 강아지도 늘고 이번에 고양이도 입양했다. ……이제는 정원에서 식물도 키우며 지내고 있어. 그런데도 인영이 빈자리 무엇으로도 채울 수 없더구나. 네 마음, 네 뜻 알았으니 국 식기 전에 먹고 가렴. 네 작은아버지랑 다시 얘기 나눠 볼 테니까."

"사람 마음이 마음먹는 대로 되면 얼마나 좋을까요. 제가 작은어머니 마음 다 헤아릴 순 없지만 지금 제 사랑도 그만큼 간절해

116

요. 저는 지유 놓치면 아마 평생 옆에 아무도 없을 거예요. 세상에 널린 게 여자라지만 지유는 한 명이에요."

그는 철옹성 같은 부모님의 벽도 허물었다. 작은어머니와 작은 아버지를 설득할 수 있다면, 연애든 결혼이든 해도 좋다는 허락을 받았다. 작은어머니와 작은아버지의 마음은 조금 더 견고했지만 그는 충분히 그들을 설득할 수 있다는 확신이 섰다.

***

지수와 술을 마시고 집으로 가는 길. 지유는 도형에게 전화가 오자 바로 받았다.

"오빠."

-지수 만난다더니, 한잔했어?

"으응. 쪼오금."

-조금이 아닌데…… 괜찮은 거야?

"응. 괜찮아. 오빠는?"

-나도 괜찮지.

"괜찮긴, 오늘도 고생했어."

지유는 도형의 목소리를 들으니 미안함이 커졌다. 저 때문에 부모님께 매번 한 소리 들어야 하고 싫은 소리도 해야 하는 그를 생각하니 마음이 아파 왔다.

"밖이야? 아니면 작업실?"

-응. 오늘 작은어머니네 갔다가 이제 집 가는 길.

"오빠가 고생이 많네."

마음 아프게.

-미인을 옆에 두는 게 쉬운 일이 아니지.

"크큭, 그럼 내가 미인이야?"

-아니었어?

"응. 오빠 눈에만."

도형 덕분에 지유의 입에선 쉴 새 없이 웃음이 새어 나왔다.

-어디까지 갔어?

"집 거의 다 와 가. 택시 타고 약국 앞에 내려서 술 깨는 약 하나 샀지."

-도착할 때까지 통화하자. 집 들어가는 거 확인하고 끊을래.

"좋아. 든든하다, 든든해. 남자 친구가 있어서 너~무 좋아."

서로 집까지 가는 동안 통화하며 별거 아닌 일상을 공유할 때가 좋다. 제 이야기를 잘 들어주고 맞춰 주는 도형 때문에 평범한 일도 더 재밌게 느껴지는 것 같다. 오늘은 무슨 이야기를 해 줄까, 어떤 에피소드를 들려주면 그가 즐거워할까 그런 생각도 하게 된다.

제 삶 자체가 어느새 그에게 맞춰져 그로 인해 돌아가는 것 같다. 언제부터 이렇게 되어 버렸을까.

그가 좋아하는 이야기, 조금 지루하게 느끼는 이야기를 알게 되면서 그의 관심사에 더욱 집중하게 되고 그가 좋아하는 건 절로 좋아지게 되는 이상한 현상까지 일어난다.

"오빠 힘들면 언제든지 얘기해 줘."

-하나도 안 힘들어. 네 마음 모른 채 짝사랑할 때에 비하면 이

정돈 아무것도 아니지.

"그런가?"

-응. 요새 촬영 결과물이 계속 마음에 안 들어. 시간 날 때 지유 너라도 마음껏 촬영하게 해 줘.

"나? 나를 찍겠다고?"

-어. 스튜디오에서. 우리 방울이, 지유 찍는다고 생각하니까 콘셉트가 막 떠오르네. 사람은 역시 하고 싶은 걸 해야 해.

"크큭. 나 그럼 보정도 열심히 해 줘야 해?"

평소 촬영하는 모델들보다 2배, 3배로 보정해 줘야 한다고 말을 덧붙이자 도형이 키득키득 웃었다.

-보정 없이도 예뻐.

"역시 내 편!"

-진짜야.

그러는 사이 지유는 거의 집 앞에 도착했다.

그녀는 비밀번호를 눌러 잠금을 해제한 후 집 안으로 들어갔다.

"엄마?"

그곳엔 엄마가 와 있었다. 오늘 온다는 연락도 없었는데.

소파에 앉아 있던 엄마는 지유에게 다가왔다. 평소랑 달리 표정이 매우 차가웠다. 꼭 제게 실망한 것처럼.

-지유야?

"오빠, 나중에 전화할게."

지유는 도형과 전화를 끊은 후 신발을 벗고 안으로 들어갔다. 심상치 않은 분위기에 눈동자를 이리저리 굴리다가 그녀의 책상

위를 보게 되었다.

입양과 친부모 찾는 루트에 대한 내용을 프린트해 둔 종이가 흩어져 있었다.

"어…… 엄마. 이건……!"

"정말 서운하다."

"……."

"언질이라도 주지 그랬니. 내가 너한테 어떻게 했는데! 네가 어떻게 나한테!"

지유도 안다. 세상에 홀로 버려질 뻔했던 그녀를 거둬 준 건 엄마였다. 얼굴도 모르는 친부모 대신 저를 먹여주고, 키워준 엄마가 진짜 가족이라는 것도.

그런데 제 핏줄이 왜 자꾸 궁금해지는 걸까.

엄마가 가끔씩 재신과 자신을 비교하고, 차별하면 누군지도 모르는 친부모가 더욱 생각났다.

미안하다고 그런 거 아니라고 딱 한 번 궁금해서 찾아본 거라고 둘러대며 엄마에게 팔짱을 끼며 웃으면 되는데…… 술을 마셔서, 자신을 반대하는 그의 가족들 때문에, 해도 해도 줄지 않는 업무로 인해…… 그냥 삶에 지쳐서 그녀는 오늘은 활짝 웃을 수가 없었다.

"엄마, 나도 서운해. 나한테 물어보면 되잖아. 나도 엄마 딸이잖아! 서운하다는 말보다는 왜 갑자기 이런 생각이 들었는지 먼저 물어봐야지. ……아니, 엄마는 나한테 어떻게 입양아인 걸 알게 됐는지 먼저 물어봤어야 했어. 엄마는 나한테 말해 준 적 없잖아."

그녀는 가족 틈에서 혼자가 되기 싫어서, 버림받기 싫어서 모른 척했다. 엄마, 엄마 하며 애교를 부리고 그들 틈에서 살아남기 위해 사랑스러운 아이가 되어야 했다.

"나도 궁금해할 수는 있잖아. 내가 친부모 찾아서 간다는 거 아니잖아. 그냥 딱 한 번 궁금했던 거야. 왜 나를 버렸는지 궁금해할 수 있잖아. ……근데 왜 내 마음은 생각도 안 해 주는 거야. 물어보지도 않고!"

내가 요새 얼마나 힘든데.

아니, 이때까지 얼마나 힘들었는데!

도대체 왜 내 마음은 알아주지 않는 거야. 왜…… 엄마는 왜 항상 재신 오빠뿐인 거야.

지유의 눈가에도 눈물이 고였다. 그녀의 목소리가 격앙되는 순간, 도어로크가 해제되는 소리가 들렸다. 비밀번호를 아는 사람은 도형과 재신, 엄마뿐인데 지금 들어오는 사람은 재신일 거다.

지유는 손등으로 눈물을 닦았다.

안으로 들어온 재신은 지유와 엄마를 번갈아보고 인상을 팍 썼다.

"말도 없이 여기 왜 오셨어요. 얘는 또 왜 울리고요."

"아니, 너까지! 자식 키워봤자 소용없다더니. 한 명은 다 키워놨더니 지 부모 찾겠다고 하고, 한 명은 엄마 연락도 안 받고 찾아오지도 않고. 내가 헛살았다. 헛살았어. 남편 복이 없으면 자식 복도 없다더니. 내가 그 꼴이다."

"엄마!"

"어머니!"

재신의 목소리도 화가 난 사람처럼 격앙되어 있었다.

재신이 제일 싫어하는 말이었다. 남편 복 없으면 자식 복 없다는 말. 엄마는 재신이 제 입맛대로 움직여주지 않으면 그런 말로 재신에게 감정적으로 협박했고, 그러면 오빠는 항상 엄마의 뜻에 맞춰 행동했다.

"남편 복 없으면 자식 복도 없다고요? 정말 그게 어떤 건지 보여드려요? 도대체 언제까지 저를 아버지 대신으로 생각할 거냐고요. 저는 사생활도 없어요? 저랑 풀어야 할 게 있으면 저랑 하면 되지, 왜 매번 지유까지 힘들게 하세요. 지유가 무슨 잘못이라고요."

언젠가 재신도 터질 거라 생각했는데, 그날이 오늘인가 보다. 지유는 하루가 너무 고단하게 느껴졌다.

"오빠…… 그만."

"너 말 잘했다. 그래, 내가 자식 복이 없지. 이 싸가지 없는 새끼야. 뭐가 어쩌고 어째?"

"어머니께서 하란 대로 다 했잖아요. 도대체 뭐가 불만……."

"너 엄마가 반대하는 데도 여자 만나잖니."

"……저는 연애도 허락받고 해야 해요?"

"당연한 거 아니니?"

이 싸움의 시작은 오빠의 연애였나 보다. 친부모를 찾으려고 했던 자신에게 화를 낸 건 재신에 대한 화풀이용이었나 보다.

"정말 숨 막혀요. 어머니 아들로 살아가는 거."

"어머머, 얘가. 지유 네가 이러라고 시켰니? 너희 둘이 짰어?"

"어머니, 착각하지 마세요. 저희 둘이 뭘 짜요. 어머니 삶이 힘들다고, 제일 불쌍하다고 저희에게 동정을 바라지 마세요. 저랑 지유는 어머니의 자식입니다. 저희가 어머니의 부모 역할을 하고 있는 게 아니에요. 어머니 속에 있는 상처는 어머니가 해결하세요. 그걸 저희에게 화풀이하지 마시고요. 연애도, 맞선도, 일도, 제 삶도 다 제가 설계합니다. 더 이상 간섭하지 마세요. 그리고…… 지유에게 제 안부 묻는 것도 그만하시고요."

"……."

지유는 엄마가 재신을 너무 사랑해서, 오빠 없이 못 살 정도로 의지를 하고 있는 걸 알고 있었다. 그래서 기꺼이 안부를 물으면 그에 응해 줬다. 자신이 함께하면 재신이 같이 와 주었기 때문에 엄마는 쇼핑할 때나, 맛있음 음식을 먹자는 이유로 자신을 불러냈다.

"나는 너희에게 최선을 다했어."

"알아요, 엄마. 감사하고 있어요."

"……."

지유는 대답하고, 재신은 침묵했다.

"오늘은 먼저 가마."

"어머니……!"

엄마가 상처받은 얼굴로 집을 나서자, 재신도 가볍게 지유에게 인사를 하고 따라나섰다.

지유는 창문 너머 보이는 두 사람을 보며 잠시 생각에 잠겼다.

어렸을 때 재신과 손을 잡고 뛰다가 넘어진 적이 있었다. 돌부리에 걸려 무릎에 상처가 나서 피가 흐르고 있었는데 엄마는 재신의 몸만 살폈다. 재신의 긁힌 상처에 어쩔 줄 몰라 하며 오빠보다 더 아픈 표정으로 재신에게 온 신경이 쏠려 있었다.

그래서 지유는 그때 재신과 엄마가 하나로 연결되어 있는 건 아닌지 생각해 보았다. 오빠가 아프면, 엄마도 아프고, 오빠가 기쁘면 엄마도 기쁘니까.

음식점을 가면 항상 메뉴 선택권은 오빠에게 있었다.

지유의 졸업식은 기억 못 해도 재신의 입학식과 졸업식은 가족의 큰 행사였다. 그녀의 행사엔 불참하고 미안하다는 말과 선물로 대신했지만 재신의 행사는 빼먹지 않고 참석하며 사진을 꼭 남겼다. 사진 기사가 제대로 사진을 못 찍으면 화를 내기도 했다.

오빠의 성적표는 엄마의 그 날 기분을 좌지우지했다. 반면 지유의 성적표는 잘해도 그만, 못해도 그만인 그저 종이 한 장일 뿐이었다. 오히려 성적으로 혼나는 친구들이 부러울 정도로 엄마는 제게 무관심했었다. 그저 시험 잘쳐서 고생했다는 말뿐이었다.

차별받던 일들을 막상 떠올리니 괜히 서러워졌다.

그녀는 눈물이 나자 도형이 떠올랐다. 혼자였을 땐 홀로 울고 털어 냈겠지만 지금은 도형이 간절히 생각났다. 그런데 지유는 쉽사리 도형에게 전화하지 못했다. 저 때문에 한창 작은집에서 깨졌을 도형에게 투정부리기란 쉽지 않았다.

저로 인해 도형을 더 힘들게 하고 싶지 않았다.

도형에게도, 저를 키워준 엄마에게도, 엄마와 저 사이에서 매번 난감해하던 재신에게도 미안한 마음뿐이었다.

술을 마셔서 더 감성적인 기분이 드는 것 같았다. 지유는 손등으로 눈물을 쓱 닦았다. 뭘 잘했다고 우는지. 그냥 오늘 하루가 숨이 꽉 막혀서 답답했다.

Rrrrrr.

때마침 벨소리가 울리자 지유는 핸드폰 액정을 보았다.

전화를 건 이는 도형이었다. 다시 연락한다고 하고 연락이 없자 도형이 먼저 전화한 것 같았다. 아니면 재신에게 문자 한 통이라도 받았을지도 모른다.

지유는 액정에 뜬 도형 이름을 보니 다시 눈물이 펑펑 쏟아졌다. 그 이름 석 자에 왜 울음이 터지는지 모르겠다.

그녀는 차마 전화를 받지 못하고 울리는 핸드폰만 하염없이 보았다.

드르르, 드르르.

이번엔 진동이 울렸다. 그리고 액정이 다시 반짝였다.

[무슨 일 있어? 걱정 돼.]

연락 없는 저가 걱정된다는 말에 왜인지 위로가 되었다.

[지유야. 울지 마.]

어떻게 알았는지 그는 울지 말라고 그녀를 달래고 있었다. 꼭 저를 지켜보고 있는 것처럼.

[오빠가 갈게. 조금만 기다려.]

엄마도, 재신도 감정이 격해져서 저를 두고 나갔지만 도형은 연락이 닿지 않자 당장이라도 달려올 기세였다.

[나 괜찮…….]

괜찮다고, 오지 않아도 된다고 문자를 작성하던 지유는 손에서 핸드폰을 놔 버렸다.

지유는 오늘 하루 너무 지쳐서 힘들고, 그들에게 미안해서 마음 아팠지만 지금 이미 차 키를 들고 주차장으로 가고 있을 도형을 생각하니 울음이 복받쳤다.

자신을 이만큼이나 생각해 주는 사람은 역시 도형뿐이라고. 이제 혼자가 아닌 제 곁에 도형이 있다는 걸 절실히 깨달은 밤이었다.

11장. 그날의 기억

지유와 통화를 끝낸 후 도형은 바로 재신에게 전화를 걸었다. 지유의 집으로 갑작스럽게 재신의 어머니가 들이닥친 건 분명 좋은 일이 아니었다.

재신의 어머니는 지유가 보고 싶어서 그곳을 먼저 찾아 갈 분은 아니었다. 오히려 재신을 보러 간다고 했으면 이해가 갔겠지만.

찜찜한 마음으로 통화를 마친 그는 집에 도착해서 지유의 연락을 기다렸다. 작업실에 들어가 사진 편집을 하면서도 눈은 항시 핸드폰에 가 있었다.

모니터를 보다가 탁상시계를 보는 횟수가 잦아지고, 텀이 짧아졌다. 시간이 왜 이리도 안 가는지. 가뜩이나 집안의 반대로 제게 미안해하고 있을 지유인데, 괜히 애 맘 상하는 일 생기면 어쩌나 싶었다.

도형은 더는 참지 못하고 지유에게 전화를 걸었다.

가족의 반대만 없었어도 이미 어머님을 찾아가 지유와 교제한다는 사실을 말씀드렸을 텐데, 중간에 상황이 꼬이면서 순서가 바뀌었다.

매일 물고 빨고 제 주머니 속에 쏙 넣고 싶을 정도로 지유는 사랑스러운 사람이었다. 그런데 역시 나이 차이가 있다 보니 걱정되고, 곁에서 든든하게 지켜야 한다는 강박관념이 드는 것 같았다.

그건 그가 고치려고 해도 잘 고쳐지지 않았다.

그는 지유가 전화를 받지 않자 문자를 보냈다. 연속으로 세 건의 문자를 보낸 후 차 키를 들고 집을 나섰다.

지유의 집 앞으로 간 도형은 초인종을 눌렀다. 안에서 답이 없자 그는 문을 두드렸다. 비밀번호를 알고 있었지만, 집에 있는 지유에 대한 예의를 지키고 싶었다.

"지유야."

"……."

"지유야, ……나야. 문 열어 봐. 응?"

도형의 회유에 도어로크가 해제됐다. 열린 문틈으로 지유의 얼굴이 언뜻 보였다. 그녀는 작은 손바닥으로 제 얼굴을 가리고 있었다. 도형은 문을 닫고 안으로 들어갔다.

"우리 지유 얼굴 좀 보자."

"안 돼. 흐흠……!"

많이 운 모양인지 말을 하는데도 헐떡거림과 훌쩍임이 멈추지 않은 상태였다. 도형은 지유를 와락 안았다.

"나 괜찮은데, 걱정돼서 온 거야?"

"응. 전화 안 받으니까 걱정돼서. 오늘 예감이 안 좋더라니."

"아무 일도 없었을 수도 있잖아."

"그럼 아무 일도 없는 유지유 보러 왔다고 생각하면 되지. 나는 너 보러 오는 시간은 안 아까워."

"이 마음 변할까 봐 갑자기 무서워져."

"안 변해."

그는 그녀에게 확신할 수 있었다. 지유를 사랑하는 마음 자체는 앞으로도 변하지 않을 것이다. 살다가 지유보다 더 중요한 게 생길 수 있지만 결국 그는 또다시 지유가 우선순위가 될 테니까.

"엄마랑 다퉜어."

"그랬어?"

"왜 다퉜냐고 안 물어 봐?"

"왜 다퉜어?"

도형은 그녀에게 다정하게 물었다. 지유는 허리를 안은 팔에 힘을 줘 그를 더 꽉 안으며 이마를 대고 비볐다.

"내가 엄마에게 화낼 자격이 없는 거 아는데, 친부모 찾으려고 자료 조사한 거 보시더니 화를 내시잖아. ……나한테 왜 그런 생각을 하게 됐는지 묻지도 않고. 결국, 항상 유재신이 전부인 엄마한텐 재신 오빠만 자식인 거 같아서 그냥 질렀어. 그래서 속이 후련해."

"잘했어. 지유, 장하네."

그는 그녀의 여린 등을 손으로 쓸어 주었다. 정답은 없다. 화낼 자격이 없는 사람이 세상에 어디 있겠는가. 속으로 쌓아 두느니 한

번쯤 이렇게 지르고 후련해지는 게 낫다. 그는 지유가 지금까지 잘 참았다고 생각했다.

"미안해서, 또 고마워서 꾹꾹 참았는데. 오늘 술 먹어서 그런가 봐."

"원래 가족은 싸우고 부딪치는 거야. 잘 사는 가족이 문제 하나 없을 거라 생각해? 아니거든. 회사 생활도 그래. 직원끼리 부딪치고 싸우고 또 술잔 부딪치며 해결하고."

"오빠네는 안 싸우잖아."

"에이……. 네가 몰라서 그렇지. 아직도 쇼핑 같이 가주냐, 아니냐로도 싸우시고 그래. 되게 사소한 거로."

그의 부모님은 부부금실이 좋다고 소문이 자자했지만 실상은 사소한 거로 자주 싸우셨다. 의견 차이도 자주 보였고, 음식 취향도 너무 달라서 외식할 땐 늘 곤욕이었다. 지금은 서로 눈치껏 한번 양보해 주고 어떨 땐 본인의 생각을 관철시키며 서로에게 적응해 가는 것 같았다.

눈빛만 봐도 그 날은 누가 양보할지 결정이 났다. 그렇게 되기까지 부모님은 오래 티타임을 갖고, 꼭 식사는 집에서 하며 대화를 많이 나누셨다.

"후…… 상처받으셨겠지? 지금까지 먹여주고 재워주고 입혀 주셨는데. 덕분에 나는 정말 편히 살았는데. 지금 생각해 보니 내가 복에 겨웠던 것 같아."

이렇게 뒤돌아 후회할 거면서 왜 모진 말을 했나. 그냥 잠깐 참고 웃어줄걸. 지유는 그의 단단한 가슴에 이마를 찧으며 자책했다.

"다음에 같이 식사하면서 네 마음이 어떤지 말씀드려 봐. 가족은 싸워도 칼로 물 베기거든. 재신이한테 거는 기대치가 크긴 하지만 그렇다고 지유 널 사랑하지 않는 건 아니니까. 음…… 이건 그냥 너보다 더 산 사람으로서 하는 조언."

"그럼 남자 친구로선?"

"……하고 싶은 대로 해. 뭐든 네 마음 상하지 않는 쪽으로."

그에겐 지유가 조금 덜 상처받고 덜 아프면 그거면 됐다. 앞으로 닥칠 일들을 완전히 예방하진 못해도 조금 덜 아프면 정말 그거로 되는 것이다.

"나 사실 아까 오빠가 나 걱정돼서 지금 온다고 할 때 울면서도 엄청 설레었다? 되게 든든했어. 고마워."

"다행이네."

"오빠는 내가 왜 좋아? 어디 어떤 점이?"

그녀의 질문에 그는 슬그머니 제 품에서 그녀를 떼어 냈다. 눈두덩이가 퉁퉁 부은 지유를 보며 도형은 오른손으로 그녀의 보드라운 볼을 만졌다. 다정한 손길이었다.

"예뻐서 좋아."

"치…… 그런 거 말고. 뭐 어떤 행동이 예쁘다거나 어떤 사건 같은 게 있었다거나 뭐 그런 게 궁금한 거지."

"눈이 가는 친구 동생이었다가 마음이 가고, 어느 샌가 널 좋아하고 있더라고. 네가 내 뒤 졸졸 따라다니는 것도 예뻤고, 혼자 올 때도 예뻤고, 꾹꾹 참을 때도 예뻤고. 오빠 친구들한테 예의 발라서 예뻤고. 잘 커서 예쁘고. 봐봐, 나 네가 예뻐서 좋은 게 맞다니까."

"뭐야~"

지유는 이로 입술을 물며 부끄러움에 그에게 앙탈을 부렸다. 도형은 그런 그녀의 볼을 두 손바닥으로 눌러 고개를 도리도리 돌렸다.

"이것 봐. 얼마나 예쁜데."

"아니…… 나 지금 붕어눈…… 읍!"

그가 그녀의 얼굴을 잡아 누를 때마다 말을 하던 입술이 오리처럼 벌어져 웅얼거리는 형태가 되었다. 그녀의 말대로 붕어 같은 눈에 오리 같은 입술은 너무도 귀엽게 다가왔다. 그는 자신이 콩깍지가 제대로 쓰인 것임에 부정할 수 없었다.

그는 그대로 오리 같은 두 입술을 제 입 속으로 넣었다. 입 안에 보드라움이 퍼졌다. 도형은 그녀의 뒤통수와 허리를 부드럽게 받친 후 상체를 숙여 더욱 깊숙이 그녀에게 키스했다.

이 키스로 그녀의 아픔도 다 달래줄 것처럼, 아주 오랫동안 다정한 키스가 이어졌다.

***

여름에서 가을로 넘어가더니 어느새 겨울 같은 가을이 되었다.

아침저녁으로 쌀쌀한 날씨 탓에 지유는 요새 두툼한 겉옷을 챙겨서 다니게 되었다. 도형의 말대로 그 이후 그녀는 엄마를 찾아갔다.

"네가 여긴 어쩐 일이야?"

"엄마…… 내가 못 올 데 온 것도 아니고 왜 그래."

지유는 서운한 시선으로 엄마를 보았다. 사과를 하러 온 건데 막상 상대가 기분이 상한 티를 내니 쉽게 입이 떨어지지 않았다.

그래서 엄마를 빤히 응시했다.

"할 말 있으면 하고 가."

"내 마음 알면서. 그날 내가 많이 힘들었나 봐. 엄마, 항상 고마워. 핏줄이 궁금했던 건 왜 날 버렸는지, 날 버리고 어떻게 살고 있는지 궁금했던 거야. 내 엄마는 여기 있고, 우리가 가족이란 사실에는 변함이 없어. 그때 바로 말을 했어야 했는데, 사과하러 오기엔 너무 늦었지. 엄마……."

지유의 사과에 엄마의 눈시울이 금세 붉어졌다. 그러더니 지유를 와락 안았다.

"내가 미안해. 내 생각만 하고, 네 마음 몰라줘서 미안해. 엄마가 네 오빠한테 집착하느라 주변을 못 본 게 맞아. 네가 얼마나 소중한데. 근데 사람이 참 간사해. 지유 넌 내가 어떻게 해도 내 옆에 있을 걸 아니까 그랬나 봐. 재신인 결혼하면 끝이라는 생각이 들고 그래. 네가 소중하지 않아서가 아니야."

말하면서 엄마는 다시 한번 지유를 안았다.

"엄마가 돼서 투정 부려서 미안하다."

"아니야. 엄마……. 내가 미안해."

지유는 엄마 품에서 빠져나왔다. 엄마의 눈가엔 눈물이 고여 있었다.

"지유 네가 사과하게 만들어서 더 미안해. ……내가 참 형편없는 어른이다. 그렇지?"

엄마의 말에 지유는 고개를 저었다. 형편없는 사람이면 저를 이만큼 키워내지도 못했을 것이다. 좋은 것만 골라 먹이고 입히며 남들 눈에 부족함 없이 보이도록 키우기란 쉽지 않을 것이다.

"난 엄마 존경해. 형편없다니, 그렇게 생각하지 마. 항상 고맙고, 내가 미안하지."

"네가 미안할 게 뭐 있니."

"왜 없어. 과외도 제일 비싼 쌤한테 받았지, 먹는 건 내가 또 얼마나 많이 먹었는데."

"그런 건 하나도 아깝지 않아. 지유, 너도 내 딸이잖아. 왜 그런 생각을 해."

사람이니까 제 배로 난 자식을 조금 더 챙길 수 있다고 생각하지만, 엄마가 그리 말해 주니 지유는 얼었던 가슴이 녹는 기분이 들었다.

"엄마 우리 점심 먹으러 나갈까? 내가 사 줄게. 엄마한테 대접하고 싶어."

다정한 말 한마디가 얼마나 중요한지. 그녀는 다시 한번 깨달았다.

***

"지유 씨, 앞에 보고 걸어야지~"

그녀는 팔을 잡아채는 손길에 옆을 봤다. 휘연 대리가 그녀를 붙잡아 주고 있었다. 그녀의 바로 앞에는 가로등이 서 있었다.

"무슨 생각을 그렇게 해. 하마터면 다칠 뻔했잖아."

"대리님 아니었으면 이마에 혹이 주먹만 하게 났을 거예요. 감사합니다."

"누구야. 지유 씨 고민하게 만든 사람. 서도형 씨야? 내가 연애

경험이 많진 않지만 한 사람과 되게 길게 했거든. 산전수전 공중전 다 겪으면서 말이야. 털어놔 봐!"

지유는 아니라고 고개를 젓다가 슬쩍 대리님을 보았다. 그러다가 다시 휘휘 고개를 저었다. 단순히 저를 반대하는 남자 친구의 집안을 설득하는 거라면 고민 상담을 했겠지만 그 이유에는 다른 것들이 포함되어 있었다.

"어이쿠, 지유 씨. ……앞 좀 보라니까."

"앗. 죄송해요."

이번엔 길이 끝나갈 때쯤 도로에 설치된 펜스가 코앞에 있었다.

"내가 잘못 짚었나. 싸운 게 아니라 어제 너무 열정적이었던 거 아니야? 1층에서 커피 마시고 올라와요~ 아직 시간 남았으니까. 달달한 것도 좀 먹고."

"감사합니다. 대리님. 진짜로요!"

"같이 마시고 싶지만 잔업이 남아 있어서. ……마감 때 하루라도 집에 가려면 좀 더 해놔야지."

"네! 저도 금방 올라가겠습니다."

지유는 건물 1층 카페로 가서 달콤한 베이커리류와 커피를 주문했다. 손에 들린 진동벨이 울리기까지 그녀는 다시 멍을 때렸다. 이상하게 자꾸 정신이 쏙 빠지는 것 같았다.

그녀는 진동벨을 테이블에 내려놓고 두 뺨을 탁탁 때렸다. 정신 차리자고 아으, 아으 입으로 소리도 내본 후 진동벨을 들고 카운터로 갔다.

한 손에는 빵, 한 손에는 커피. 가방은 어깨에 멘 상태로 그녀는 카페를 나와 사무실로 가기 위해 엘리베이터 앞으로 갔다.

"앗. 미안합니다. 다쳤어요?"

윤석호 팀장이었다. 지유는 아니라며 고개를 저었다. 손에 든 커피는 뚜껑의 입구 부분을 뚫고 나와 그녀의 옷에 진한 얼룩을 남겼다.

"아닌데, 어디 좀 봐요."

"진짜 괜찮아요."

"옷에 커피 다 쏟았는데, ……괜찮아요? 어쩌지."

난감하다는 듯 머리를 쓱쓱 긁는 그에게 지유는 괜찮다며 웃었다. 오늘 일진이 아주 안 좋으려는 모양이었다.

***

[오빠 말이 씨가 된다는 속담 누가 만들었어?]

도형은 촬영을 잠시 쉬고 있는데 마침 지유에게서 문자가 왔다. 말이 씨가 된다는 속담을 누가 만들었냐니. 그는 인터넷에 검색을 하다가 결국 찾지 못했다.

[몰라. 왜?]

[으아악…… 나 아침에 길 가다가 넘어질 뻔하고, 아침에 편집장님하고 부딪쳐서 커피 쏟고, 밥 먹을 땐 내가 딱 주문하려는데 재료가 없어서 알탕이 안 된다는 거야. 거기다가 오늘 일진 안 좋다고 말했는데 야근 확정이야.]

폭풍처럼 몰려오는 지유의 수다스러운 문자에 그의 입가엔 절로 웃음이 번졌다. 그는 그녀의 이런 일과를 알게 되는 게 좋았다.

[오늘 몸조심하고.]

[응, 응. 야근하고 집 가면 조심할 몸이 남아 있을랑가 모르겠네. 영혼만 동동 떠서 집에 갈지도 몰라.]

[나도 오늘 야간에도 촬영 있어서 못 가는데. 으음, 몇 시에 끝나는데?]

[오빠 오늘 안 와도 돼. 내가 애도 아니고.]

"나한텐 애 맞거든."

속으로 말한다는 게 육성으로 나왔다. 그러자 재희와 레이, 그리고 잡지사 실장까지 모두 도형에게 시선이 향했다.

"작가님, 방금 뭐라고 하셨어요? 못 들었습니다."

"아, 아닙니다."

"안 그래도 이 포즈요. ……너무 노출도가 심한 거 같지 않아요? 그래도 청순 아이돌인데."

"잠시만요."

도형은 핸드폰을 레이에게 넘긴 후 잡지사 에디터에게 가까이 다가갔다. 서브 모니터를 보며 그가 촬영한 사진에 대한 의견을 주었고 도형은 고개를 끄덕였다.

촬영 전 검색해 보길 지금 여자 아이돌은 청순 콘셉트로 쭉 이어왔고 앞으로도 그럴 거라고 했다. 바지나 치마는 짧아도 되지만 가슴 노출은 굳이 이 정도까지 아니어도 됐을 것 같았다. 그의 선에서 수용 가능한 이유이기에 도형은 알겠다고 했다.

"대신 나중에 이미지 변신할 때 그땐, 작가님 마음대로 부탁드립니다."

"네."

"저 미리 예약해 두는 거예요~"

"알겠습니다. 우리 라영 씨에게 말씀 부탁드려요."

도형은 깍듯이 인사한 후 카메라를 들고 사무실 안으로 들어갔다. 그 이후의 일은 라영이 처리할 거고 앞으로 남은 촬영 콘셉트는 컴퓨터로 확인만 하면 되는 거였다. 그는 자투리 시간도 아깝다는 듯 태블릿 펜을 들고 사진을 띄워 놓고 편집을 하기 시작했다.

빛의 속도로 펜이 오갈 때마다 사진은 더욱 흠잡을 데 없이 변해가기 시작했다.

*＊＊

기지개를 쭉 켠 지유는 도형에게 이제 퇴근한다는 문자 한 통을 보내 놓고 자리에서 일어났다. 가방을 메고 주변을 보자 모두 퇴근하고 없었다. 그녀가 제일 마지막에 나가는 것이었다.

지유는 창문을 모두 닫고, 켜진 컴퓨터가 없는지 확인했다. 합병되면서 귀찮아진 것이 회사 보안이 철저해졌다는 것이다.

켜진 컴퓨터는 없어야 하고, 불법 사이트는 접속 자체가 안 되고, 창문도 다 닫아야 한다. 창문을 닫지 않고 나갔다간 시스템이 사고로 판단하고 데스크로 연락이 가도록 되어 있었다. 그뿐만 아니라 컴퓨터 안에 있는 자료는 USB에 담을 수가 없어서 인증받은 것만 사용된다. 사내 메일로도 자료를 보낼 수 없게 막아둔 것이다.

그녀는 더 확인할 곳 없는지 둘러본 후 마지막으로 사무실을 나왔다. 바깥 공기를 맡은 그녀가 흐으읍 깊이 숨을 들이마셨다.

"아…… 매연 냄새."

역시 서울이란…….

그녀는 택시를 타기 위해 건물 앞에 서 있었다. 아무리 기다려도 택시 하나가 지나가지 않자 그녀는 어플을 이용해 택시를 불렀다. 거리가 그리 멀지 않으니 콜택시도 어플도 잡기란 쉽지 않았다.

차라리 좀 더 있다가 아예 새벽 4시쯤 집에 갈 걸 그랬나.

그때, 택시가 골목으로 들어오고 있었다. 지유는 그쪽으로 빠른 걸음으로 다가갔다. 반대편에 있던 커플도 그 택시를 노리는 모양인지 빠르게 뛰는 게 보였다.

비슷하게 도착했지만 남자의 긴 다리를 이길 순 없었다. 남자는 먼저 뒷좌석 문을 열고 여자 친구를 기다리며 지유에게서 등을 돌리고 있었다.

해가 지났는데도 일진이 사납네.

"이런다고 우리 사이가 다시 붙는 건 아니야. 넌 바람피운 순간, 나랑 끝이었다고."

"재영아. 미안해. 내 말 좀 들어 봐. 네가 생각하는 거 아니야."

"다신 보지 말자."

여자는 택시를 타고 떠났고 남자의 허망한 시선이 택시 뒤를 좇았다. 그들을 보는 지유의 눈은 피곤이 덕지덕지 붙어 있을 뿐이었다.

이십 분 가까이 기다렸을까 다행히 택시가 들어왔고 지유는 이번엔 누구에게도 새치기당하지 않고 집으로 갈 수 있었다.

맥주 한잔 하고 싶어서 집 가까운 편의점에서 내린 지유는 맥주

아주 작은 방울 139

와 같이 먹을 과자 한 봉지를 샀다. 혼맥이 최고지. 지칠 땐 맥주 먹고 자야 잠도 두 배로 잘 자는 것 같았다. 재신 오빠도 일하고 있을 거 같은데 사서 갈까. 한 개를 사, 두 개를 사. 고민하던 그녀는 결국 두 개를 샀다.

재신 오빠 안 되면 두 개 다 저가 먹으면 되니까.

검은 봉지에 맥주 캔 두 개를 넣고 달랑달랑 봉지를 흔들며 집으로 가는데, 언뜻 익숙한 얼굴이 스쳐 지나갔다. 지유는 뒷걸음질 쳐서 다시 남자의 얼굴을 돌아보았다.

"……!"

박진용? 인영이 전 남친?

설마 이사 간 저를 따라 온 건가? 해코지하러 온 건가?

그도 그녀와 만날 줄 몰랐는지 눈을 두 번 깜빡이더니 그냥 지나쳐 가기 시작했다. 전에 봤던 그 눈빛과는 많이 달라져 있었다.

'넌 바람피운 순간, 나랑 끝…….'

'나 방금 남친이랑 끝났어. 술이나 퍼 마시자. 나 두고 다른 여자를 만나다니, 진짜 내가 뭘 믿고 그런 새끼 만났지.'

순간 두 개의 화면이 겹쳐지듯이 지유의 기억도 맞춰지기 시작했다. 방금 택시 앞에서 봤던 장면에서 여자가 한 대사와 인영이 MT 날 했던 대사가 겹쳐졌다.

그때 지유도 술을 많이 마신 상태라 뭐라고 조언했는진 기억이 없지만 정말 놀랍게도 생생하게 인영이 했던 말이 떠올랐다.

'집안 보고 좋아했다나 뭐라나. 나 잡아서 제대로 한탕 해 보려고…… 참나. 누가 결혼해 준대? 나도 그럴 생각 없었다고! 한 다리도

아니고 문어 다리라니. 세상에 비밀이 어디 있어.'

'이번에 미팅 주선하면 우리 과 외모 탑 유지유 너도 나와. 신입생만 미팅란 법 있냐. 우리도 하는 거야.'

'아…… 청승 맞아. 지 잘못 생각 안 하고 계속 전화 오는 거 봐봐.'

진용에게선 전화가 끊이지 않고 걸려 왔다. 인영의 표정이 점점 굳어져 갔다. 그러다 그녀가 핸드폰을 보다가 툭 떨어뜨렸다.

그땐 술을 마셔서 손에 힘이 풀려서 그런 거라 생각했는데…… 아니었던 것 같다. 인영의 표정이 불안함으로 떨리고 참혹해 보였으니까.

"저기요. 잠시만요."

"……?"

그가 뒤를 돌았다. 지유는 팔짱을 끼고 고개를 옆으로 튼 후 그를 응시했다. 궁금한 게 있으면 못 참는 이 버릇. 그가 어떤 남자인지 생각하기도 전에 저는 그를 붙잡은 거였다.

"전에 우리만 행복하냐고 물으셨잖아요."

"그 얘긴 그만하죠. 저도 치료로 극복하고 있습니다."

"네. 그런데 이 동네 사세요?"

"아뇨. 회사가 이 근처입니다. 다음부터는 모른 척 지나가면 좋겠습니다."

언제는 먼저 알은척하고 사람 무섭게 협박하더니. 동기들이 그 때문에 모여 회의를 하게 만들고, 경찰서를 찾아 가게 만들어 놓고 이제 와서 모른 척 지나가자고 하니 이상했다.

꼭 그는 원하는 걸 다 이루고, 더 이상 우리에게 볼일이 없는 것처럼 보였다.

"예전에 인영이 죽기 전 날 마지막으로 통화하셨죠?"

"무, 무, 무슨. 그런 일 없습니다. 갑자기 왜 물으세요?"

반쯤 뒤를 돌아 다른 데로 가려던 진용이 아예 지유 쪽으로 몸을 돌렸다. 여긴 편의점도 있고 청과점도 있는 도롯가였다.

"그때 인영이 했던 말이 있어서. 세상에 비밀이란 없다고, 그쪽이……."

"너 어디까지 알아?"

갑자기 그가 반말로 물어 왔다. 지유는 침을 꼴깍 삼켰다. 그쪽이 바람을 피웠고 계속 전화를 했다는 것만 안다고…… 그런데 그의 반응을 보니 숨겨진 무언가가 더 있는 거 같았다. 서늘한 그의 표정이 계속 걸렸지만 이 사건은 자신과 도형의 미래가 걸려 있기에 물러 설 수 없었다.

혹시 자신이 모르는 게 있다면 바로 잡아야 했다. 지유는 도형의 부모님과 작은부모님께 허락받고 교제하고 싶었다.

"그날 인영이 전화로 계속 전화하셨던 거. 그리고 사진 보내셨잖아요."

"그 동영상 너도 봤어?"

동영상? 어떤 거? 느낌이 싸했다. 사진 보냈다는 건 떠 본 거였는데, 동영상이었나 보다.

"아뇨. 저는 못 봤어요."

"이 일 누구누구 알아?"

"저만, ……아니, 다요. 다 알아요!"

아차 싶어 '다'라고 말했지만 상대는 믿지 않는 눈치였다.

"아, 그쪽만 알고 계시다?"

그는 표정을 바꾸더니 지유에게 점점 다가왔다. 그녀는 슬금슬금 뒷걸음질 쳤다. 일진이 사나운 날이라 생각했는데 끝까지 그녀의 발목을 잡았다.

어둑어둑한 하늘은 미세먼지로 가득해 별 하나 보이지 않았다. 꼭 지금의 상황처럼. 그녀를 도와줄 이는 어디에도 없는 듯했다.

도와달라고 소리치지도 못한 채 그녀는 계속 뒷걸음질 치며 제게 다가오는 그를 피할 뿐이었다.

"도…… 도와."

진용은 고개를 오른쪽으로 기울이며 이를 드러내며 웃어 보였다. 그러곤 그의 고개가 제자리를 찾았을 땐 사악한 악마처럼 보이기도 했다.

지유의 뒤꿈치가 건물 외관에 닿았다. 얼마 전 완공된 빌라는 아직 페인트칠을 하기 전이라 콘크리트 벽처럼 보였다.

"나도 피해자야. 피해자라고!"

"누…… 누가 뭐라고 했나요."

"먼저 헤어지자고 해서 붙잡으려고 한 건데!"

"……"

지유는 그의 신경을 거스르지 않으며 주변을 살폈다. 도와줄 이가 있어야 하는데, 개미 새끼 한 마리도 보이지 않았다.

"마지막 통화가 그쪽이었던 건 확실하네요."

"……난 분명 전화로 차 소리에 비키라고 했다고. 걔가 그 자리에서 꼼짝 않을 줄 몰랐어."

그녀를 협박할 듯 다가오던 진용이 갑자기 주저앉듯 무너졌다. 그러더니 두 손으로 얼굴을 가리며 괴로워했다.

"내가 공들인 기간이 얼만데, 헤어지자고 해서…… 그래서, 홧김에 우리가 사랑을 나눌 때 몰래 촬영한 영상으로 협박한 건데."

"……."

"꼭 내가 죽인 거 같아서 하루하루가 지옥 같았어. 난 그러려던 게 아니었는데."

진용은 자책했다. 인영이 과 사람들과 MT를 가기 전 날, 진용은 다른 여자와 잔 걸 인영에게 걸렸다. 작정하고 바람을 피운 것은 아니었다. 그저 다가오는 여자를 거부하지 못했다. 저가 좋다고 달라붙는 후배를 밀어내지 못한 게 실수였다.

진용은 술을 마시니 자제력을 잃었고, 그다음 날 일어나 보니 모텔이었다. 그걸 인영이 알게 될 줄 꿈에도 몰랐다.

인영은 진용에게 바로 헤어지자고 했다. 아무리 전화를 하고, 미안하다고 사과를 해도 인영의 마음은 꿈쩍 하지 않았다. 그에게 인영은 그의 삶에 구세주와 다름없었다. 잘나가는 집안의 딸이었고, 사랑보다 야망이 큰 진용은 그녀를 이대로 놓칠 수 없었다.

인연은 그에게 조금 더 제 삶이 나아지게 만들기 위한 수단. 그 이상 이하도 아니었다.

진용은 최후의 수단으로 그녀와 잠을 잘 때 찍어둔 영상을 메시지로 보냈고, 그러자 인영에게서 바로 전화가 왔다.

'너…… 너 그거 어디다 보냈어?'

'네가 어떻게 하느냐에 따라 학교에 퍼질지 말지 결정 나겠지?'

그게 하나의 무기가 된다는 걸 그때 깨달았다. 그는 동영상을 무기로 인영을 협박했다. 네가 나와 헤어질 시 이걸 모두에게 공개하겠다고.

'설마 진짜 공개할 건 아니지?'

인영의 목소리는 하염없이 떨렸다. 연애를 할 때도 항상 그의 위에 군림하며 자신이 공주라도 되는 줄 알고 살던 인영이었는데. 그는 묘한 쾌감을 느끼며 제 밑으로 아예 그녀를 꿇리고 싶었다.

영상을 공개하면 죽어버릴 거라며 인영은 발악했다.

진용은 쾌감을 느끼며 조금 더 협박했고, 인영은 울며 제발 살려 달라고 매달렸다.

그때였다. 전화기 너머로 차 소리가 들린 것이.

'너 공개한다고 하면 나 죽을 거야.'

'뭐? 죽을 거면 죽어 봐.'

오빠 집안이 거지 같아서 그런가, 하는 생각도 좀 후져. 왜? 돈 없어? 아…… 순댓국 냄새. 저리 가. 씻고 와. 또 엄마 가게 갔다 왔어? 나한테 올 땐 그딴 데 가지 말라니까. 냄새 난다고.

사귀는 동안 그녀는 거침없이 말을 했고, 그래서 그도 홧김에 해 본 말이었다.

차 클랙슨 소리가 그의 고막을 울렸다. 그는 그 소리에 놀라 핸드폰을 떨어뜨렸고, 그 길로 인영은 다시 만날 수 없는 사람이 되었다.

"난 이렇게 고통받으며 죄책감 속에 사는데, 너희는 너무 쉽게

잊더라고. 그때 누구 한 명만 밖에 같이 나가 있었어도 그런 일 없었을 거잖아? 난 그 일로 연애도 못 하고 정신과 다니면서 치료받는데, 너흰 행복하고. 불공평하지."

"우리도 아직도 그 일, 가슴에 남아 있어요."

"웃기고 있네."

"……그리고 그건 저희 동기 누구의 잘못도 아니라고요."

"허탈하네."

그녀를 죽일 것처럼 다가왔던 그는 아무 해를 가하지 않았다. 지유는 슬그머니 옆으로 한 발자국 옮겼다. 그러는 동안에도 그는 미동이 없었다.

"죄송해서 인영이 부모님께도 계속 연락드리고, 너희 동기들 중 혹시라도 뭔가 아는 게 있는 사람이 있나 싶어 얼굴 비쳐 보기도 했는데. 무슨 짓을 해도 죄책감이 사라지지 않아."

지유는 의심스러운 눈길로 남자를 봤다. 도대체 이 사람의 진짜 모습은 무엇인지. 남의 집에 멋대로 찾아와 위협을 하더니, 또 이제는 죄책감 때문에 못 살겠다고 진심을 전하고 있었다.

"……."

그녀는 조금씩 벽에 등을 대고 최대한 그와 멀리 떨어지도록 거리를 만들어냈다. 달려서 도망만 가면 되는 거리가 되었을 쯤, 다가오는 도형이 보였다.

지유는 어떤 생각조차 하지 않고 도형에게 뛰어갔다. 그의 너른 품에 안긴 후 숨을 격하게 몰아쉬었다.

"오빠. 도형 오빠."

"지유야, 전화를 왜 이렇게 안 받아. 얼굴이 왜 이래?"

지유가 손으로 진용을 가리켰다. 도형은 그를 보더니 인상이 와락 구겨졌다.

"저 새끼가 왜 여기에 있어? 너 괜찮아?"

그는 지유의 어깨를 잡고 이곳저곳을 살펴보며 걱정스러운 눈빛을 보냈다. 그러더니 싸늘하게 표정을 굳히고 진용에게 다가갔다. 지유는 그의 옷깃을 잡아 뒤로 끌며 고개를 저었다.

"그냥 가자."

"그냥 못 가."

도형은 진용에게 다가가 멱살을 잡아 일으켰다.

"너 내가 지유 앞에 나타나지 말라고 경고했지."

"우연히 마주…… 윽!"

도형이 그의 키 높이까지 그의 멱살을 잡아 올렸다. 그러자 진용은 숨이 막히는지 캑캑거리며 괴로워했다.

"오빠 그만. 그냥 가자."

"놔 봐. 경찰서 보내고 끝장을 봐야지."

도형은 지유의 회유에도 멈추지 않고 진용을 노려보았다.

"네가 이렇게 들쑤시지 않아도 애 힘들어 하는데 왜 자꾸 들쑤셔?"

"오빠 오늘은 지나가다가 우연히 마주친 거야. 그만 가자. 나 너무 피곤해……."

지유는 그의 팔을 잡고 계속 끌었다. 도형이 저 때문에 다치면 안 된다. 박진용이 언제 어떻게 눈이 돌지 모르니 그녀는 불안했다.

저와 연애를 하면서 자꾸 제 주변과 맞서게 되자 미안하고, 또 미안했다.

"오빠…… 오빠……!"

도형에게 멱살이 잡혀 있던 진용이 그를 밀치더니 건물 주변에 누가 먹다 버린 소주병을 들고 깨 부셨다. 그러더니 조각 하나를 들고 팔 하나를 내밀었다.

지유는 너무 놀라 입을 벌린 채 몸이 굳었다. 도형도 갑작스러운 진용의 행동에 섣불리 아까처럼 그를 잡으러 가지 않았다.

"일단 그거 내려 놔."

"죄책감에 사느니 죽어버릴래. 어차피 이따위 세상 내 멋대로 되는 거 없고! 열심히 살아도 아무것도 변하지 않는다고! 이제 극복하고 잘살아 보겠다는데 왜 또 들쑤시는데! 그 기억에서 나도 벗어나고 싶은데."

진용은 화를 내면서도 섣불리 손목을 긁어 제 목숨을 끊진 못했다. 지유는 그의 앞으로 걸어갔다.

"고작 대학생인 여자한테 말이죠. 그런 동영상으로 협박을 하는 건, 정말 치명적이거든요. 치졸한 짓이고요. 정말 미안하고 죄책감에 시달렸으면 솔직히 말씀드리고 사죄하는 게 맞아요. 인영이 부모님께 착한 척 인영이 못 잊은 척하는 것보다는. 그리고 동기들 찾아다니면서 누가 그 사실을 알고 있나 감시하는 것보단, 밝히는 쪽이 마음이 더 편할 거예요."

"……!"

"욕을 먹고 내침을 당해도 말이죠."

"나, 나도 일부러 그런 건 아니었다고. 누구한테 영상을 보낼 생각도 없었어!"

"그래서 본인이 피해자라는 거예요?"

도형이 있어서일까. 지유는 진용에게 하고 싶은 말을 마음껏 뱉어냈다.

잠시 인영의 입장이 되어 보았다. 누군가 자신의 알몸, 또는 성관계하는 장면을 촬영해서 학교에 뿌린다고 협박한다는 생각만 해도 끔찍했다. 동기, 후배, 선배 모두가 그걸 보게 된다면…… 자신도 정말 죽고 싶을 거 같았다.

그 일은 꼬리표처럼 저를 따라다닐 테고. 거기까지 생각에 미치자 인영이 차가 다가오는 걸 보면서도 피하지 않은 이유를 알 것 같았다.

그는 직접 살인을 하진 않았지만, 말로 사람을 죽인 것이다. 그러면서 자신과 통화하던 중에 인영이 죽어서 죄책감에 시달린다며 괴로워하고 있었다.

"뭐? 무슨 영상?"

두 사람의 대화를 듣던 도형이 금세 상황을 파악했다. 그러다 지유의 표정과 상대를 번갈아 보더니 눈치를 챈 모양이었다.

"이 쓰레기 새끼."

도형의 입에서 나직이 욕설이 흘러나오더니 그녀가 말릴 새도 없이 진용에게 주먹을 날렸다.

진용은 반격할 생각도 없어 보였다. 사건의 전말을 알아 버린 도형이 눈이 돌아가며 진용을 걷어차고 주먹을 냅다 꽂았다.

지유는 발을 동동 구르며 재신에게 전화를 걸었다. 재신이 오고 나서야 상황은 종료되었다.

***

"넌 무슨 사람을 그렇게 패?"

도형은 재신이 건넨 얼음주머니를 퉁퉁 부은 손에 댔다. 사진기를 들고 나서부터 작업에 큰 부분을 차지하기에 항상 조심했는데, 아깐 참을 수가 없었다.

"그것도 남의 회사 앞에서."

아직도 분이 풀리지 않는지 도형은 거칠게 숨을 몰아쉬었다.

그의 사촌 동생에게 동영상으로 협박했다니. 그것 때문에 인영은 홧김에 그녀에게 다가오는 차를 일부러 피하지 않았다는 사실이 큰 충격이었다.

사건의 전말을 알 수 없었던 작은어머니와 작은아버진 그저 학과 사람들이 그녀에게 술을 많이 먹여서 일어난 일로 착각하게 된 것이다.

제 딸의 죽음을 인정할 수 없어서 누군가에게 죄를 뒤집어씌워야 그들이 숨을 쉴 수 있는 것이다. 그렇기에 지유와 과 사람들은 죄인이 되었고, 결국 그 사건은 트라우마로 남았다.

도형은 머리가 아파 와 얼음주머니를 이마에 댔다. 그렇게 허무하게 제 삶을 포기한 인영이 미워졌다.

진용은 그에게 맞으면서도 제발 그 이야긴 우리끼리만 알면 좋겠다고 싹싹 빌었다.

그러나 도형은 인영의 부모님을 찾아가 자초지종을 설명하고 사죄하고 인영이한테도 지금이라도 납골당에 가서 용서를 빌라고 말했다.

그렇지 않을 시 가만두지 않겠다는 말을 덧붙였다. 더불어 지유 눈에 다시 띌 시에도.

"학생 때도 쌈박질 안 하던 녀석이 웬일로, 손은 괜찮냐."

"아프다."

"무슨 일인데?"

"……나중에."

재신은 지유의 일을 모르고 있기에 지금은 말할 수 없었다. 그 말을 했다간 자신 대신 재신이 진용에게 달려갈지도 모른다.

"설마 지유 건드렸어?"

"아니야. 어머니랑은 화해했어?"

"어. 맨날 똑같지 뭐. 싸우고 같이 밥 먹으면서 화해하고, 잠시 괜찮아졌다가 다시 집착 심해지고. 반복 중."

"지유랑도 잘 푼 거 같더라."

"응. 어머니가 날 더 좋아하긴 하지만, 지유를 딸로 생각하지 않는 건 아니야. 지유 예뻐해. 나보다는 지유가 편해서 아마 더 그러셨던 거 같아."

도형은 고개를 끄덕였다. 아주 오래전, 지유가 고등학생이었을 때 그는 재신의 집 앞에서 똑똑히 들었던 말이 있었다. 그게 생각난 그가 입을 열었다.

"네가 동생 갖고 싶다고 해서, 지유 입양한 거 맞아?"

"너 어떻게 알았어?"

"예전에 들었어."

"……설마 지유?"

도형은 고개를 끄덕였다. 그러자 재신이 탄식하며 미안해했다.

"그래, 시작은 그래. 내가 동생 갖고 싶어서 떼쓰기도 했고, 어머니가 삶이 적적해서 식구를 늘리길 원했어. 그렇지만 절대 외부인이라고 생각한 적 없어. 너도 나 봐서 알잖아."

"잘 알지."

"지유 그 녀석은 왜 나한테 말도 안 하고…… 에효. 마음이 다 아프네."

재신이 주먹으로 가슴을 치다가 사무실 책상으로 가서 전화기를 들었다가 다시 놨다. 지유에게 전화를 하려다가 만 모양이었다.

"근데 그때 너 지유랑 친했냐? 나한테도 말 못하는 걸 왜 너한테…… 너 그럼 우리 지유를, 엉큼한 새끼."

"뭐가 엉큼해."

"내가 우리 지유 예쁘게 키우고 다른 남자 못 채가게 힘쓸 동안 옆에서 지켜보고 있었던 거잖아. 언제 네 입으로 떡이 떨어지나 눈만 깜빡거린 거잖아!"

재신은 괜히 도형을 흘깃 보며 삿대질을 했다. 그때도 친오빠인 저보다 도형이 더 편했던 걸까.

"누가 지유가 말했대? 그때 같이 들었어."

"언제?"

"말하면 네가 언젠지 기억하겠냐."

"휴…… 지유 맘 많이 상했겠네, 그때. 티도 못 내고."

"미안해하지 마. 지유는 너한테도, 너희 어머니께도 항상 감사하다고 생각하니까. 두 사람 아니었으면 이렇게 못 자랐을 거라고."

도형은 재신에게 얼음주머니를 돌려주었다.

"어디 가?"

"지유한테."

"지유 자러 간댔잖아. 자고 있을걸."

"그걸 믿냐."

도형은 쯧쯧 혀를 차며 고개를 절레절레 저었다. 재신이 분명 아까 상황을 궁금해할 것을 알기에 지유가 집에 들어가는 걸 보고 재신을 따라 위층으로 올라온 것이다. 놀란 재신을 안심시켜 준 후, 도형은 다시 지유에게 내려갈 생각이었다.

오늘은 피곤해서 먼저 잔다고 했지만, 지유는 아직 잠에 들지 못했을 것이다. 어쩌면 아직 씻지도 못하고 그대로 침대 벽을 보고 등을 돌린 채 이불을 덮고 있을 수도 있다.

그는 재신에게 손을 흔든 후 엘리베이터에 탔다.

***

지유는 몸이 오슬오슬 떨려 이불을 덮고 누웠다. 두 무릎을 끌어당겨 몸을 말았다. 그럼에도 여전히 춥고 싸늘했다.

딩동.

벨이 울렸으나 지유는 미동 없이 그대로 있었다.

쿵쿵.

"지유야."

도형이었다. 지유는 이불 속에서 그에게 전화를 걸었다.

-지유야, 집 아니야?

"맞아."

-문 좀 열어 줘.

"비밀번호 누르고 들어 와. 오빠, 나 너무 추워. 온몸에 힘이 없어서 못 일어나겠어."

지유의 말이 끝남과 동시에 도어로크가 해제되는 소리가 났다. 도형이 신발 벗고 들어와 침대 방으로 성큼성큼 걸어왔다. 이불을 들추고 지유의 이마에 손바닥을 댄 그가 한숨을 쉬었다.

"열은 없네. 어디가 어떻게 아파?"

"그냥 기분이 한없이 가라앉고, 몸에 힘이 없고, 조금 무섭고?"

"너무 놀라서 그런가 봐."

도형이 침대에 앉자 지유는 웅크린 채로 몸을 꿈틀거려 움직였다. 그리곤 그의 허벅지 위에 머리를 올려 베고 이불을 목까지 끌어당겼다.

"오빠. 뭔가 폭풍이 지나간 거 같아."

"나도."

"엄마랑도 싸우고, 쭉 잊고 있던 과거 일이 갑자기 막 다시 튀어나오고, 오빠는 우리 연애 허락받으려고 고생하고, 회사는 합쳐지면서 살얼음판 같고."

"다 지나가잖아."

"그렇겠지."

"응. 엄마랑 싸워서 서로 진심을 알게 돼서 지금 더 좋잖아. 후련하고. 그것처럼 모든 일도 뒤돌아서 보면 결국 다 해결될 거야. 걱정하지 마."

그는 지유의 머리카락을 흐트러뜨리며 귓불을 만지작거렸다. 그러자 지유가 그의 허벅지를 더 세게 껴안으며 안도했다

"왜 내려 왔어? 재신 오빠가 안 궁금해해?"

"대충 둘러댔어. 너 걱정돼서 당연히 내려와야지."

"크큭. 나를 나보다 오빠가 더 잘 아는 느낌이야."

"내 생각에도."

도형의 말에 지유가 슬며시 미소 지었다. 그는 그녀의 입꼬리를 엄지로 만지작거리다가 입을 열었다.

"예쁘다, 우리 지유."

"흐음……! 나 그럼 재워줘."

"안 씻고 자게?"

"……씻고 올 힘이 안 나. 팔 다리에 힘이 안 들어가거든."

그는 그녀의 말에 등을 부드럽게 쓰다듬어 주며 토닥거렸다. 자고 일어나면 마음이 편해질 거라며.

"근데 그 남자 이 주변에 회사 다닌다던데. 진짤까? 아니면 나 쫓아온 거 아니야?"

"뭐가 됐든 다신 우리 앞에 안 나타날 거야."

"동기들한테도 말해 줘야지. 우리 탓 아니라고."

"그래, 자고 일어나면 그때, 그때 해."

"기력이 다 빠져서 졸린데 잠이 안 와."

"잘 때까지 옆에 있어 줄게."

"으응. 나 잠들고 나서도 바로 가면 안 돼."

"알겠어."

"그래도 오빠도 나도 안 다치고 잘 해결돼서 다행이야. 이렇게 지나가서 정말 다행……."

말을 하던 지유의 입술이 멈추더니 스르르 눈이 감겼다. 그는 그녀가 잠들 때까지 머리를 쓰다듬는 걸 멈추지 않았다. 숨 쉬는 횟수가 일정한 박자가 될 때까지 그는 그녀의 곁을 지켰다.

***

-강원도 설악산에 겨울의 시작을 알리는 첫눈이 내렸습니다. 지난해보다 첫눈 소식이 일주일이나 앞당겨졌습니다. 폭설이 내리면서 설악산 고지대는 흰 눈으로 덮여 감탄을 자아냈습니다.

가을의 정취를 느끼기도 전에 강원도에선 첫눈 소식이 방송을 타고 흘러나왔다. 지유는 이어폰을 꽂아 라디오를 듣다가 창문 밖을 봤다.

조금 쌀쌀해지긴 했지만 서울은 아직 가을이 한창이었다.

"지유 씨, 겨울에 인턴 뽑을 건데 지원자 정리 좀 해 줘요."

올해 인턴으로 들어왔는데 1년도 안 돼서 인턴을 또 모집한다니.

회사가 커졌으니 직원이 더 필요하긴 했다. 한창 편집장들끼리 부딪치더니 요즘은 그 횟수가 줄어들었다.

편집 팀은 점점 안정되어 가고 있었다. 마당발 미희가 물어오는 소식과 석호의 기획력이 합쳐서 업계에서는 이제 누구도 범접할 수 있는 탑이 되었다. 보통 합쳐지면 한 1년은 고전한다고 하는데 그들은 오히려 몇 달 사이에 회사를 성장시켜 놓았다.

"하아암."

"대리님, 여기 커피요. 제 거 타면서 같이 탔어요."

"고마워요, 지유 씨."

"어제도 밤새우셨어요?"

"응. 지유 씨도 집에서 기사 쓴 거 아니야?"

"맞아요. 이따가 촬영장 가기 전에 소품실도 들러야 하고, 오늘 기사 쓸 시간 없을 거 같아서 미리 어제 좀 작성했죠."

"오오…… 지유 씨, 다 쓰면 메일로 보내. 검수할게."

"아, 아직요. 오늘 집 가서 마무리해서 보내겠습니다."

"좋았어. 커피 맛있다. 땡큐."

휘연 대리는 그녀에게 감사 인사를 하며 머그컵을 들어 보였다. 지유는 지원자들 내역을 살펴보고 전체 출력을 한 후 복사기 앞으로 갔다.

[잠깐 주차장으로 올 수 있어?]

그때 도형에게서 문자가 왔다. 지유는 핸드폰을 뒷주머니에 넣고 편집 팀을 나가 주차장으로 가기 위해 엘리베이터에 올라탔다.

[주차장 몇 층?]

[5층.]

[오케이! 금방 내려갈게.]

지유는 1층에서 데스크 직원에게 인사하고 나와 주차장으로 가는 엘리베이터로 갈아탔다.

그녀는 도형의 차를 발견하고 그쪽으로 걸어갔다. 차 안에 있던 도형도 그녀를 봤는지 운전석에서 내렸다.

"오빠! 어쩐 일이야? 일할 시간 아니야?"

"응. 미팅이 요 근처에서 있어서, 이거 먹어."

"이게 뭐야?"

지유는 도형으로부터 종이 박스를 받자마자 안에 든 내용물을 확인했다. 알록달록한 색깔로 이뤄진 마카롱이 들어 있었다.

"당 떨어질 때 먹으라고. 오빠 오늘 오후에 강릉 가서 주말에 올 거 같아."

"으앗. 그럼 며칠이나 못 보는 거야."

지유는 손가락을 접어 세다가 그냥 도형을 와락 안았다.

"금요일 밤에 내려가고 싶다. 마음은 그런데……."

"주말에도 출근해야 하지?"

"으응! 해야 해."

지유는 도형이 보는 앞에서 케이스를 열어 마카롱을 한 입 먹었다. 입 안에서 사르르 녹는 단맛에 절로 입가에 미소가 지어졌다.

"와…… 녹는다, 녹아. 오빠도 먹어 봐."

"아냐. 난 됐어. 얼른 들어가 봐."

"응. 서도형 보내기 너무 아쉬워. 흑흑. 나 엘리베이터까지 데려다 줘."

지유가 손으로 엘리베이터를 가리켰다. 이대로 도형을 보내려니 너무 아쉬웠다. 헤어지기 싫다. 강릉을 안 갔으면 좋겠다. 퇴근하고 미친 듯이 보고 싶으면 언제든지 달려 갈 수 있게 서울에 있으면 좋겠다. 그래도, 해외가 아니라서 다행이긴 하다.

"지유야. 오늘 몸 컨디션 어때?"

"아주 좋아."

지유의 말에 도형은 비상구 쪽으로 눈짓했다. 지유는 볼을 붉히며 고개를 끄덕였다. 지하 5층이니까 비상구에 아무도 없겠지.

그녀는 오른손엔 그가 준 마카롱 종이백을 들고 반대편 손은 그의 손을 잡고 위아래로 흔들며 비상구 쪽으로 갔다.

도형이 비상구 문을 열었을 때, 그들은 사랑에 불타올라 서로의 입술을 먹고 있는 커플을 볼 수 있었다.

커플들의 생각은 모두 비상구로 의기투합 하나?

조용히 문을 닫고 나가려는 그때, 지유의 눈이 왕방울만 하게 커졌다.

키스하고 있는 커플은 미희와 차석이었기 때문이다.

전혀 예상하지 못했던 광경이라 그녀는 눈이 커진 것도 모자라 턱도 벌어졌다.

12장. 허락을 구하다

"편집…… 읍!"

지유가 놀라서 말을 뱉자 도형이 손으로 그녀의 입을 막았다. 그런데 한발 늦은 모양이었다. 서로의 입술을 쪽쪽 빨아대던 커플은 화들짝 놀라며 떨어졌다. 수더분한 차석과 붉은 립스틱의 미희. 두 사람도 지유와 도형을 보더니 눈을 깜빡였다.

"안녕하세요."

미희가 먼저 도형에게 다가와 손을 내밀었다. 이 상황에서도 당황한 티를 안 내려 애쓰고 있었지만 손이 떨렸다.

"네, 네……."

"편집장님, 옷."

지유가 검지로 본인의 가슴 쪽을 가리키며 말했다.

"어머!"

미희가 고개를 내려 블라우스가 풀어져 엉망이 된 모습을 보곤 놀라서 등을 돌렸다. 차석은 손수건으로 입술을 닦은 후 미희를 등 뒤로 보내 가려 주었다.

"회사엔 비밀로 하겠습니다. 저 믿으셔도 돼요."

지유는 입을 함부로 놀리지 않겠다는 뜻으로 지퍼를 닫듯이 입가를 긋는 시늉을 했다. 그런데 차석과 미희라니. 미희의 립스틱이 짙게 묻은 차석을 보는데 마치 희귀한 장면을 보는 것 같았다.

"잠깐 커피 한잔합시다."

미희의 제안에 지유는 고개를 마구 끄덕이며 도형의 옷을 잡아 끌었다. 같이 가 달라는 신호였다.

네 사람은 건물 1층 카페에 모여 앉았다. 쟁반에 커피 네 잔을 가져온 차석이 한 명씩 커피잔을 넘겨주었다. 지유는 컵을 두 손으로 잡았다. 도형이 커피를 한 모금 마시더니 물을 따라 가져와 지유에게 주었다.

그녀는 물을 머그컵 안에 따라 연한 아메리카노로 만들었다. 도형이 물을 갖다 준 거 보면 첫 맛이 엄청 쓴 게 분명하다.

"그런데 두 분 언제부터……."

"1년 정도 됐어."

지유의 질문에 미희가 대수롭지 않다는 듯 대답했다. 그러면서 부끄러운지 목 언저리가 붉게 달아올랐다.

"축하드립니다."

"그건 됐고, ……숨길 것도 없어. 우린 상견례 다 끝났으니까."

"네에? 벌써요?"

"지유 씨에겐 벌써겠지만 미희 씨와 전 1년이나 됐죠. 둘 다 나이도 있고 얼른 가야죠."

상견례까지 끝났다는 건, 곧 결혼 임박? 지유의 눈이 다시 왕방울만 하게 커졌다.

"우리 팀에 휘연 대리도 곧 결혼할 때 됐고, 우리도 해야 하고…… 지유 씨도. 작가님이 급하시죠?"

"네. 급합니다."

화르륵. 지유의 얼굴이 달아올랐다. 미희의 질문에 급하다고 대답하는 도형의 얼굴은 태연자약했다.

"셋 다 한 번에 가면 문제니까, 연애 기간 순으로 하죠."

"안 됩니다. 그건."

미희의 말에 도형이 바로 치고 들어왔다. 연애 기간 순으로 하면 휘연 대리, 미희 편집장님, 그리고 지유였다.

"우리 부서가 사람이 한 명씩 비는 것도 치명적이라 셋 다 시기조절해야 합니다. 휘연 대리는 내년 초로 계획하고 있고, 저희는 휘연 대리 끝나면 바로 생각하고 있는데. ……지유 씨 양가 부모님께 인사드렸어?"

"아뇨, 아직."

"거 봐. ……작가님. 누가 봐도 저희가 먼저죠?"

"곧 인사드릴 겁니다."

지유는 다시 힐끗 도형을 봤다. 그의 눈빛엔 변함이 없었다.

"그럼 이건 어떨까요?"

차석이 한참 얘기를 이끌어가던 미희의 손을 큰 손으로 덮으며 말을 했다. 그 모습이 지유의 눈에 듬직하게 보였다.

"결혼식은 셋 다 하고 싶을 때 하고, 신혼여행을 조정하는 게 어때요? 우선 우리 미희 씨는 마감 때 없으면 안 될 존재니 신혼여행 가더라도 마감 후로 잡아야 하니까, 먼저 잡을 수도 없거든요. 저흰 미리 잡지 않고 업무 스케줄 보고, 되는 날로 잡을게요."

미희가 차석을 보며 인상을 썼다. 차석은 손을 잡은 채로 더 꽉 쥐어 깍지를 끼었다. 자길 믿으라는 소리였다.

항상 누구의 말 따위 듣지 않고 군림해 오던 미희가 그 손짓 한 번에 입을 쏙 다는 걸 보니 너무 신기했다.

테드 편집 팀의 실세는 이제 고차석이구나. 무거운 거 열심히 나르더니⋯⋯! 그저 미희의 심부름을 열심히 하는 직원인 줄 알았는데 전혀 아니었던 것이다. 편집 팀의 숨은 실세였다니.

'퇴근 전에 아이템 회의 한 번 더 하자. 잘 전하고. 차석 씨 들어오면 주차장으로 내려오라고 해. 나 전화하고 있을 테니까.'

'자, 그럼 일하러 가자. 고차석 씨는 저 좀 보고 가고.'

그래, 종종 두 사람만 쏙 나간 적이 있었다. 먼저 주차장으로 내려간 미희를 차석이 따라가거나, 주로 힘을 쓰는 일을 하느라 차석이 심부름을 가면 미희가 따라간 적도 있었다.

'편집장님께서도 서도형 보면 자빠뜨려 보고 싶다고 하셨잖아요.'

'내, 내가 언제.'

그뿐만 아니라 서도형을 보면 자빠뜨리고 싶다는 농담에 미희가 엄청 당황했었다. 그때, 그 자리에 차석이 있었다. 그래서 당황한 거였다.

그럼 그때도 목하 열애 중이었던 거고. 어떻게 단 한 번도 의심하지 않을 수 있었을까. 우리 팀뿐만 아니라 다른 팀원들까지 모두 말이다.

"좋습니다."

이번에도 대답은 도형이 대신했다. 지유는 입을 삐죽이며 그를 봤다. 아직 연애 허락도 못 받았는데 무슨 결혼! 거기다 도형에게 진지하게 결혼하자는 이야기를 듣지도 못했다.

연애를 1년, 2년 한 것도 아니고.

오래 봐 오고, 오래 연애를 한 거 같은데 실제로 그들은 여름과 가을, 그리고 이제 겨울을 맞이하는 중이었다. 1년 중 3번의 계절을 맞았지만 연애는 반년도 안 된 것이다.

"근데, 두 사람은 언제 결혼까지 얘기가 나온 거예요? 만난 지 얼마 안 됐잖아요."

"그러게요. 지유 씨, 너무 예쁠 나이에 가는 거 아니야?"

"뼈 빠지게 공부하고, 인턴 생활하고, 이제 정직원 되자마자…… 편집장님 말씀 듣고 보니 결혼 생각하기엔 빠르네요. 아직 프러포즈 받은 것도 없고."

지유가 팔짱을 끼고 몸을 틀어 도형을 보았다. 조금 억울한데.

"지유 예쁠 나이라 항상 미안하죠. 근데 예뻐서 얼른 제 품에 둬야 마음이 놓일 거 같습니다."

도형은 제 여자 친구 예쁘다는 말을 아무렇지 않게 했다. 오히려 옆에 있는 지유의 얼굴이 화끈해졌다.

"그럼 작가님께서 먼저 지유 씨한테 대시한 거예요? 지유 씨가 먼저가 아니라?"

"네. 제가 먼저 했죠."

"오오. 지유 씨는 바로 받아줬고요?"

"아뇨. 한 번 차였습니다."

"정말요? 믿기지 않습니다. 절대 차일 거 같지 않더니. 그때 어떤 사진을 찍어도 초상화를 만든다는 분이 그럼……."

"네. 지유 맞아요. 그리고 편집장님."

"네? 말씀하세요."

"……핸드폰 녹음은 꺼 주시죠."

"들켰어요? 눈치가 참 빠르셔."

이 상황에서도 미희는 직업 정신을 발휘해 등 뒤로 녹음을 하고 있었던 모양이다. 그걸 들키자 핸드폰을 테이블에 올려놓고 파일을 삭제하는 것까지 도형에게 보여 주었다.

"미안해요, 작가님~ 두 사람 결혼하게 되면 우리가 제일 먼저 보도하려고 했죠. 두 사람의 첫 만남부터 중간에 차인 이야기를 맛깔나게 쓰면, 그림이 나오는데요?"

"사양합니다."

도형의 거절에 미희는 아쉽다는 티를 냈고, 그 옆에 있는 차석은 미희를 보며 고개를 저었다. 못 말린다는 듯 제 여자를 보는데 그 눈에 사랑이 담겨 있었다.

"연예인도 아닌데 이런 거 과합니다."

"어머. 작가님~ 연예인보다 요새 더 핫하잖아요."

잘생긴 포토그래퍼, 알고 보니 실력파, 뇌섹남, 다재다능, 사기

캐, 거기다가 재벌남.

그에 대한 수식어가 날로 늘어가고 있었다. 크리에이터로 데뷔한 그에 대한 관심도가 더욱 커지고 있는 시점이었다.

"아마 결혼하게 되면 지유 씨한테 엄청 관심 집중될걸요. 이 기회에 지유 씨가 하고 싶던 찍이 먹방 같이 하면서 데뷔해도 좋겠네요."

듣고 보니 지유는 회사에 소속된 몸이니 그가 저와 잘돼서 정말찍이 먹방이 하나의 컨텐츠로 자리 잡게 되면 회사가 이득인 거였다.

"벌써 시간이…… 지유 씨는 작가님 바래다주고 올라 와. 우리먼저 사무실로 갈게."

"네! 알겠습니다."

지유는 미희와 차석이 먼저 올라가는 걸 보고 도형의 허벅지를찰싹 때렸다.

"부끄럽게. 너무 고분고분하게 대답했어. 오빠가 나 예쁘다고하니까 편집장님 당황하시잖아."

"사실인데, 뭐."

"차석 선배님도 내 눈 피하고 그러시던데."

"그게 다 동의해서 그런 거야. 우리 지유, 결혼 생각하기에 너무일러?"

도형이 어깨동무하며 지유를 지그시 보며 물었다.

"이르지! 억울해. 첫 연애, 첫 키스! 오빠가 다 처음이잖아. 나는연애하면서 할 수 있는 건 다 해 보고 나서 결혼할 거야. 아직 프러포즈도 안 했잖아."

"뭐가 그렇게 억울해. 억울해하면 안 되는데."

도형은 지유를 따라 일어나 주차장으로 내려가면서 다정한 말투와 사랑이 묻어나는 눈빛으로 지유를 보며 달랬다.

"뭐 해 보고 싶은데?"

"여행 가기, 커플룩 입기, 커플 사진 찍기, 사진으로 도장도 만들고 머그컵도 만들어 보고 싶고. 음……! 생각 안 나네."

지유가 머리를 긁적거리며 더 떠올리려고 애쓰는 모습을 보며 도형은 갑작스럽게 그녀의 두 볼을 잡고 입을 맞췄다.

"귀여워 죽겠네. 그래, 다 해 보자. 우선, 여행 가자."

"정말? 오빠 시간 돼?"

"다음 주나, 다다음 주에 바로 가자. 어디 갈래?"

"음. …… 아무 데나 라고 하면 오빠가 난감하겠지?"

"강릉 가자."

"좋아!"

막상 여행 가자고 하니 고를 곳이 없어서 고민됐는데 도형이 정해 주니 고민이 싹 날아갔다. 강릉! 좋다, 좋아! 겨울에 강릉 바다가 그렇게 예쁘다는데. 지유는 만족스럽게 웃으며 그를 한번 안아 주었다.

"얼른 가. 나 올라가야겠어."

"응. 가서 괜히 어색해하지 말고."

"내가? 완전 입 싹 지퍼 닫고 모른 척 연기 잘하지."

"우리 지유 거짓말 참 소질 없는데."

크큭, 크큭. 도형의 웃음소리가 귓가를 동동 울렸다. 그는 먼저 앞서가는 지유를 잡았다.

"참 지유야."

"응?"

"어머님하고 저녁 약속 잡았어. 연애한다고 말씀드릴게."

"헉. 언제?"

"비밀."

"알려줘. 나도 가야지."

"안 돼. 그 날 딸 주세요 하면서 오빠 엄청 비굴해질 수도 있어."

"크큭. 연애 허락받는 것도 이렇게 어렵다니."

결혼도 아닌데…….

우리 집엔 도형이 재신의 친구여서 어렵고, 도형의 집에선 자신이 인영이 동기여서 어렵고. 어렵다, 어려워.

지유는 운전석에 탄 도형을 보며 창문을 두드렸다. 그러자 도형이 창문을 내렸다. 그녀는 그 속으로 상체를 쏙 넣어 도형의 볼에 뽀뽀를 해 주었다.

피식, 그의 웃음에 지유는 온몸이 녹아내릴 것 같았다.

***

진용은 윤택의 집 앞에서 초인종을 누르려 했다가 다시 등을 돌렸다. 회사에는 사직서를 제출한 상태였고, 최근 들어 불안 증세가 심해져 상담 치료를 열심히 받고 있었다.

죄를 짓고도 아무 감정을 못 느끼고 있는 사람이 있는 반면, 양심의 가책 때문에 평생 괴로워하는 사람이 있다고 했다.

교수님께선 이 무거운 마음을 내려놓으려면 용서받지 못하더라도 다 말을 해야 한다고 했다. 차라리 부딪치는 쪽이 그가 살 수 있는 길이라고.

이때까지 인영을 못 잊는 척, 너무 사랑해서 전 여자 친구의 부모님께도 잘하는 좋은 사람 코스프레를 했다. 그러나 자신은 원래 좋은 사람이 아니었고 인영의 죽음에 한몫을 했다는 걸 밝히는 건 쉽지 않은 일이었다.

"진용이?"

"어머니. 안녕하세요. 잘 지내셨죠?"

"무슨 일 있어? 살이 엄청 빠졌네."

진용을 발견한 인영의 어머니는 기사에게 주차를 부탁하고 차에서 내렸다.

"들어가자. 저녁 아직이지?"

"네."

다음에, 다음에…… 다음에 말해야지.

다음에 죄송하다고 사죄해야지.

그렇게 시간만 계속 지났다.

그는 인영의 모친을 따라 저택 안으로 들어갔다. 전역하고 철없던 시절, 인영의 비위를 맞춰 연애해서 제 인생을 180도 바꿀 계획을 세웠다. 그게 그의 삶을 변화시킬 유일한 탈출구였으니까.

"저희 차 좀 준비해 주세요."

"네, 사모님."

진용은 의자에 앉아 무릎에 손을 올려두었다. 손을 쥐었다 펴며 불안감을 없애려 애썼다.

"그래, 무슨 일이야. 편하게 얘기하렴. 도와줄 게 있다면 도와줄게."

그는 이로 입술을 질끈 물었다.

"어려운 얘기야?"

"네. ……어머니, 죄송합니다."

진용은 고개를 푹 숙이고 사과했다. 차라리 자신이 아예 감정을 못 느끼는 못된 사람이면 좋았을걸. 차라리 죄책감 따위 감정을 모르는 사람이면 얼마나 좋았을까.

"뭐가 죄송해. 우린 매번 고마워. 우리 인영이 기억해 주는 사람이 있다는 게 얼마나 고마운데."

"제가, 제가…… 인영이한테 큰 죄를 지었습니다. 그래서 그렇게 된 거예요."

인영의 모친이 무슨 이야기를 하냐는 듯 그를 보았다.

"교통사고는 맞습니다. 뺑소니는 맞는데…… 그 전에 저랑 인영이 다툼이 먼저였어요."

그는 말문을 열었다.

그가 먼저 바람을 피웠고, 인영이 헤어지자고 했다. 그래서 헤어지면 가만두지 않을 거라고 해서는 안 될 협박을 했다. 그러자 인영은 술에 취해 네가 그런 짓을 하면 자긴 죽을 거라고……. 죽어버릴 거라고 그에게 소리치고 나서 사고를 당한 거라고 고백했다.

그 순간, 진용의 고개가 옆으로 돌아갔다. 그는 맞은 뺨을 손으로 잡으며 의자에서 내려와 무릎을 꿇었다.

"그냥, 그냥 말만 한 겁니다. 정말 동영상을 학교 게시판에 올릴 의도는 없었어요. 헤어진다고 해서…… 잡을 방법이 없었어요. 저 말고도 인영인 언제든지 남자 만날 수 있잖아요. 전 인영이 아니면 안 됐거든요. 근데 인영이가…… 오는 차를 보고 그냥 그대로 피하지 않을 줄 몰랐습니다."

인영의 모친은 뒤로 넘어졌다.

"사모님!"

진용은 그녀를 두 팔로 받쳤다. 그러자 인영의 모친은 그를 거칠게 밀어냈다.

"네가, 네가 어떻게……!"

"죄송합니다."

"그 애가 얼마나 무서웠으면, 얼마나 괴로웠으면. ……네가 감히 우리 딸을."

인영의 모친은 죄송하다고 사죄하는 진용의 뺨을 다시 올려붙였다.

"우리가 인영이 마음속에서 보내지 못한 게 이거였네. 우리 인영이가 억울해서 꿈속에도 나오고……. 너 같은 자식 때문에, 너 같은 쓰레기 때문에 우리 인영이가……. 아."

그녀는 더 이상 말을 하지 못하며 주먹으로 가슴을 치며 울음을 삼켰다.

"가. ……당장 내 집에서 나가!"

진용이 무릎을 꿇은 채 미동을 하지 않자 그녀가 그를 두 손으로 밀어냈다. 그런다고 성인 남자가 쉽게 밀리진 않았지만 말이다.

"나가라고!"

그녀의 외침에 집 안에 거주하는 직원 서넛이 몰려와 진용의 팔을 잡고 일으켰다. 그는 끌려가면서도 계속 죄송하다고 사죄했다.

집 밖으로 내쫓긴 그는 지하철로 향했다. 지하에서 부는 바람이 너무 차서 온몸이 얼 것만 같았다.

용서받지 못하겠지만 드디어 말을 했다.

그런데 이번엔 또 다른 불안감에 그는 아스팔트 위에 주저앉았다. 혹시 인영의 부모님이 저를 죽이러 오면 어떡하지?

동영상으로 협박해서 그녀를 죽음으로 몰아가게 했다. 이때까지 좋은 사람인 척하며 그 사실을 아무도 모르게 하고 싶었는데…… 그녀의 부모님께서 그 사실을 알게 될 거 같아 불안했다. 경찰에 신고하면 난 어떻게 되는 거지? 막연한 불안감이 밀려오자 숨이 가빠져 왔다.

진용은 지나가는 사람이 떨려 보이고 몸에는 땀이 비 오듯 흘렀다. 꼭 숨이 막혀 질식할 것만 같았다.

약, ……약을 먹어야 하는데.

약을 찾는 그의 손이 흔들려 가방에 있는 지퍼를 열지 못했다. 그는 카드를 찍고 지하철역 안으로 들어왔다.

열감이 오르자 꼭 자신이 죽을 것만 같았다. 미칠 것 같은 느낌. 몸에도 따끔거리는 통증이 느껴졌다.

"저기 괜찮으세요?"

진용은 옆 사람을 보았다. 걱정스러운 표정으로 저를 보고 있었다.

"식은땀을 많이 흘리시고 몸을 떨고 계셔서요."

"괜, 괜, 괜찮……습니다."

상대가 말을 거는데 답을 하기 어려웠다. 그 이후로도 플랫폼에 서 있던 사람들이 그를 흘깃흘깃 보았다. 누군가의 말소리가 꼭 저를 공격하는 것처럼 느껴져 그는 주저앉아 귀를 막았다.

그 순간 역 안으로 들어오는 지하철이 그에게 가까워지기 시작했다.

그는 이제 모든 기억을 잊고 싶어졌다. 이 불안함과 공포 속에서 벗어나고 싶단 생각을 했다. 그런 그의 시야에 지하철의 환한 불빛이 보였다.

인영의 부모님뿐만 아니라 모두가 자신에게 손가락질을 하는 것만 같았다. 괴로웠다. 단 한 번의 용기만 있다면 이 모든 고통이 한 순간에 없어질 수 있을 텐데…….

그는 주저앉아 있던 몸을 일으켰다.

"으앗!"

"저기…….."

"꺄아아악!"

플랫폼에서 지하철을 기다리던 사람들은 소리를 지르며 등을 돌렸다.

-속보입니다. 오늘 오후 8시 42분께 서울 한남역 30대로 추정되

는 남성이 선로에 뛰어내려 숨졌습니다. 열차 기관사는 급제동했지만, 제동 거리가 짧아 사고를 피할 수가 없었다고 합니다. 이 사고로 열차 운행이 약 30분간 차질을 빚다가 오후 9시 10분께 재개됐습니다. 박모 씨는 평소에 공황장애 증상과…….

그날 저녁 뉴스에서는 속보가 나왔다. 그 소식으로 대중교통에 불편함을 느끼던 시민은 왜 남에게 피해를 주면서 죽냐며 자살한 사람을 욕했고, 유가족들은 뒤늦게 소식을 알고 괴로워했다.

그 사건은 그날 하루 사람들의 입에 오르내렸지만 금세 묻혔다.

***

도형과 여행가는 당일, 지유는 옷을 죄다 꺼내놓고 입었다 벗었다를 반복했다. 어제 분명 오늘 입을 옷을 옷걸이에 걸어뒀는데 막상 입으려니 다른 게 더 예뻐 보였다.

다음 주나 다다음 주에 가자던 여행은 계속 미뤄져 결국 11월이 다 돼서야 약속을 잡을 수 있었다. 그동안 한 번은 도형의 스케줄이 안 맞았고, 그다음엔 지유가 업무 마감으로 바빴다.

Rrrrrr.

"어, 오빠."

-다 준비했어? 나 집 앞이야.

"으응. 다 준비하긴 했는데. 오빠."

-왜?

"나 티셔츠에 바지 입을까, 원피스 입을까, 아니면 뭐 입지."

-뭘 입어도 예쁜데 오늘 추우니까 따뜻하게 입고 나와.

지유는 딱 붙는 검은색 니트티에 딥그린 색의 코트를 걸쳤다. 아래는 검은색 스키니를 입고, 양말 니트 앵글부츠를 신었다. 그러곤 캐리어를 하나 들고 1층으로 내려갔다.

그녀를 본 도형이 가까이 와 캐리어를 대신 들어 트렁크 안에 넣었다. 그러곤 조수석 문을 열어 주었다.

"기차 타고 갈 걸 그랬나?"

"아냐. 괜찮아."

"오빠 밤새 운전하면 피곤할 거 같아. 옆에서 오빠 잠 안 오게 내가 노래 선곡해 줄게."

지유는 블루투스가 연결된 도형의 핸드폰에서 음악 앱을 열어 이것저것 노래를 리스트에 담았다.

도형은 액셀을 밟아 차를 출발했다.

"엄마가 오빠랑 밥 먹으러 오래."

"그래, 그러자."

"오빠가 좋은가 봐. 어떻게 단 한 번도 반대를 안 하냐. 치, 재신 오빠 결혼할 땐 엄청 따질 거면서."

지유는 어머니가 그녀를 딸로 인정하고 사랑하는 건 알고 있으나 여전히 재신과 차별하는 것을 느끼고 있었다. 은연중에 툭툭 서운함이 나오는 걸 보며 도형은 곁눈질로 지유를 봤다. 그런데 말을 하는 지유의 입꼬리가 위로 올라가 있었다.

"우리 집에서도 지유 너 밥 먹으러 오라는데."

"뭐?"

지유가 놀라서 그를 봤다. 도형은 핸들을 꺾어 우회전을 하며 주변을 살폈다.

　"나, 나 밥 먹으러 오래? 그럼 우리 연애해도 돼? 작은집은……!"

　"오빠가 그랬지. 네 잘못 하나도 없다고. 기다리는 동안 마음 많이 졸였지, 우리 지유."

　"막상 뵈러 간다니까 더 심장이 뛰는데? 후압, 후압."

　"오늘은 아니니 맘 편히 가져."

　고속도로로 진입한 차는 속도가 하염없이 올라갔다. 지유는 쌩쌩 달려도 시끄럽지 않고 반동 없는 차 안에서 의자에 몸을 맡긴 후 음악에 맞춰 목을 까닥거렸다.

　속이 뻥 뚫리는 것 같았다.

　"오빠, 강릉 가 봤어?"

　"응."

　"정말? 누구랑? 여자?"

　"응, 여자."

　"……어쩐지 강릉 가자고 하더니. 이미 갔던 곳이라 그랬던 거야. 뭐, 여자 없었다면서 강릉 같이 간 여자는 여자 아닌가."

　지유의 투정에 도형은 올라가려는 입꼬리를 내렸다.

　"촬영차 간 거야."

　"아하~ 난 또 썸 타는 여자랑 갔다거나, 여자 친구가 될 뻔한 사람과 간 줄 알았지."

　"난 지유 너밖에 없다니까."

　"……나도 오빠밖에 없지."

"나 괜찮으니까 좀 자. 도착하면 깨워 줄게."

지유는 고개를 휘휘 저었다. 운전하는 도형 옆에서 다리 뻗고 잘 순 없었다. 도형의 핸드폰 볼륨을 올렸다.

아는 음악이 나올 때마다 지유는 따라서 흥얼거리고 팔을 움직여 탈춤도 추고, 유치원생이 율동하듯이 간단한 동작들을 따라 했다. 발라드가 나올 땐 본인의 주먹을 마이크라고 생각하며 감정을 담아 따라 불렀다.

트로트부터 팝송까지. 지유의 노래 메들리는 한 시간가량 지속되었다. 도형은 그녀를 보며 한참을 웃었다. 역시 저를 웃게 하는 건 지유뿐이었다.

"오빠, 듣고 싶은 노래 있어? 노래 바꿔줄까?"

"아니. 너 듣고 싶은 거 들어."

"알겠어. 맞다! 집에서 초콜릿이랑 귤 챙겨왔는데."

지유는 가방을 뒤적여 귤을 먼저 꺼냈다. 귤껍질을 깐 후 알맹이 하나를 운전하는 도형의 입가에 가져갔다. 도형이 입을 벌리자 그녀는 그 안으로 귤을 쏙 넣어 주었다.

도형의 얼굴이 구겨지며 눈가가 파르르 떨렸다.

"시지?"

"어, 엄청."

"그럼 요기 초콜렛."

그녀는 도형의 입에 이번엔 초콜릿을 넣었다.

"단짠단짠 말고 시고달고시고달고 어때?"

"잠이 확 깬다."

"다행이다. 졸릴 때 이 귤 한 개씩 줄게."

엄청 신 사탕을 살까, 아니면 덜 익은 귤을 살까 했는데 몸 생각해서 후자를 택했다. 역시 잘한 선택이었다. 운전하는 도형의 잠이 확 다 깬 거 보니.

두 시간 반을 달려가자 금세 강릉에 도착했다. 시간은 저녁 8시였다. 도형은 미리 이틀 예약해 둔 마크 호텔로 갔다. 강릉에 새로 생긴 호텔인 그곳은 수영장이 예쁜 거로 유명했다.

지유는 호텔 안에서 도형이 이끄는 대로 2층으로 갔다. 1층이 아닌, 2층에서 체크인을 하는데 주변에 쿠키와 커피가 준비되어 있었다. 책이 많아서 몇 개 꺼내서 구경하니 거의 사진집이었다. 그 중에 도형의 책도 있었다.

괜히 뿌듯한 지유가 체크인을 한 후 그녀에게 오고 있는 도형에게 책을 흔들었다.

두 사람은 손을 잡고 12층으로 올라갔다. 룸 안에 들어선 지유는 모던하고 아늑한 분위기에 가슴이 한창 부풀었다. 설렌 마음으로 창가로 다가간 그녀는 야외 수영장을 보고 탄성을 질렀다.

"와~!"

거기다 바다 뷰도 너무 멋있었다. 역시 겨울은 동해 바다라는 말이 절로 이해되었다. 바라만 봐도 가슴이 탁 트여서 속이 시원했다.

"야외수영장 가고 싶다. 지금 시간에는 야외는 안 되겠지?"

"응. 내일 낮에 가자. 실내는 되는데, 바로 갈래?"

"……으응!"

"바로 내려가도 한 시간밖에 못 노는데, 괜찮아?"

"으응! 얼른~"

도형은 캐리어 안에서 커플 래쉬가드를 꺼내서 지유에게 주었다.

"나 수영복 가져…… 커플 수영복이네."

"응. 커플티 입고 싶다며."

"나 바로 입고 나올게, 오빠."

그녀는 쪼르르 방 안으로 들어가 그가 사 온 래쉬가드를 입었다. 위엔 남색인데 팔은 흰색이고, 가슴에 영문으로 브랜드명이 적혀 있었다. 그녀가 다 입고 나가자 옷을 갈아입고 있는 도형과 눈이 마주쳤다.

그는 아래는 갈아입었는데 상의는 아직 입지 못한 상태였다. 구릿빛의 잘 다져진 근육과 넓은 어깨가 먼저 눈에 들어왔다. 수영복 하의가 살짝 내려간 탓에 언뜻 보이는 장골, 장골이 서서히 좁혀지는 곳까지 눈이 절로 갔다.

"잠깐만. 거의 다 입었어."

도형은 순식간에 윗옷을 다 입었다. 래쉬가드를 입은 두 사람은 전신 거울 앞에 서서 서로를 힐끗 봤다.

"이건 사진으로 남겨야 해."

지유는 핸드폰 사진 어플을 켜서 거울에 있는 두 사람을 담기 위해 애썼다. 요리조리 찍어보자 어떤 각도에서도 서도형은 멋있는데, 저는 짜리몽땅하게 나왔다.

"핸드폰 줘 봐."

그녀는 발끝을 세워 핸드폰 액정을 보았다. 분명 비슷한 각도에서 찍는데, 도형이 찍으니 둘 다 늘씬하고 예쁘게 나왔다. 그녀는 마음 놓고 포즈를 취했다. 도형의 탄탄한 허리를 안고 발 한쪽을 들기도 하고, 그의 품에 안겨 고개를 부비부비하고, 팔짱을 낀 채 검지와 중지를 벌려 브이자를 해 보였다.

거울 속의 도형이 피식 웃었다. 입꼬리가 올라가면서 눈웃음을 보여 준 그가 다시 입꼬리를 내렸을 때 지유는 심장이 너무 뛰어서 부여잡았다.

"더 찍어?"

"아니. 충분해."

"나 카메라 가져왔어. 잠시만."

도형은 그녀의 머리를 쓰다듬어 주더니 캐리어에서 방수 카메라를 꺼냈다. 가운을 입고 5층 수영장으로 간 그들은 실내 풀로 들어갔다.

그는 수영을 하며 발장구를 치고 헤엄치는 지유를 사진에 모두 담았다. 셔터 소리가 커질 때마다 지유는 물에서 나와 나름대로 포즈를 취했다.

"여기 와서도 사진기 들고 있으면 일하는 거 같지 않아?"

"아니. 너무 좋은데?"

"정말?"

"응. 눈으로만 보기 아깝잖아. 두고두고 봐야지."

지유는 그에게 냉큼 다가와 두 손을 내밀었다.

"주세요."

"뭐를?"

"그거. 나도 오빠 찍어줄래."

그녀의 말에 도형이 순순히 방수카메라를 넘겼다. 지유는 도형을 열심히 찍었다. 나중에 분명 그녀가 찍은 사진 중엔 별로 건질 게 없겠지만 말이다.

"하아…… 밤에 오니까 사람 없고 좋다."

두 사람은 서로 사진을 찍어주며 헤엄치고 놀았다. 그러다 보니 자연스레 코너로 향했다. 도형은 카메라를 수영장 물 바깥 땅에 놓고 손으로 짚은 후 있있다.

물 안에 두 다리를 넣고 앉은 도형이 물 안에 있는 지유를 물끄러미 응시했다. 촉촉하게 젖은 모습이 어디 버릴 곳 하나 없이 예뻤다. 화장한 게 아깝다면서 화장 번지는 것보단 민낯이 낫다며 박박 지우고 나왔는데도 사랑스러웠다.

"지유야."

"응?"

"이리 와 봐."

도형이 그녀를 불렀다. 그러자 지유가 팔로 헤엄치듯이 장난을 치며 걸어서 그의 다리 앞까지 왔다. 도형에게 다가와 위를 올려다보는 지유를 보던 그가 더는 참지 못하고 입술을 붙였다.

"읍!"

상체를 숙이며 그녀의 입술을 빨아들이고 혀로 어르자 그녀가 그에게 더 가까워지기 위해 발끝을 세웠다. 도형은 앉아 있던 상태에서 물 안으로 다시 들어왔다. 실내 풀은 별로 깊지 않은 탓에 그가 앉아도 허리까지밖에 물이 오지 않았다. 지유는 엎드리듯 누운 상태로 그에게 몸을 맡기며 입을 맞췄다.

두 사람이 움직일 때마다 물의 찰박거리는 소리가 들렸다. 그는 팔로 지유가 물 안으로 빠지지 않게 허리를 받쳐주었다. 고개를 틀며 그녀의 입술 하나도 놓치지 않겠다는 듯 격렬하게 키스했다.

혀로 그녀를 어르며 여유로운 손은 물속에 있는 그녀의 허벅지를 와락 움켜쥐었다. 한쪽 다리를 끌어당겨 제 다리에 감도록 만든 후 더욱 거칠게 입을 맞췄다.

"으읍!"

갈증이 일었다. 지유에게 키스를 하고 있는 중에 몸에선 그녀를 더 느끼고 싶어서 아우성을 쳐 댔다.

입술을 살며시 떼자, 지유가 사랑스럽게 웃고 있었다.

"갑자기 놀랐잖아."

"사랑스러워서."

그는 그녀의 머리카락을 귀 뒤로 넘겨준 후 두 볼을 잡아 쪽쪽 부드럽게 입을 맞췄다. 그러자 지유가 그의 품에 편안히 기댔다. 심장이 기분 좋은 박자로 뛰고 있었다.

"올라갈까?"

"벌써? 아쉬운데."

지유가 아쉬워하자 그는 그녀의 귓가에 입술을 대고 키득 웃었다.

"나, 못 참겠어."

"어으~ 오빠도 참!"

지유가 지금 너무 사랑스럽고 예뻐서, 그리고 섹시해서 참고 싶지 않았다.

도형은 지유의 어깨를 감싼 채로 수영장에서 나왔다. 벗어둔 가운을 둘 다 입고 눈을 마주치자 이유도 없이 웃었다.

호텔 객실로 들어온 두 사람은 누가 먼저랄 것도 없이 입을 맞추며 욕실로 들어갔다. 도형은 물에 젖어 몸에 달라붙은 윗옷을 벗어 바닥에 내팽개치고 샤워기의 물을 틀었다. 지유를 벽으로 밀어 붙이고 양팔로 벽을 짚고 지탱했다.

잠시 떨어졌던 입술을 언제 그랬냐는 듯 다시 붙였다. 그들의 옷 위로 샤워기의 물이 하염없이 쏟아졌다. 도형은 그녀의 입술에 키스하며 귓불을 와락 물었다. 아랫입술을 머금어 부드럽게 달래며 서서히 목선으로 내려왔다.

흡혈귀라도 된 것처럼 그녀의 목에서 머물던 그의 입술이 옷 위를 하염없이 돌아다녔다.

"오, 오빠……! 천천…… 음!"

급한 도형을 달래듯 지유가 브레이크를 걸어 주었으나, 도형은 이미 불이라도 붙어버린 듯 참지 못했다. 한참을 입을 맞추던 그가 입술을 뗐다. 그러곤 그녀의 손을 가져와 손가락에도 입을 맞췄다. 지유의 손바닥을 빨아들이며 샤워기의 물을 껐다.

둘 다 쫄딱 비 맞은 모습이었다. 그는 진지한 얼굴로 그녀를 보며 입을 열었다.

"오늘 딱 3번만 할게."

"헉. 3번이나……?"

"욕실에서 한 번, 침대 위에서, ……테라스에서."

"나 못 버텨. 서도형, 안 돼. ……제발, 하아…….."

그의 손이 짧은 그녀의 래쉬가드 반바지 끝 선을 만지더니 허벅지를 움켜쥐었다. 그에게 바싹 당겨 두 다리로 자신을 감게 만들더니 이번엔 윗옷 사이로도 손이 들어왔다.

언제 어떻게 벗겨질지 모르는 상황이라 목이 탔다. 그러던 그녀가 살며시 눈을 뜨자 그의 상체 위를 타고 내려오는 물줄기를 보고 저도 모르게 손을 댔다.

탄탄한 가슴과 복근까지 물줄기를 따라 느릿하게 내려가자 도형이 그녀의 손목을 잡아 벽에 붙였다.

"이러면 세 번으로 못 끝나."

"그럼……."

그녀는 그를 제게로 끌어당기며 팔로 그의 목을 감쌌다.

"내가 조식 포기할게."

"……!"

지금은 도형만큼이나 지유도 급해졌다. 페로몬을 폴폴 풍기는 그를 탐하고 싶어졌다.

입을 맞추는 두 사람의 손이 서로를 먼저 느끼기 위해 중간에서 얽혔다. 꼭 그들의 입술 안처럼.

여행을 온 지유는 평소보다 두세 배로 기분이 업된 상태였다. 그런 그녀를 사랑스럽게 바라보는 도형도 배로 흥분감이 몰려왔다.

두 사람은 그의 말대로 욕실에서, 침대 위에서, 테라스에서 사랑을 나눴다. 다만 횟수는 세 번이 아니었다. 욕실, 침대, 테라스, 그리고 다시…… 욕실이었기 때문에.

***

다음 날 오전 손가락 하나 까딱하지 못할 정도로 기력을 다한 지유는 꿀맛 같은 잠을 자고 있었다. 저를 덮어 오는 포근함을 느끼며 그녀는 입가에 웃음을 지었다. 안고 있는 걸 더 세게 끌어안으며 뒤척이는데, 침대가 푹 하고 꺼지는 느낌이 들었다.

"지유야."

"……으음."

몸을 옆으로 돌려 이불을 다리 사이로 끼워 넣은 채 칭얼거리는데 머리를 쓰다듬는 다정한 손길이 느껴졌다.

"지유야, 일어나. 일출 보러 가자."

"피곤해…… 졸려."

지유는 도형이 흔들어도 침대에서 일어나지 못했다. 그가 이불을 돌돌 만 그녀를 그대로 들어 욕실로 데려갔다. 도형은 그녀를 욕조에 내려놓고 그 앞에 주저앉아 욕조 턱에 팔을 대고 그녀를 보았다.

쪽.

그는 그녀의 볼에 입을 맞췄다. 찡긋 하고 그녀의 볼이 움직였다.

쪼옥.

그는 반대편 볼에도 입을 맞췄다.

"지유야."

"……으음. 하지 마."

그녀는 칭얼거리며 도형의 얼굴을 밀어냈다.

"세수하자. 우리 지유."

도형은 손에 물을 묻힌 후 지유의 얼굴을 닦아주었다. 큰 손이 그녀의 머리카락 속에 손을 넣어 지압을 해 주고 눈가 주변도 눌렀다. 눈가를 어루만지며 피로를 풀어주자 그제야 지유가 빼꼼히 눈을 떴다.

"언제 깼어? 다 준비했네?"

"응."

"난 아직 졸린데."

지유는 이불을 더 말은 채로 도형을 봤다. 앉아 있던 도형이 다리가 저린지 잠시 일어났다. 그는 스트라이프 티셔츠에 검은색 니트 롱 카디건을 걸치고 있었다. 지유는 그가 롤업해서 입은 짙은색의 청바지를 입은 것까지 보자 눈이 번쩍 떠졌다.

"우와…… 오빠 그 스타일 너무 잘 어울린다."

"그래? 고마워."

그가 손목을 들어 시계를 보더니 한쪽 눈가를 찌푸렸다.

"지유야, 너 준비할 시간 십오 분밖에 없네. 얼른 씻고 나와."

"알겠어. ……오빠는 어디 가게? 먼저 가지 마, 같이 가!"

"커피 사서 올게."

도형은 지유를 욕실에 두고 스위트룸을 나갔다.

지유는 욕조 안에서 일어나 거울을 보았다. 온몸에 서도형 거라고 낙인이 찍힌 것 같았다. 울긋불긋한 곳을 손으로 만져보다가 픽 웃었다.

자신이 그렇게 좋을까. 매번 이렇게 미칠 정도로.

그래도 좀 적당히 해야지, 서도형 씨!

그녀는 세수를 하고 욕실을 나와 두꺼운 롱 후드티에 레깅스를 입었다. 그 위에 딥그린 코트를 걸치고 앵글부츠를 신었다. 후드티에 있는 모자를 한번 눌러서 모자 모양을 잡아주고 있는데, 도형이 문을 열고 들어왔다.

"오빠!"

"벌써 다 준비했네?"

"아니…… 아직 시작도 못 했어."

아직 얼굴에 색조 하나도 못 했는데. 지유가 민낯인 제 얼굴을 손으로 문지르며 말했다.

"충분한데."

"잠깐만. 10분 메이크업!"

"알겠어."

도형이 침대에 앉아 있는 동안 지유는 화장대 앞에서 10분 메이크업을 선보였다. 조금 더 눈매가 또렷해지고 볼은 생기 있게 변하고, 피부 톤도 깔끔해졌다. 화장을 다 끝낸 지유가 뒤를 돌았다.

"짠~ 어때? 좀 더 낫지?"

"응. 예뻐."

"이제 가자! 준비 끝났어."

도형도 검은색 코트를 위에 걸쳤다. 코트를 입고 서 있는 두 남녀는 사람들의 시선을 끌었다.

***

도형은 지유와 함께 건물 밖으로 나갔다. 해변가를 걸으며 적당한 곳에 서서 코트를 벌려 그녀를 꼭 안았다.

"곧 해 뜨겠다."

지유는 주변을 둘러보았다. 가족 단위, 커플 단위, 친구들끼리 온 그룹들이 삼삼오오 모여 일출을 기다리고 있었다.

호텔 쪽을 보자 발코니에 나와 수평선을 보고 있는 커플도 보였다. 지유는 도형을 더 꽉 안았다.

"오~"

"와! 와!"

주변을 구경하는 사이 수평선 위로 해가 보이고 있었다. 푸른 바다 위에 해가 뜨자 주변이 핑크빛으로 바뀌었다. 뭉게구름이 덮여 해가 떠 있는 곳 주변만 넓게 핑크빛이 퍼져 있었다. 바다는 시리도록 어둡게 보였다.

그 경이로운 모습에 지유도 감탄사를 내뱉었다.

붉은 햇살이 바다에 반사되어 보이는 빛이 예뻐서 입을 다물 수가 없었다. 도형이 지유의 뒤로 와 백허그를 했다.

"지유야, 사랑해."

그녀는 그의 팔을 잡았다.

"나도, 도형 오빠 제일 사랑해. 일출 너무 멋있다. 그치?"

"응. 너랑 봐서 더 좋다."

"사진기 가져왔어?"

"깜빡했네."

도형은 아쉬운 듯 핸드폰을 꺼냈다.

"지유야, 거기 서 봐."

"여기?"

"아니, 조금 더 옆으로."

"여기?"

"응. 잠깐만. 거기 있어."

지유를 거기에 두고 도형이 더 뒤로 갔다. 만족스러운 샷이 나오는 곳을 찾은 후 그는 일출 강릉 바다를 배경 삼아 지유를 찍었다. 코트에 손을 찔러 넣고 고개를 비스듬히 기울자, 그는 그 장면을 놓치지 않았다.

지유가 고개를 숙일 때, 웃을 때, 부끄러워할 때. 표정 하나도 다 놓칠 수 없다는 듯 사진을 찍던 그가 지나가는 사람에게 사진을 찍어달라고 부탁했다. 덕분에 커플 사진도 남겼다.

"오빠, 사진 봐봐."

조식을 먹으러 가는 중에 지유가 그의 핸드폰 갤러리를 보았다.

"와- 진짜 잘 나왔다. 일출, 이거 바로 SNS 프로필 사진 해야지."

"마음에 들어?"

"응. 최고!"

지유는 독사진과 커플 사진을 모두 본인에게 전송했다. 제 핸드폰을 꺼내 도형에게서 온 사진을 모두 저장했다.

"룸에 갔다가 조식 먹으러 가자."

"왜? 두고 온 거 있어?"

"응. 카메라 가져오게. 지유 너 찍는 거 재미있어."

"부끄러운데."

그녀는 그의 손을 잡고 룸으로 올라갔다. 호텔 방문을 열고 들어간 도형이 캐리어를 열어 상자 하나를 가져왔다. 지유는 문 앞에 서서 그를 지켜보았다.

"지유야."

"응?"

"이리 와서 이거 봐봐."

"뭔데?"

지유는 그에게 가까이 다가갔다.

작은 상자를 열자 그 안엔 두 사람의 캐리커처가 그려진 머그컵 두 개가 들어 있었다. 그녀는 두 컵을 꺼내 양손에 들고 물끄러미 응시했다.

"마음에 들어?"

"응. 귀엽네. 고마워, 오빠."

"다행이다."

도형은 컵을 든 지유를 데리고 발코니로 나갔다. 일출 뷰가 환상인 이곳에서 지유는 활짝 웃었다.

"거기 다시 서 봐, 지유야."

"여기?"

"어. 딱 예쁘다. 거기 잠깐만 있어."

도형은 다시 안으로 들어가 카메라를 갖고 발코니로 나왔다. 컵을 들고 키득키득 웃고 있는 지유를 사진에 담았다.

그는 사진을 찍고 카메라 액정을 내려다보며 본인이 찍은 걸 확인했다.

지유는 그가 카메라를 내린 후 본인의 작업물을 확인하는 모습을 보는 것을 좋아했다. 사진을 찍을 때보다 사진기를 내렸을 때, 이것저것 카메라 기능을 누르며 작업물을 확인할 때가 특히 더 멋있게 보였다.

그 이유는 만족스러운 작업물이 나오면 도형이 잠깐 미소를 짓는데, 그 찰나의 순간이 예전이나 지금이나 멋있었기 때문이다.

"잘 나왔어?"

"응. 예쁘네."

그가 다시 카메라를 들고 지유를 찍었다. 그녀는 키득 웃으며 컵을 테이블 위에 내려놓고 뒤를 돌았다. 난간을 잡고 서서 고개만 뒤로 돌렸다. 바닷바람 때문에 머리카락이 한없이 날렸다.

그는 몇 장 찍고 다시 액정을 보았다.

"지유야."

"응? 오빠."

"앞으로도 나, ……너를 오랫동안 카메라에 담고 싶어."

도형은 자신의 말에 놀란 지유를 찍었다. 표정이 마음에 들었는지 그의 입가에 웃음이 걸려 있었다. 머그컵 옆에 카메라를 올려두고 난간을 잡고 서 있는 지유에게 다가갔다.

"나랑 결혼해 줘."

"⋯⋯오빠. 도형 오빠."

"응. 왜?"

"갑자기⋯⋯ 놀랐잖아."

그는 놀란 그녀를 꼭 안았다.

"평생 사랑할게. 지유 네 마음 아프지 않게 잘할게."

"이렇게 바로 프러포즈를 할 줄은⋯⋯."

지유는 눈가가 시큰거려서 손등으로 눈가를 눌렀다. 도형이 저를 단순한 연애 상대가 아니라 진지하게 만나고 있음을 알았지만 이렇게 빨리 프러포즈를 할 줄은 몰랐다.

"항상 지유 네 옆에 있고 싶어. 내가 더 예뻐하고, 더 잘하고, 더 사랑할게. 지유 네 삶에 내가 들어갈게. 넌 그대로 있으면 돼."

"오빠."

지유는 울먹이며 그를 불렀다. 그러자 그가 다가와 반지 케이스를 열었다.

도형은 저 혼자 커플 수영복과 머그컵을 만들어 왔다. 그리고 마지막은 프러포즈였다. 눈가가 촉촉하게 맺혀 반지가 흔들려 보였다.

"오빠랑 하자, 결혼."

"⋯⋯응."

그녀는 도형을 안았다. 포근한 그의 품에 얼굴을 비비다가 위로 얼굴을 들었다. 도형은 그녀의 네 번째 손가락에 반지를 끼워 주었다. 그녀의 손가락에 딱 맞았다.

"오빠랑 할게. 나 평생 사랑해 줘야 해?"

"그럼. 그건 당연한 거고."

"살다가 내가 미워져도 버리지는 마. 알겠지?"

"그런 소릴 왜 해."

그는 그녀를 품에 안으며 머리를 흩트렸다. 지유가 세상에서 가장 무서워하는 게 버림받는 걸 거다. 그 두려움의 크기는 그가 그녀가 되지 않는 한 알 수 없는 거였다.

"널 왜 버려. 내가 너한테 버림받지 않게 잘해야지."

"결혼하고 나면 남자들 변한다던데."

"안 그래."

"만약 그러면?"

"그럴지라도 남은 생은 너랑 살고 싶을 거야."

도형의 진심이 그녀의 마음에 가득 밀려왔다. 지유는 그의 품에 안겨 룸 안으로 밀려 들어왔다. 도형은 침대 위에 그녀를 앉힌 후 키스했다.

모닝 키스는 평소보다 달콤했다. 그는 그녀의 손에 깍지를 끼며 서서히 침대에 눕혔다. 이렇게 마주 안고 키스를 하는 것만으로도 두 사람은 벅찬 기분이 들었다.

키스를 하며 그는 그녀의 눈가에 맺힌 눈물을 닦아주었다. 눕힌 지유의 얼굴 양옆으로 팔을 댄 그가 손으로 그녀의 머리를 쓰다듬었다.

"사랑해, 우리 방울이."

"강아지 부르는 거 같아. 고마워. 나도 사랑해, 오빠."

"내가 더 고마워. 오빠 옆에 있어 줘서."

다정한 그의 눈빛에 지유는 스르르 눈을 감았다. 이번엔 그가 깊고 진하게 입을 맞춰왔다.

***

호텔을 나온 두 사람은 드라마 촬영지로 유명한 강릉 영진해변으로 갔다. 동해로 세차게 불어오는 바람을 맞으며 그들은 방파제로 향했다.

제일 신난 건 지유였다.

"나 여기 봤어. 이 자리, 여기!"

"드라마 촬영지네."

시큰둥한 도형을 끌고 지유는 드라마 속 주인공들이 있던 그곳에 갔다. 그러고는 도형의 앞에 가서 섰다.

"설마 여기서 비까지 오는 건가요? 제가 입양되고 나서 절대 소원 따위 없다고 했는데, 너무 급해서 소원 한 번 빌게요."

지유가 두 손을 꼭 모았다. 도형은 그런 지유를 폭 안았다.

"올해 저도 크리에이터로 데뷔하게 해 주시고, 내년에 연봉이 더 오르면 좋겠고, 회사 생활도 잘할 수 있게 해 주세요. 재신 오빠 건강하게 좋은 여자 만나게 해 주세요. 그리고…… 도형 오빠 부모님이 저 허락하게 해 주세요!"

지유의 기도를 들으며 도형은 웃었다.

"나도 기도해야 해?"

"아니. 오빠는…… 내가 말하면 오빠 식으로 상대역 해 주면 돼."

"나 드라마 안 봐서 몰라."

"괜찮아. 크크. 아저씨, 손에 든 그 꽃은 뭐예요?"

"투명꽃."

"그거 왜 들고 있냐고요! 투명꽃은 꽃말이 뭘까요?"

지유의 질문에 도형은 그녀를 안은 채로 귓가에 속삭였다. 여기 놀러 온 다른 커플들 중에서 도형만 부끄러움을 타고 있었다.

"사랑?"

"아저씨랑은 안 어울려요. 내놔요."

지유가 손을 내밀었다. 도형은 백허그를 한 채로 지유의 손 위에 제 손을 올려놨다.

"아니 이것은! 존나게 센 울트라 캡숑 투명꽃! 신과 마족과 드래곤을 다 이긴 그 투명계의 전설 아닌가!"

"……장르가 바뀐 거야?"

도형은 투명꽃에서 갑자기 전설의 꽃이 되는 내용을 들으며 콧잔등을 찌푸렸다.

"그만하고, 거기 서 있어 봐. 사진 찍어줄게."

"알겠어. 나중에 CG로 메밀꽃 내 손에 넣어줘야 해~"

"또 필요한 건?"

"빨간색 목도리?"

"드라마 따라 할 거 뭐 있어. 지금 네가 더 예쁜데."

도형은 포즈를 취한 지유를 찍으며 말했다. 그의 렌즈 안에 들어온 지유는 드라마 속 그 어느 누구보다도 화사하고 예뻤다. 지유가 코트 주머니에 손을 넣고 다리 하나를 위로 올렸다.

"모델 포오즈~"

"다 됐다. 가자."

"왜 이 포즈는 안 찍어?"

"네가 아까 아저씨라고 해서."

"뭐야~ 드라마 대사였는데."

지유는 빠르게 걸어와 도형에게 팔짱을 끼었다. 그는 얼굴을 빼꼼히 제 앞으로 내밀어 방긋방긋 웃는 지유에게 입을 맞추려다 사람들의 시선을 느끼며 꾹 참았다.

"오빠 사진 찍은 거 보여 줘."

"여기."

도형이 카메라를 내밀자 지유가 방금 도형이 찍어준 사진을 보았다.

"우와. 눈으로 보는 것보다 카메라가 더 나을 때가 있다니까."

"그래도 눈으로 본 아름다움을 다 담을 순 없더라고. 사진은 작가가 원하는 구도로 촬영하는 거니까, 전체를 담는 게 아니라."

"아냐. 오빠가 찍어준 건 다 눈보다 사진이 나."

"고마워."

"진짜야. 특히⋯⋯!"

"특히?"

"내 사진 찍어줄 때. 이것 봐."

지유가 그가 찍은 사진 중 하나를 콕 집어 도형에게 다시 보여

주었다.

"오빠 눈엔 내가 이렇게 보여?"

"응. 내 눈에는 실물이 더 난 거 같은데?"

"……콩깍지인가?"

지유는 도형의 눈에 콩깍지라는 렌즈 하나가 덧대져 저가 뭘 하고 있어도 예쁘게 보이는 거라 생각했다.

"서울 가기 싫다~"

"더 놀고 싶지?"

"으응! 평생 놀고 싶다."

"안 돼. 일거리 남았다며."

"으아악! 나는 왜 직장인이어서 주말에도 편히 놀지 못하는 거야. 으아아아!"

지유가 그의 가슴에 정수리를 대고 뭉개며 말했다. 눈 딱 감고 아무 때나 떠나고 싶어도 발이 회사에 묶여 있어 가지 못하고, 도형과 밤에 만나 놀고 싶어도 다음 날 아침에 얼마나 피곤할지 고민해야 한다.

"흐어엉."

"많이 힘들지, 우리 지유."

그는 또 그걸 받아 주며 지유의 머리를 쓰다듬었다.

"응."

"그래도 가고 싶어 한 회사 가서 한편으론 또 좋지?"

"응. 엄청 가고 싶어 했는데 가서 좋지. 흑흑. 근데 일이 고되니까 요샌 의욕이 없어."

"원래 그래."

"오빠도? 요새 그럼 사진 찍는 거 재미없어?"

"행위 자체는 재밌는데. 사진 찍기 위해서 준비 과정과 후 처리는 별로야."

"하아……."

그는 지유의 손을 잡고 주차한 곳으로 걸어갔다.

지유는 도형의 차 조수석에 탔고, 도형은 운전석에 탔다. 목적지를 내비게이션에 입력한 후 도형은 차를 출발했다.

"다음에도 여행 가자."

"어디로?"

"어디든. 오빠랑 가면 다 좋아."

"나도."

"정말? 촬영차 해외도 많이 갔잖아. 그것보다 나랑 간 게 더 좋아?"

"당연하지. 그걸 말이라고 해."

어쩜 그는 저가 듣고 싶어 하는 말만 쏙쏙 골라 해 주는 걸까. 지유가 듣고 싶었던 말은 그가 어디로 가는 것보다 누구랑 가는지가 더 중요하다고, 그래서 저와 간 여행이 제일 좋았다는 말을 듣고 싶었다.

그녀는 뿌듯한 마음에 가슴이 따뜻해졌다. 도형을 만나서 행복한 나날의 연속이었다.

***

12월의 어느 날, 지유는 과일 바구니를 들고 도형의 집 앞에 섰다. 도형의 부모님을 찾아뵙기로 했는데, 도형이 갑자기 일이 생겨 지유만 오게 되었다.

도형은 다른 날로 약속을 다시 잡자고 했지만, 지유는 하루빨리 도형의 부모님을 만나 뵙고 싶었다. 오히려 그가 없는 편이 이야기 나누기에 더 좋을 수도 있다.

좋은 말만 나올 건 아닐 테니.

그래서 혼자 집으로 찾아뵙겠다고 하였고, 도형은 늦게라도 오 겠다고 하였다.

"후……!"

그녀는 초인종을 눌렀다.

"누구세요?"

"저 도형 오빠…… 아니, 서도형 씨 여……!"

삐익.

그녀가 대답하기도 전에 철컹하고 문이 열렸다. 과일 바구니를 든 그녀가 정원을 가로질러 안으로 들어갔다.

"어서 와요. 도형이 엄마예요. 반가워요."

"안녕하세요. 유지유입니다."

"이쪽으로 와서 앉아요. 차랑 커피 중에 뭐가 좋아요?"

"저는 커피로 하겠습니다. 아무거나 다 좋아합니다."

"그럼, 커피 세 잔 부탁해요."

지유는 소파에 조심스레 앉았다. 너무 폭신해서 그녀가 앉자마 자 푹 꺼지자 또 놀라 허리를 꼿꼿하게 펴고 앉았다.

"긴장 풀어요."

도형의 아버지는 한 기업을 호령하는 사람답게 특유의 분위기가 있었다. 사람을 압도시키는 힘과 아우라를 갖고 있었다. 긴장을 풀라고 했으나 심장은 빠른 속도로 뛰고 있었다.

"오느라 힘들었죠?"

"말씀 편하게 하세요. 하나도 힘들지 않았습니다!"

"하하. 그래요?"

말속에 웃음이 섞여 있지만 저를 탐색하는 느낌을 지울 순 없었다. 다과가 나오자 지유의 앞에도 커피잔이 놓였다. 그녀는 덜덜 떨며 잔을 들었다. 한 모금의 커피, 그리고 카페인이 몸에 들어가자 조금 살 것 같았다.

"저 어머님, 아버님!"

"어머…… 하하, 네."

지유의 친근한 표현에 두 분은 당황한 듯 보였다. 바로 어머님, 아버님이라고 부를 줄 몰랐나 보다.

"저 얘기 들어서 아시겠지만, 도형 오빠랑 연애하고 싶습니다. 제가 다른 건 몰라도 도형 오빠 힘들면 힘들지 않게 웃겨주고, 사랑도 주고, 맛있는 것도 해 줄 수 있습니다. 인영인……."

"그 얘긴 괜찮아요."

"네. 죄송해요."

"지유 씨가 죄송할 일 아니에요. 작은집에서도 더는 관여하지 않겠다고 했어요. 그게 왜 지유 씨 잘못이에요."

"감사합니다."

그녀에게 죄가 없지만, 작은집 입장에선 그냥 그녀가 싫을 수도 있다. 그런데 관여하지 않겠다고 하니 한편으로 감사했다.

"허락할게요."

"감사합니다! 제가 도형 오빠한테 잘할게요!"

"하하. 도형이가 이미 설득 다 하고 갔어요. 결혼 안 시켜주면 집 나가겠다는데요?"

"정말요? 오빠가 그럴 사람이 아닌데."

"그러게요. 당신도 들었죠?"

"그럼."

지유의 볼이 삘개졌나. 저 때문에 집 나가겠다고 말했다고 하니, 앞에서 뭐라고 답해야 하는 걸까.

"처음부터 반대할 생각은 없었어요. 우리도 가족이니까 작은집 마음 헤아려야 해서 그런 거죠, 지유 씨가 마음에 안 든 건 아니에 요."

"감사합니다. 정말로요."

"재신이 동생이라면서요?"

"네……."

"동생 예쁘다고 자랑을 그렇게 하면서 사진 한번 안 보여 줬는데, 이렇게 보게 되네요. 우리 도형이, 잘 부탁해요."

"제가 더 잘 부탁해요. 도형 오빠는 최곤데요!"

"지유 씨 앞에서만 최고지, 그 녀석 아들로선 빵점이에요."

아내와 지유가 대화하는 걸 들으며 중택은 슬며시 입꼬리를 올렸다. 얼마 만에 듣는 웃음소리인지.

작은집에서 이제는 인영이를 보내주기로 했다고 하였다. 그러니 도형의 연애 상대에도 관여하지 않겠다고.

혹여 지유와 마주치게 되더라도 몇 년간은 인영이 생각나서 힘들겠지만 그건 그들이 해결해야 하는 문제고, 도형의 행복을 빈다고 했다.

"아버님, 어머님. 이건 제 선물입니다."

지유는 가방에서 작은 상자 하나를 꺼냈다.

"커플 브로치예요."

"어머, 이렇게 예쁜 걸 어디서……."

"아버님께선 요거 셔츠 깃에 하시면 잘 어울립니다. 어머님 것까지 두 개를 깃에 하셔도 되고요."

"그러게. 그렇게 해도 잘 어울리겠네."

도형의 모친은 지유가 선물한 브로치를 바로 카디건 위에 달았다. 선물한 상대가 뿌듯해하도록 마음에 든다고 말을 덧붙이셨다.

"외동아들 키우느라 외로웠는데…… 우리가 이런 걸 선물받네요."

"나도 한번 해 볼까?"

중택도 브로치 하나를 들어 입고 있는 니트에 달았다.

"우와. 진짜 잘 어울리세요!"

"고마워요. 그럼 난 빠질 테니, 얘기 좀 더 나누고 저녁도 먹고 가요."

"저녁 주시면 감사히 먹고 가겠습니다."

"그래요."

지유는 서재로 들어가는 도형의 부친에게 고개를 숙여 인사했다. 어머님과 둘이 남아 마주 보고 있자 급격히 어색해졌다.

***

"실장님! 작가님! 형! 형!"

두 형은 레이의 부름을 들었지만 코트를 집어 밖으로 나왔다. 스튜디오 계단을 내려가며 코트를 걸친 그는 바로 스마트키를 눌러 차의 잠금을 해지했다. 운전석에 올라탄 그는 차가 예열되기 전에 바로 출발했다.

지금 그의 본가에 지유가 혼자 와 있었다. 오늘까지 무조건 넘겨야 할 최종 파일이 있었는데 컴퓨터가 랜섬웨어를 먹어 자료가 사라져 버렸고, 거기다 컴퓨터는 먹통이었다.

부랴부랴 가장 최근에 보낸 수정 파일을 열어 그는 전의 기억을 끄집어내 사진을 만졌다. 다시 최종 컨펌을 받고 파일이 안전하게 도착했는지까지 확인한 후에야 그는 지유가 가 있는 본가로 출발할 수 있었던 것이다.

컴퓨터가 마비돼서 다른 작업물도 복구 작업을 해야 해서 한시가 급했지만 그는 나머지 일은 레이와 라영에게 맡겨 두고 나왔다. 아마 밤에 다시 스튜디오로 가야 하겠지만…….

"차가 막히네."

핸들을 잡은 그의 손가락이 그 위를 두드렸다. 초조함에 신호를 보고, 손목시계를 보는 걸 반복하다가 신호가 초록 불로 바뀐 후 바로 출발했다.

지유는 다음에 다시 날을 잡고 가자는 도형의 제안을 거절했다. 일부러 그의 부모님께서 시간을 내주신 건데, 다시 잡는 건 예의 아닌 것 같다는 이유를 대며 말이다. 혼자 가면 된다고 걱정하지 말라며 그에게 말했지만, 통화할 때 지유의 목소리엔 떨림이 있었다.

최대한 빨리 가야 하는데.

그가 본가에 도착했을 땐 저녁 식사 시간이 다 될 무렵이었다.

걱정한 것에 비해 집 안은 화기애애해 보였다. 문 앞까지 웃음소리가 들리는 걸 보면 말이다. 그는 문을 열고 안으로 들어갔다.

"오셨어요?"

"네. 다들 어디 계세요?"

"식사하고 계세요."

도형은 일하시는 아주머니에게 묵례한 후 코트를 벗으며 다이닝룸으로 갔다.

"다녀왔습니다."

부모님께 인사를 드린 후 그는 눈으로 지유를 찾았다. 지유 바로 옆자리에 그가 착석하자, 지유가 그를 보며 싱긋 웃었다.

"손부터 씻고 와. 밥은?"

"아직입니다. 밥 주세요."

도형은 지유와 눈을 마주쳤다.

'나 괜찮아. 씻고 와.'

지유의 입 모양을 보고 그가 미안한 듯 어색하게 웃더니 욕실로 들어갔다. 도형이 얼마나 빠르게 손을 씻었는지, 그가 먹을 국그릇보다 빨랐다.

"입에는 맞아요?"

"네. 맛있습니다."

"많이 들어요."

"감사합니다. 어머님, 아버님께서도 맛있게 드세요!"

어머님? 아버님? 벌써?

그는 지유의 친화력에 잠시 눈이 커졌다가 자연스레 눈가에 곡선이 생겼다. 지유라면, 가능할 것 같았다.

"도형이 넌 일은 해결됐고?"

"네. 급한 선 해결됐고 나머진 내일 해결해야죠."

"바쁜데 온 거 아니냐."

"……아닙니다."

사실 랜섬웨어 때문에 사무실은 한바탕 난리가 났다. 다행히 외장하드는 PC에 연결된 상태가 아니어서 문제는 없었다. 외장하드에 있는 건 다시 복구하면 되지만 그 외 예약 스케줄표나 이것저것 운영 관련해서 모아둔 파일이 다 사라져서 그건 큰일이었다.

"지유랑 얘기 나누다 보니 블로그를 한다더구나."

"네. 지유 파워 블로거죠."

"우리 형운 거 홀릭 허니 레스토랑 음식하고 허니 카페 브래드 종류도 올렸던데, 맛도 색도 영업점도 모두 친절하다고 하더구나."

"하하. 아버지, 좋으셨겠네요."

"그럼. 브랜딩 할 때 우리가 초점 맞췄던 걸 딱 집어내더라고."

지유, 아버지께 점수 제대로 땄네.

그는 테이블 아래로 손을 내려 지유의 허벅지 위에 손을 올렸다. 그러자 지유가 움찔거리다가 그녀도 손을 내려 도형의 손 위에 올렸다.

"국 더 줄까?"

"네, 어머니. 더 주세요!"

"지유야. 무리 안 해도 돼."

도형이 고개를 저으며 말했다. 거절해도 된다고 눈빛을 보냈지만, 지유는 고개를 절레절레 저었다.

"억지로 먹지 말고. 이따 디저트도 먹어야 하는데."

"아닙니다. 어머니, 더 주세요! 긴장했더니 배가 많이 고파요."

지유의 말에 어머니는 일하시는 분께 '조금만'이라고 말했다. 지유 앞에 새로운 국그릇이 놓였다. 그녀는 숟가락으로 국을 퍼서 야무지게 먹었다. 그녀를 바라보는 부모님의 눈빛이 따스했다.

식사를 마친 후, 도형은 디저트는 다음에 먹자며 지유를 데리고 나왔다. 그리고 바로 손을 잡고 그의 본가와 가까운 약국으로 갔다.

"소화제 하나 주세요."

도형은 액상 소화제 병뚜껑을 따서 지유에게 주었다. 약사가 준 알약도 한입에 먹을 수 있게 지유의 손바닥 위에 올려 주었다.

"나 괜찮은데."

"일단 먹어 둬."

"으응."

지유는 손바닥에 있는 알약을 먼저 먹고 액상 소화제를 마셔 꿀꺽 삼켰다. 액상 소화제가 들어가니 배 안까지 시원한 느낌이 들었다.

"고생했어, 우리 지유."

"고생은 무슨. 오빠도 우리 엄마 찾아가서 말했잖아."

"그건 그렇지만."

"쉽지 않았지만 오빠 사랑하니까 찾아뵀어. 근데 생각보다 나 예뻐해 주시더라고."

"다행이네."

지유는 다 먹은 병을 분리수거함에 넣었다. 그녀는 도형의 손을 잡고 약국을 나왔다. 확실히 그의 말대로 소화제를 먹으니 속이 시원했다.

"딸이 없으셔서 적적했나 봐."

"그렇긴 하지."

"오빠 외국에 가 있을 때 어머님은 특히 적적하셨대. 전화도 자주 안 했다며."

"응."

"군대 갔을 때도 연락도 없고."

도형은 머리를 긁적이며 피식 웃었다. 가장 가까운 상대이고, 그가 연락하지 않아도 부모님은 곁에 있어 줄 것을 알기에 소홀했던 것 같다. 부모님껜 사랑받는 게 익숙해서 보답해야 한다고 생각하지 못했다.

"오빠한테 내가 두 배로 사랑받으니까, 부모님께도 잘할게."

"유지유."

"응?"

"도대체 못난 구석이 하나도 없어. 예뻐죽겠다."

도형은 그녀를 와락 안았다. 도롯가라 사람이 많았지만 도형은 오늘만큼은 개의치 않아 했다.

"내가 전생에 나라를 구했나 봐."

"왜?"

"우리 지유 만났잖아."

"그럼 난 전생에 나라를 몇 번 구했나 봐."

"……."

"난 오빠 만났잖아."

지유가 그의 품에서 나와 도형의 손을 꼭 잡았다. 태어나자마자 버림받았지만, 운 좋게 좋은 집에 입양이 되었다. 좋은 오빠를 만났고, 지금은 누구와도 바꾸고 싶지 않은 남자 친구가 생겼다.

그 남자는 못난 점은 찾아볼 수 없는 사람인데, 심지어 결혼까지 양가 부모님께 승낙을 받아 냈다.

"재신이 허락도 구해야 하나?"

"재신 오빠는, 으음……. 오빠가 술 한번 사면 되지, 뭐."

"반대하진 않겠지?"

"반대는 안 하지만, 서운해할 거 같아."

저를 끔찍이 생각하던 오빠니까.

"근데 어떻게 블로그 보여 줄 생각했어? 우리 아버지가 회사 칭찬에 마음이 녹은 거 같더라고."

"혹시 몰라서 오빠네 가기 전에 블로그 글 수정했지."

"정말?"

"원래 별점 반 토막이었는데, 만점 가까이 올리고, 다 맛있다고 수정했지. 브랜드마다 다 들어가서 설립 이념하고 회장님께서 인터뷰하신 기사 다 찾아보고, 나름대로 리뷰 수정했다고."

지유는 그러느라 잠을 못 자서 피곤하다며 다크서클을 손으로 가리켰다. 그는 지유의 노력이 예뻐서 다시 와락 안았다.

"그렇게까지 안 해도 되는데."

"뭐라도 예쁨받으려면 해야지!"

"이렇게 말하는 것도 예쁘면 오빠 어떡하라고."

"어떡하긴~ 왕 잡아먹으면 되지."

"뭐?"

그는 지유의 어깨에 팔을 올렸다. 그러고 머리를 맞대고 키득 웃었다.

"네 말이 맞네. 우리 집 갈까?"

"응. 좋아. 나 맛있는 거 해 줘."

"뭐 먹고 싶어?"

"아니다. 지금 더 먹으면 부대낄 거 같아. 엄청 바삭바삭하고 기름진 만두가 먹고 싶긴 한데……. 참을래."

"그래. 고생했으니 가서 어깨 주물러 줄게."

"머리 지압도 부탁해. 서도형 씨."

"뭐든."

도형은 어깨를 으쓱했다. 원래도 지유가 말하는 건 다 들어줬지만 오늘은 유독 더 해 주고 싶었다.

Rrrrrr.

두 사람이 눈빛을 마주하며 사랑을 속삭이고 있을 때, 도형의 전화벨이 울렸다.

[재신]

"누구?"

"유재신."

"으악. 호랑이도 제 말 하면 온다더니. 오빠, 전화받아 봐."

"왠지 받기 꺼려지는데……."

도형이 꺼림칙해하며 지유를 물끄러미 보다가 후 한숨을 쉬고 전화를 받았다. 왠지 유재신이 그의 집으로 올 것만 같은 예감이 든다.

"여보세요."

-어디야?

"왜?"

-……지유랑 있어?

"응."

어디냐는 질문에 집이나 작업실이라고 할걸. 평소와 다르게 '왜?'라고 물어서 괜히 재신에게 의심을 샀다.

-태훈이랑 있는데 갈게. 같이 보자. 맥주 사 갈게.

"지금?"

-왜, 안 돼?

"아니, 잠깐만."

그는 핸드폰을 손으로 막고 지유를 보았다.

"태훈이랑 같이 온다는데, 지유야. 같이 볼래?"

"으음. 그래!"

도형이 고개를 끄덕인 후 재신과 통화를 이어갔다. 그가 그의 집으로 오라는 말에 재신이 한참 설교를 했다. 두 사람은 팔짱을 꼭 낀 채 눈이 마주칠 때마다 방긋방긋 웃으며 도형의 집으로 들어갔다.

***

네 사람은 부엌 테이블에 앉아 몇 가지 과일과 맥주를 꺼내 놓고 술잔을 기울이고 있었다.

"그러니까 너희 결혼한다고?"

"응. 결혼해."

"너무 빠른 거 아니야?"

"뭐가 빨라. 연애한 기간은 짧지만 알고 지낸 기간이 얼만데~"

지유가 재신의 입에 방울토마토를 넣어주며 말했다.

"솔직히 말해 봐."

"뭐를?"

태훈이 놀란 재신을 두고 도형을 보며 물었다. 태훈의 눈이 아래로 내려가더니 지유의 배 언저리에 머물렀다.

"……"

"아니지?"

"왜 대답을 못 해. 설마, 서도형. 나는 그건 아니라고 본다."

맥주잔을 쥔 재신의 손이 부들부들 떨렸다. 태훈과 재신은 도형과 지유의 입 중 누구의 입에서 무슨 말이 튀어나올지 긴장한 눈으로 번갈아 가며 보았다.

눈알이 좌우로 왔다 갔다 하는 속도가 1초에 한 번씩 움직이는 듯했다.

13장. 나의 사람

재신은 팔짱을 낀 채 도형을 노려보았다. 만약 혼전 임신이면 그 자리에서 도형의 목을 조를 것처럼 눈에는 살기가 일었다.

"어이가 없어서 할 말을 잃었어."

"휴."

"근데, 재신아. 요새 베이비는 혼수래. 악! 왜 때려."

"그건 남 일이고, 지유는 안 돼."

도형은 다 먹은 맥주캔을 옆으로 밀고 새 캔을 땄다. 재신이 이렇게 득달같이 물으니 혹시나 하는 생각이 들어 지유를 봤다.

호텔에서 밤새 하다 나중엔 귀찮아서 콘돔 사용을 안 했는데…… 설마, 아니겠지.

그는 어차피 지유와 최대한 빠른 시일 내 결혼을 할 거라 베이비가 혼수면 더 좋겠단 생각이 잠시 들었지만, 그건 이기적인 생각인 거 같아 상념을 지웠다.

인턴에서 정직원이 되어 열심히 일하고 있는 지유에게 제 아이의 엄마가 돼달라는 건 못 돼먹은 짓 같았다.

"지유야. 결혼 너무 빠른 거 아니야? 오빠한테 상담 좀 하지."

"오빠한테 상담하면 결혼에 대해 안 좋은 점만 나열할 거잖아. 본인도 안 해 봤으면서!"

"그건 그렇지…… 네 나이가 아까워서 그래."

"오빠 말대로 마흔 돼서 열 살 연하 만나 결혼하는 것보단 지금의 결혼이 현실성 있는 거 같아."

오빠 말 듣고 살다간 독거노인 될 확률이 높았다.

말이 열 살 연하이지, 마흔 넘어서 결혼할 수 있다는 보장도 없고 열 살 어린 연하가 저를 만나 줄 거란 확신도 없었다. 그리고 도형처럼 저를 아껴주고 사랑해 줄 수 있는지도…….

"내가 보기에 앞으로도 도형 오빠만 한 사람이 없을 거 같아."

"으윽. 우리 지유 콩깍지 제대로 씌었네. 서도형! 내 동생한테 무슨 짓을 한 거야?"

재신은 투정을 부리면서도 도형의 맥주캔에 본인의 캔을 부딪쳤다.

"그럼 내년 봄에 하려고?"

"응. 일단 상견례부터 잡아야겠지."

"……나 내년 봄에 출장 가."

"어디로?"

"포르투갈."

"무슨 소리야? 유 대표 내년에 출장 가? 국내 아이돌 양성 프로그램 기획자로 내정되어 있는 거 아니야?"

도형이 눈을 가늘게 좁혀 재신을 보았다.

"……아빠들이 딸 보낼 때의 마음을 알 거 같아."

"말 돌리지 마라. 포르투갈?"

"갈 거야. 갈 거라고."

"그럼 상견례를 내년 봄이 되기 전에 잡아야겠네. 결혼식도?"

"……그냥 봄에 해. 안 갈게."

지유는 재신을 보며 큭큭 배를 잡고 웃었다.

"왜 웃어?"

"진짜 못 말려. 재신 오빠."

지유는 턱을 괸 채로 재신과 도형, 태훈을 차례로 바라보았다. 새삼 이곳에 그들과 같이 있으니 절로 입가에 미소가 번졌다.

저 세 명의 컷 안에 자신이 들어갈 수 있다는 게 너무 신기했다. 어쩜 셋 다 저렇게 잘났지. 그중에서도 도형 오빠 왜 저렇게 멋지지.

지유는 친부모 찾는 걸 그만두기로 했다. 저를 버렸을 땐 그만한 이유가 있었을 것이다. 지금도 누가 저를 낳았는지, 왜 버렸는지, 그들은 어떻게 살고 있는지 궁금했지만 그 궁금증 때문에 사랑하는 사람들이 상처받는 건 싫다.

엄마도, 재신 오빠도, 도형 오빠도.

제 곁에 좋은 사람들이 많아서 이제는 피붙이를 찾지 않아도 될 것 같았다.

"근데 둘이 결혼하면, 나 지유 뭐라고 불러야 해?"

"지유라고 하면 되지."

"친구의 부인이면, 제수씨? 지유 씨? ……나 못하겠다, 도형아."

태훈이 너무 이상하다며 손바닥으로 팔을 비볐다.

"난 재신이한테 형님이라고 해야 하네."

"어이, 매제."

"……그냥 오빠들, 우리 서로 지금처럼 지내면 안 될까?"

제수씨, 지유 씨…….

태훈 오빠도 그렇지만, 나중에 종우 오빠 귀국하면 엄청 웃을 거 같은데. 어릴 때부터 스스럼없이 지냈기에 갑자기 예의를 갖추려니 그녀도 적응이 될 것 같지 않았다.

"태훈 씨."

"방금 진짜 이상했어."

"그치? 나도 오빠한테 태훈 씨라고 못하겠어."

그들은 서로 암묵적으로 변함없는 호칭을 사용하기로 했다. 재신만 도형에게 형님 소리를 들을 기회였는데 아쉽다며 콧잔등을 찌푸렸다. 공식적인 자리에선 형님이라고 하겠지만 친구가 먼저였기에 두 사람도 격식을 갖추진 않을 것 같았다.

"결혼하면 신혼집은?"

"아직 생각 안 해 봤어."

"여기서 살면 되지. 남는 방도 많고, 깨끗하고, 지유 회사랑도 멀지 않고."

"……너희 분가하게?"

"당연한 거 아니야?"

태훈의 질문에 도형은 그게 당연하지 않냐며 어깨를 으쓱했다. 그 모습을 본 재신은 만족스럽게 웃으며 안주를 집어 먹었다.

"뭘 사 줘야 하나? 여기 없는 게 없잖아. 지유, 결혼 선물로 받고 싶은 거 있어?"

"로봇 청소기?"

"청소? 지유 네가 왜 해, 그걸. 해 주시는 분 계셔."

"냉장고, 건조기, 세탁기, TV, 소파, 침대. 없는 게 없네."

둘러보니 정말 살 게 없었다.

"숟가락만 들고 와. 지유야."

"숟가락도 여기 많잖아. 진짜 가져갈 게 없네."

"그럼 몸만 와."

도형은 숟가락만 들고 오라고 했지만, 지유의 생각은 달랐다. 정말 있는 게 다 있어서 굳이 새로 사 갈 필요는 없지만 그래도 결혼은 두 사람이 하는 거니까 뭐라도 해 주고 싶었다.

오빠들이 웃으며 맥주를 마시는 사이, 지유는 곰곰이 고민을 하기 시작했다.

도형에게 프러포즈를 받고 도형의 부모님께도 허락을 받았다. 지유네 집에서도 도형이라면 환영하는 분위기라 상견례만 하면 거의 확정된 거나 다름없는 것이다. 그런데 이제 졸업해서 회사 몇 달 다닌 그녀가 엄마에게 기대지 않고선 현실적으로 결혼은 어려운 일이었다.

이때까지 키워주셨는데, 혼수 준비까지 엄마에게 맡겨도 되는 걸까. 도형과 연애하면서 저녁 늦게 만날 때면 택시도 타고, 맛있는 것도 종종 사서 오고, 커피도 샀다. 물론 도형이 거의 다 내긴 했지만 지유도 제 월급의 반 이상을 연애를 위해 할애했던 것이다. 고로, 지금까지 모은 돈은 월 30만 원씩 붓고 있는 적금이 전부였다. 그 적금마저도 아직 1년도 채우지 못했다.

"지유야. 우리 먼저 갈게."

태훈이 일어나 아직 앉아 있는 재신을 무릎으로 밀었다. 얼른 일어나지 않고 뭐 하냐는 그의 눈빛에 재신은 어기적어기적 느리게 일어났다.

재신은 여기에 지유를 두고 가기 싫다는 눈빛이 확고했으나, 이미 두 남녀는 결혼을 하겠다고 선포한 이후라 데려간다고 떼를 부릴 수도 없는 상황이었다.

도형의 집을 나가면서까지 재신의 눈은 지유에게 향해 있었다.

***

태훈과 재신이 간 후, 지유는 도형과 함께 테이블을 치웠다. 도형은 설거지를 하려는 지유를 말리고 그가 도맡아 했다. 그녀는 도형 옆 서랍장에 기댔다.

"오빠."

"응?"

"내가 현실적인 고민이 있는데."

"뭔데?"

"우리 결혼을 1년만 늦추면 안 될까?"

지유의 말에 도형은 레버를 내렸다. 접시에 묻은 비누 거품을 씻겨 내던 물줄기가 그쳐지자, 정적이 흘렀다.

"왜?"

"정말 숟가락만 들고 올 수 없잖아. 나도 오빠 시계도 사 주고 싶고, 시부모님께서 원하시는 거 다 해 드리고 싶은데…… 모아둔 게 없어. 말하고 나니 속상해. 내가 오빠와 오빠 부모님을 위해 해 줄 수 있는 게 없어서."

도형은 손에 묻은 물기를 수건에 닦은 후 지유를 안았다. 속상해하는 그녀의 등을 쓸어 주면서도 그의 입가엔 웃음기가 걸려 있었다.

"나도, 우리 부모님도 원하시는 거 없어. 너만 오면 돼."

"……에이. 아직 상견례도 안 했잖아."

"설사 혼수가 부담된다고 해도 걱정 안 해도 될 거 같아."

"응? 왜?"

"어머님께서 지유 네 일이라면 아낌없이 쓰신다고 하더라."

"우리 엄마가? 언제?"

"전에 찾아뵀을 때. 그때 가볍게 만나는 거 아니고, 결혼까지 생각하고 있다고 말씀드렸거든. 그랬더니 그런 상황이 오게 되면 부족함 없이 다 채워서 보낼 거라고 하시더라."

우리 엄마가 그랬다고? 지유는 뜻밖의 이야기에 감정이 벅차올라 눈가가 시큰거렸다.

"지유 네가 생각하는 것보다 널 많이 사랑하고 계셔. 재신이한테 좀 더 두드러지게 사랑이 갈 뿐이지, 어머님 맘속에 지유 네가 없는 게 아니야. 그러니까 그런 걱정하지 마."

"뭔가 죄송해. 지금까지 키워 주셨는데 또 도와 달라고 손 벌리는 거 같아서."

"뭐가 그렇게 죄송하고 미안해."

"……."

"지유 네 엄만데. 네가 손 안 벌리고 자취하는 것도 속상해하시던데. 어머님은 네가 자꾸 거리를 두는 거 같다고 하시더라. 응석 부리고, 필요하면 도와 달라고 해. 그걸 바라셔."

"그래도 될까."

"응. 그러니까 걱정하지 마."

엄마가 제게 거리를 둔 게 아니라, 자신이 엄마에게 거리를 둔다고?

한 번도 그렇게 생각해 본 적이 없어서 그의 말이 신선한 충격이었다. 미안하고, 죄송해하지 말라는 말에 왜 울컥거리는지 모르겠다.

"유지유 마음 바뀌기 전에 날 얼른 잡아야겠다."

"내가 언제 또 마음이 바뀌었다고."

"불안해서 안 되겠어."

"으앗! 내려줘."

도형이 지유의 허벅지를 잡아 어깨에 들어 멨다. 그녀는 그의 등을 주먹으로 치며 내려 달라고 발버둥 쳤다. 그는 성큼성큼 그녀를 안아 침실로 갔다.

풀썩, 침대 위에 눕혀진 지유는 다가오는 도형을 피해 스르르 이불 밑으로 미끄러져 내려와 바닥에 앉았다. 침대보를 꼭 쥐고 침대에 눕는 그를 보며 그녀가 눈을 깜빡였다.

"이리 와."

도리도리, 지유는 고개를 저었다.

"올라와."

"싫~어."

지유는 이불을 뺏기지 않겠다는 듯 두 손으로 꼭 쥐었다. 도형은 피식 웃으며 왼팔 아래에 지유가 누울 공간을 손으로 툭툭 쳤다.

그녀는 지그시 그와 눈을 맞추다가 결국 그의 눈빛에 못 이겨 침대 위로 올라가 그의 품 안으로 들어갔다. 한 팔에 쏙 안긴 그녀가 그의 허리에 팔을 감았다.

"오빠."

"응?"

"사랑해."

"나도. 나도 우리 지유, 사랑해."

안고 있기만 해도 너무 좋았다. 그녀의 다리 사이에 뭔가가 닿기 전까진…….

"나 아직 안 씻었어. 이도 안 닦았는데."

"뭐 어때."

지유는 점점 다가오는 도형을 밀어냈다. 그의 몸은 그가 얼마나 흥분한 상태인지 알려주고 있었다.

"언제부터 이랬어?"

"아까 네가 튕겼을 때."

"내가 언제!"

"올라오라니까 싫어 라고 했잖아."

"그래서 이렇게 됐다고? 말도 안 돼!"

그녀는 어이없어서 웃음이 나왔다. 그러다가 용기를 내 그의 몸 위로 올라갔다. 도형이 입은 셔츠 안으로 손을 넣어 탄탄한 복근을 매만졌다.

"그럼 이렇게 하면?"

"……으음."

"입을 맞추면?"

그녀는 옷을 들추고 복근에 입을 맞췄다. 맥주와 과일을 먹었어도 변함없이 제 몫을 다하는 복근이 아름다워 그녀는 다시 손으로 쓸었다. 그녀는 이불을 끌어와 그녀의 머리 위로 들었다. 도형의 몸 위에 덮치듯 누운 그녀가 이불을 덮었다.

"이러면?"

도형은 제 하반신 위에 꿈틀대는 이불을 보며 탁한 숨을 뱉었다. 이불 속 지유는 평소보다 대담하고 정열적이었다. 이불로 가려서 볼 수 없다는 생각 때문인지 더 야하게 느껴졌다.

"으음……."

절로 입에서 탄성이 터졌다. 그는 이불을 들춰 지유의 손목을 잡아챘다. 제 몸 위까지 상체를 끌어올렸다. 지유의 두 볼엔 발갛게 물들어 있었다.

"이러면 씻을 시간 못 줘."

"……아악, 안 돼. 지금 안 씻으면 자고 나면 내일일 텐데. ……읍!"

그는 지유의 입을 입술로 막았다. 지유가 씻고 나오는 걸 기다릴 수 없으니 그녀를 안고 나서 같이 씻는 게 좋을 거 같았다.

***

돌아오는 월요일 아침, 지유는 편집부 전체 아이템 회의가 끝난 후 또 다른 회의를 위해 잠시 숨을 골랐다.

"회의 시작합시다."

"네."

"그럼, 휘연이가 내년 초에 한다고?"

"네. 드디어 합니다. 이것마저 미뤄지면 남자 친구에게 너무 미안할 거 같아요."

"그럼 신혼여행 순서는 휘연 대리, 우리, 그리고 지유."

지유는 입술을 댓 발 내밀었다. 휘연 대리가 상반기에 가고, 그 다음이 편집장님이면, 그녀는 가을에나 갈 수 있을 것 같았다.

결혼식은 어차피 주말이니 마감 주만 피해서 하자는 것엔 동의했지만, 이건 너무 억울했다.

"편집장님. 유컬도 같이 잘하고 있는데, 지유 씨도 가고 싶을 때 가면 어떨까요?"

"안 돼. 유컬 믿을 수가 없어."

"……하하하."

무척 잘하고 있고, 이제 제법 팀끼리 조화롭게 섞이고 있었다. 미희도 마음을 많이 연 거 같은데 여전히 경쟁 구도를 갖고 있는지, 자신이 관리하는 지유와 차석, 휘연이 일을 더 잘하기를 바랐다. 그녀는 제 것에 대한 애착이 심한 편이었다.

"자~ 치킨 먹으면서 합시다."

차석이 양손 가득 치킨을 들고 와 테이블 위에 올려놨다. 이번 달에 편집1팀에 보너스가 들어왔고 덕분에 아침마다 커피를 무료로 마시고 있었다. 오늘 아침 회의 때 배고파하는 직원들을 위해 차석이 커피 대신 치킨을 사 온 것이다.

"치느 님! 냄새부터가 와. 아침부터 치킨을 먹을 줄이야."

문 가까이 앉은 휘연이 일어나 차석 대신 문을 닫았다. 차석이 테이블 위에 봉지를 올려 두자 지유는 봉지 안에서 치킨 박스를 꺼내 테이블에 올렸다. 그녀의 콧속으로 치느 님의 향기가 스며들었다.

"읍!"

"……!"

"우욱!"

지유는 손으로 입을 막고 미간을 좁혔다. 화기애애하던 회의실이 순식간에 싸해졌다. 지유는 두 손으로 입을 막고 눈을 크게 떴다.

"지유 씨?"

"……네, 우웩!"

헛구역질이 계속 나와 지유의 눈가에 눈물이 고였다.

"죄송합…… 우욱!"

그녀는 두 손으로 입을 막고 화장실로 뛰어갔다. 세면대에서 세수를 하니 울렁거리던 속이 점차 진정되었다.

……이게, 그러니까.

벌컥.

화장실 문이 열리며 휘연이 안으로 들어왔다.

"지유 씨……."

"네, 대리님."

"속 괜찮아?"

"네네, 괜찮아요. 왜 이러지. 요새 피곤했나 봐요."

"……편집장님께서 지유 씨 먼저 신혼여행 가래."

"네? 왜요?"

"먼저 보내줄 테니까 바로 퇴사하지 말라고 하네."

"제가요? 어떻게 온 회사인데 퇴사를 해요."

"그렇지?"

"네! 당연하죠!"

"약속했다?"

지유는 고개를 위아래로 끄덕였다. 어떻게 들어온 회사인데. 그녀는 티슈를 뽑아 손에 묻은 물기를 제거한 후 쓰레기통에 버렸다.

"서 작가님은 좋으시겠네."

"저랑 결혼해서요?"

"아니. 혼수가 생겨서."

"네?"

지유가 고개를 갸웃하자 휘연이 활짝 웃었다.

"점심에 산부인과 가 봐. 지유 씨 도망갈까 봐서 작가님 급하셨나 봐."

"산부인과요?"

그제야 지유는 머릿속의 회로가 빠르게 돌기 시작했다. 언제 마지막으로 생리했는지 떠올리던 지유가 눈을 크게 뜨며 손으로 입을 막았다.

말도 안 돼!

피임을 안 했던 때를 거슬러 올라가자 강릉이 떠올랐다.

평소 피임은 그녀도, 그도 확실히 하는 편이었는데 그때는 그럴 정신이 없었다. 욕실에서, 침대에서, 발코니에서, 다시 욕실에서…….
밤새도록 서로를 안다 보니 나중에는 생각지 못한 것이다.

"지유 씨?"

"아, 아닐 수도……가 아니라 맞는 거 같습니다. 흑흑. 죄송해요."

"그게 왜 죄송할 일이야. 축하받아야 할 일이지."

"입사한 지 얼마 되지도 않았는데 임신해서, 저 편집장님께 혼나면 어쩌죠."

지유가 이로 입술을 질끈 물며 걱정했다. 같은 여자로선 축하할 수 있지만 직장 내 같은 팀원이라면 욕할 수도 있다. 출산하고 최소 1년은 쉬어야 하니까. 아직 일을 다 배운 상태도 아니었기에 지유는 불안했다.

"내가 왜 욕해. 지유 씨, 축하해."

"⋯⋯편집장님!"

두 사람을 기다리던 미희도 화장실 안으로 들어왔다.

"차라리 빨리 낳고 얼른 애 키워서 이 자리 꿰차."

"네?"

"휘연이랑 나 임신하고 출산할 때 되면, 지유 씨는 날아다닐 수도 있어. 기왕이면 한 방에 두 명 낳으면 더 좋겠다."

"⋯⋯편집장님. 지유 씨 이렇게 말랐는데 둘 낳으면 죽을 지도 몰라요."

"난 제이크 믿어. 후후. 그분이라면, 일타쌍피."

"편집장님도 참."

"일타쌍피는 좀 그런가, 일거양득."

미희의 말에 지유는 키득키득 웃었다. 결혼식과 신혼여행도 서로 일정 봐 가면서 잡아야 하느라 회의를 하는 마당에 임신 이야기가 나오면 진짜 큰일 날 거 같았는데, 두 사람은 진심으로 축하해 주었다.

"대신 휴직계 내기 전까지 태교 여행은 안 돼."

"그럼요! 편집장님!"

"바로 병원 다녀 와. 급한 건⋯⋯."

"제가 할게요. 지유 씨, 나한테 보내."

"아니야. 내가 할게. 내 메일로 다 보내놓고 가."

미희와 휘연은 지유의 일을 대신 처리하겠다며 본인에게 보내고 가라고 서로 일렀다. 지유는 사무실로 들어와 메일함을 열고 보내는 이에는 차석을, 참조에는 휘연과 미희를 넣었다.

메일 내용으로는 '얼른 병원 다녀와서 제 일 제가 마무리하겠습니다. 감사합니다. 사랑해요.'라고 적었다.

***

산부인과를 갈까, 약국을 갈까.

그 앞에서 서성이며 왔다 갔다 움직이던 지유는 약국으로 들어갔다. 임신테스트기를 사서 나오다가 심장이 너무 떨려서 도형에게 전화를 걸었다.

-응. 지유야.

"오빠, 바빠?"

-아니. 작업물 수정하고 있었어.

"……오빠, 듣고 놀라면 안 돼. 후, 후우, 후우."

-뭔데?

통화를 하면서 컴퓨터를 끄는 모양인지 마우스 누르는 소리가 크게 들렸다. 지유는 심호흡을 다진 후 건물 화장실 안으로 들어갔다.

"나 임신한 거 같아."

-…….

몇 초간 정적이 흘렀다. 지유는 두근거리는 마음으로 도형의 대답을 기다렸다.

-어디야?

"우리 회사 옆 건물 화장실."

-바로 갈게.

"아니야, 아니야! 아직 확인 안 해 봤어."

-같이 해.

"응?"

-그 경이로운 순간에 나도 함께이고 싶어. 기다려.

"아니, 오빠! 아직 확인을······!"

안 해 봤다니까.

도형은 전화를 끊어버렸다. 아마 정신없이 스마트키를 찾아 이곳으로 오기 위해 주차장으로 가고 있을 거다.

지유는 임신테스트기를 들고 잠시 고민했다. 도형이 올 때까지 기다릴 것인가, 아니면 먼저 확인해 볼 것인가.

'경이로운 순간에 나도, 함께이고 싶어.'

지유는 도형이 했던 말이 떠오르자 임신테스트기를 패딩 주머니에 넣었다.

***

도형은 운전을 하려니 손이 떨려서 택시를 탔다. 출근 시간이 지나서 도로는 한산했다. 그는 택시 기사에게 조금 더 빨리 갈 수 없냐고 재촉했다. 가는 사이에 지유가 미리 확인해 버렸을까 봐 마음이 급했다.

임신이어도, 그게 아니더라도 그 순간에 함께이고 싶었다.

임신이면 지유를 꽉 안아줄 것이고, 임신이 아니면 앞으로 더 사랑하라는 하늘의 뜻으로 알고 더더욱 사랑해 줄 것이다. 그렇지만 그는 이왕이면 전자이길 원했다. 지유에게 미안하지만 솔직한 심정은 그랬다.

"도착했습니다."

"잔돈은 괜찮습니다. 감사합니다."

도형은 도착하자마자 오만 원짜리 지폐를 기사님께 드리고 감사 이사를 한 후 차에서 내렸다. 지유 회사 바로 옆 약국이 있는 건물을 확인하고 그쪽으로 뛰어갔다.

"오빠!"

정문 앞에 지유가 서 있었다.

"여기!"

그녀가 한쪽 팔을 위로 뻗은 후 그에게 인사하고 있었다. 도형은 바로 달려가 지유를 와락 껴안았다.

"지유야."

"아, 오빠…… 여기 나 회사 근처야."

지유가 두 손바닥으로 그의 가슴을 밀며 주변을 살폈다.

"미안해."

"뭐가?"

"기다리게 해서. 그리고, 피임 제대로 못 해서."

"그게 왜 오빠가 잘못할 일이야~ 나도 같이 했는데."

그는 그녀의 마음 씀씀이에 고마워서 다시 와락 안았다. 그녀를 감싸 안고 뒤통수를 쓰다듬어 주었다.

"산부인과 초진 예약하고 왔어. 얼른, 얼른! 들어가자."

"산부인과?"

"응. 오빠 기다리면서 가서 말씀드렸더니, 입덧하면 초음파 봐도 될 거 같다고 하셔서. 소변 검사 안 해 봐도 될 거 같대."

"……그럼."

"아마도 맞는 거 같아."

지유는 마지막으로 생리했던 때를 떠올리고, 우리가 강릉 여행했던 시기와 같다는 설명을 덧붙였다.

막상 맞다고 하니 도형은 입이 떡 벌어져 뭐라고 해야 할지 몰랐다. 그저 경이롭고, 감사하고 또 감사할 뿐이었다.

"오빠~ 도형 오빠."

"어, ……어. 지유야."

"놔 봐. 언제까지 안고 있을 거야~"

지유가 두 손으로 다시 도형을 밀었다. 돌처럼 굳은 그는 그녀의 작은 손에 꿈쩍하지 않았다.

"오빠 안 믿기면 좀 꼬집어 줄까?"

지유는 말을 하면서 그의 허리를 잡았다. 꼬집으려고 했는데 잡히는 살이 없었다. 거기다 겨울이라 코트까지 입고 있어서 더더욱 잡을 수가 없었다.

"사랑해, 우리 지유."

"응. 나도 알아. 그러니까 얼른 들어가자고요, 서도형 씨. 나 다시 회사 들어가 봐야 해."

도형은 그녀의 손을 꽉 잡았다. 막상 지유의 손을 잡고 산부인과 앞에 서니 기분이 묘했다. 간호사가 그녀의 이름을 호명할 때까지 도형은 지유의 손을 놓지 않았다.

"유지유 씨."

"네, 네!"

지유보다 더 바짝 긴장한 도형이 벌떡 일어났다. 지유도 그제야 긴장이 되는지 잡은 손에 힘을 줬다.

두 사람은 진료실 안으로 들어갔다.

***

그날 저녁 지유는 도형의 에스코트를 받으며 레스토랑 안으로 들어갔다. 지배인이 나와 그들을 안쪽 룸으로 안내했다.

"음식 준비해 드리겠습니다."

"네. 바로 주세요."

도형은 의자를 빼서 지유가 앉을 수 있게 해 준 후, 패딩을 받아서 옷걸이에 걸었다.

"오빠, 나 아직 몸 안 무겁거든!"

"다 해 주고 싶어서 그래."

그는 그녀와 마주 보는 자리에 와서 앉았다. 그는 그녀가 오물오물 입맛을 다시다가 물을 마시는 모습을 물끄러미 바라보았다.

"켁!"

"왜? 냄새 때문에 그래?"

"아니, 오빠가 보고 있으니까, 켁켁. 콜록! 사레 들렸어. 콜록!"

지유가 기침을 하면서 주먹으로 가슴을 탕탕 때렸다. 그녀가 기침을 하며 호흡을 진정시키는 사이 도형이 미리 주문한 음식이 나왔다.

고기가 먹고 싶다는 말에 아는 레스토랑에 토시살과 부챗살 스테이크를 부탁했다. 메뉴에 없지만 미래 아내를 위해 꼭 먹이고 싶다는 말에 그의 친한 쉐프는 흔쾌히 승낙했다.

굽는 방법이 다르기에 고기 부위라도 통일해 달라는 말에 도형은 그럴 수 없다고 했다. 그는 잘 모르지만 토시살과 부채살은 굽는 방법이 다르다고 한다. 그게 뭔들 그는 지유에게 좋은 고기를 먹이고 싶었다.

지유는 두 손을 꼭 모으고 눈을 감았다. 중얼거리던 그녀가 눈을 뜨고 포크를 들었다.

"웬 기도야? 이제 기도하기로 한 거야?"

"아니. 나 오늘 아무것도 못 먹었거든. 제발, 이건 구역질 안 나게 해 달라고 기도한 거야."

지유는 깊게 한숨을 쉬고 도형이 잘라놓은 스테이크 한 조각에 소스를 묻혀 입 안으로 넣었다. 그러자 양념이 안에서 돌고 고기는 스르르 녹았다.

부드럽게 씹히는 고기는 씹을 때마다 육즙이 입 안에 퍼져 행복했다.

"어때?"

"……괜찮은 거 같아."

"정말? 다행이다. 더 먹어. 더 시켜 줄까?"

"으응! 나 더 먹을래."

지유의 말에 도형은 고개를 끄덕인 후 룸을 나왔다. 주방으로 간 도형은 제 친구를 찾았다.

"왜? 무슨 일 있어?"

"친구야. 지유가 엄청 잘먹네. 입덧하느라 아무것도 못 먹더니, 네가 해 준 스테이크는 입에 맞는대."

"정말? 다행이네."

"네가 정말 쉐프긴 한가 보다."

"……하나 더 해 달라고?"

"고맙다."

"야! 서도형!"

"결혼사진 내가 예쁘게 찍어줄게."

"……됐어. 결혼은 나 혼자 하냐! 부챗살하고 토시살은 없는데, 꽃등심으로 해 줘도 돼? 아까는 일부러 사서 해 준 거고, 우린 꽃등심이나 폭립밖에 없어."

"그럼 꽃등심으로."

도형은 뻔뻔하게 친구에게 부탁하고 태연한 표정으로 룸으로 들어왔다. 지유는 그가 주방에 다녀온 사이 그녀 앞에 있는 접시를 싹싹 비웠다.

"후…… 이제 살 거 같아."

지유가 배를 통통 두드렸다.

"오빠 나 오빠 것도 먹어도 돼?"

"그럼."

"미안. ……내가 식탐이 없는데, 왜 이러지. 한 끼도 못 먹어서 그런가 봐."

지유는 도형의 것까지 냠냠 맛있게 씹어 먹었다. 중간에 미안했는지 고기 몇 점은 도형에게 먹여주었다.

마지막으로 나온 꽃등심까지 그녀는 싹싹 해치운 후 만족스럽게 웃었다.

도형과 지유가 식사를 마친 후, 지배인은 안으로 들어와 다 비운 접시를 치운 후 테이블을 닦아 주었다. 그리고 따뜻한 차를 가져왔다.

"커피나 와인은 이제 안 되니까, 차로 주문했어."

"응. 나 배 터질 거 같아."

"안 돼."

"여기 음식점 되게 맛있다."

"정말? 자주 와야겠네."

친구한테 잘 보여야겠네. 그는 쉐프인 제 친구를 어떻게 구워삶을지 잠시 고민하다가 지유를 보고 웃었다. 얼굴만 봐도 좋아서 웃음이 났다.

"오빠 우리 결혼 서둘러야겠다. 그지?"

"응. 너 회사는……."

"나보고 제일 먼저 결혼식도 하고, 신혼여행도 가래."

"정말?"

"응. 안정기 지나면 바로 가자. 그런데…… 엄마한테 뭐라고 말하지?"

"이번 주에 어머니께 저녁 먹으러 가서 말씀드릴게. 사죄도 하고. ……지유, 넌 괜찮아? 입사한 지 얼마 되지도 않아서 미안하네."

도형의 사과에 지유는 고개를 저었다.

"회사에서 다들 축하해 주시더라고. 출산하고 나서 다시 와도 된대."

"정말?"

"응. 아니면 집밥 해 먹으면서 찍이 맛집 대신 찍이 집밥 코너로 간략하게 소개하는 것도 좋을 거 같다고 하셨어. 아예 일을 손에서 놓으면 영영 안 올 거 같고, 2-3달에 한 번씩 소개할 수 있게 코너 짜주시겠대."

"좋으신 분들이네."

"응."

지유는 도형의 말에 위아래로 고개를 끄덕이며 수긍했다. 정말 좋은 사람들을 만난 것 같았다. 도형을 포함해서…….

"고마워, 지유야."

"나도 고마워, 오빠."

도형은 지유의 손을 잡았다.

"아까 초음파 보는데 너무 놀랍더라. 생명체가 네 배 안에 있다는 게 안 믿겨. 우리 지유, 태어난 아이는 엄마가 너무 예뻐서 놀랄 거야. 그렇지?"

"누가 들어. 오빠 눈에만 예쁘다니까."

지유가 그에게 잡힌 손을 빼려 했지만, 그는 놔주지 않았다.

"태명은 뭐로 할까?"

도형이 묻자, 지유는 머릿속에 '일타쌍피'가 떠올랐다. 입으로 내뱉으려다가 행복한 고민에 빠진 도형의 눈을 보니 차마 말할 수가 없었다.

우씨! 이게 다 편집장님 때문이야.

미희의 예상처럼 지유는 쌍둥이를 임신했다. 아직 성별은 알 수 없지만, 둘이었다.

"방울이 어때?"

"그럼 다른 한 명은?"

"둘 다 방울이 할래. 큰 방울 유지유와 작은 방울들."

"뭐?"

"네가 예전에 방울 고무줄로 머리 묶고 다닐 때가 생각나. 그때 그 방울 두 개가 머리 위에 달려 있어서 되게 귀여웠거든. 그래서 우리 아이들 태명은 방울이로 하자."

그런 이유라면 태명으로 좋은 거 같았다.

"그럼 한 명은 방울이, 한 명은 까까 하자."

"까까는 왜."

"오빠가 찬 공에 나 머리 맞았을 때, 우리 처음 만났잖아. 그때, 오빠가 까까머리였거든. 그때 그 머리가 잘 어울렸어."

"그래. 그럼 방울이랑 까까로 하자."

나중에 태어난 아이가 누가 까까라고 지었냐고 물으면, 유지유라고 해야지.

"큭큭. 나 진짜 도형 오빠랑 이러고 있을 줄 몰랐어."

"왜?"

"그냥…… 오빠 친구니까? 너무 잘나서?"

"나는 어느 순간부터 알았는데. 난 지유 아니면 안 되겠구나."

"언제부터?"

"너 고등학생 때. ……네가 자꾸 보고 싶고, 언제 오나 기다리게 되고, 너랑 있고 싶어서 일부러 일을 더 만들고 있는 날 보면서 알았어. 포기하려고 애썼는데 그게 안 돼서 떠났고, 떠나서도 네 목소리가 환청처럼 들리고, 보고 싶다는 생각밖에 안 나더라. 그러다가 다른 놈한테 보낼 생각하니까 도저히 거기 못 있겠더라고. ……난 지유 너 아니면 안 돼. 다른 사람은 눈에 들어오지를 않더라고."

"……그런 말 하면, 내가 눈물 나잖아."

지유는 검지로 눈가를 훔쳤다. 도형의 담담한 고백에 감정이 벅찼다. 아무래도 이것도 호르몬의 변화 같기도 했다.

"근데 더 놀라운 건 뭔지 알아?"

"몰라!"

"연애하면 좀 괜찮아질 줄 알았는데 너 다른 놈이 눈독 들이면 나도 모르게 질투하고, 오늘 봤는데 자고 나면 또 보고 싶고, 안고 싶고, 네 하루 일과가 궁금해져. 내가 보고 싶어서 왔다는 널 보면 사랑스러워서 돌아 버릴 거 같고 그렇더라. ……너에 대한 내 마음이 변하지 않아. 오히려 더 너를 원하게 되고."

이런 다정한 말을 담담한 말투로 말하면, 듣고 있는 난 어떡하라고!

지유는 콧잔등을 찌푸렸다. 눈물이 왈칵 쏟아질 거 같았다. 저를 이만큼이나 오랫동안 사랑해 주고, 저를 갖기 위해 노력하고, 더더욱 사랑을 주겠다고 약속하고 있는 제 남자를 보니 도형이 제 사람이라 뿌듯했다.

이런 남자라면 믿을 수 있겠구나.

평생 나를 사랑해 주겠구나.

힘든 시련이 와도 우린 견고하겠구나. 그런 확신이 들었다. 서도 형은 언제까지나 제 곁에 있을 거란 걸.

"사랑해, 지유야."

"나도."

"널 제일 잘 아는 사람이 항상 나였으면 해."

"……."

"그러려고 노력할게."

울지 않으려 했으나, 결국 지유는 왈칵 눈물이 쏟아졌다. 이렇게 행복해도 되나 싶을 정도로 행복해서 눈가가 시큰거렸다.

"오빠!"

"응?"

"우리 오늘처럼만 살자. 흑흑. ……오늘처럼만."

"알겠어. ……그러니까 울지 마. 우리 지유, 내 방울이. 울지 말고, 뚝!"

그의 큰 손이 그녀의 눈가에 있는 눈물을 닦아 주었다. 두 뺨을 감싼 손은 앞으로 그녀가 평생 함께할 사람의 다정한 성격을 꼭 빼닮아 있었다.

오늘처럼만 살자.

그리고…… 서로가 서로를 제일 잘 아는 사람이 되도록 노력하자.

에필로그

"지유 씨, 놔둬. 내가 들게."

"이 정도는 괜찮……아요!"

2009년도부터 2018년도까지 패션 트랜드를 분석하기 위해 지유는 자료를 찾던 중이었다. 테드의 옛 잡지를 싹 다 모아 편집실로 가져가려는데, 그걸 본 차석이 뛰어와 대신 들어준 것이다.

"아니야. 무거운 거 들면 안 되지."

"그래도 혼자 들고 가기에 너무 많아요. 같이 들어요."

"내가 세 번, 네 번이고 옮기면 돼요. 정 고마우면 대신 커피 한 잔 타줘."

"그럼 제가 엄청 맛있게 탈게요!"

지유는 박스에 다 담지 못한 몇 개의 잡지는 두 손 가득 들고 편집실로 왔다. 책상 옆에 잡지를 두고 탕비실로 간 그녀는 커피를 내렸다. 그녀는 커피를 들고 편집부 안으로 들어왔다.

입덧이 한창 심할 땐 커피 냄새도 역하게 느껴져 탕비실에도 들어가지 못할 정도였다. 먹는 것마다 게워내고 토하고 하니 살이 쪽 빠져 뼈만 남은 상태가 되었다. 그런데 어느 순간 냄새에도 괜찮아지고, 음식을 먹어도 아무렇지 않았다.

입덧은 생각보다 빠르게 지나갔다.

"오늘 일 끝나고 어디 가?"

"저 예비 시댁이요."

"헉! 난 예비 시댁 생각하면 아침부터 긴장되더라. 지유 씨, 오늘 긴장되겠다."

"괜찮아요."

"정말?"

"네. 조금 무섭긴 한데, 적응하고 있어요."

지유는 이제 시댁에 가는 일이 긴장되지 않았다. 배에 방울이와 까까가 있다고 말하던 순간, 도형의 부모님은 지유 편을 들어주었다. 그날 지유가 집에 가고 도형은 부모님께 붙들려 꽤 오래 잔소리를 들었다고 한다.

그 후로는 예비 시댁에 찾아가면 도형의 부모님은 지유에게 뭘 먹이지 못해 안달이었고, 배에 아이가 있다고 해도 아직은 티도 안 날 정도인데 만삭 산모를 다루듯 조심스럽게 대하셨다.

……결혼식 준비를 해야 하는데.

입덧이 심해서 양가 부모님은 지유를 대신해서 도형과 계속 상의를 하였다. 결혼식 날짜가 이제 코앞으로 다가왔는데, 지유는 피부가 푸석푸석해지고 뾰루지들이 자꾸 생겨서 고민이었다.

"결국 지유 씨가 제일 먼저 신혼여행 가네."

"죄송해요. 편집장님."

"아니야. 서 작가님, 이렇게 뒤통수를 치시다니!"

"저도 같이 사고 친…… 거죠."

임신 소식을 들은 그녀의 지인들은 모두 편집장님과 같은 반응이었다.

'서도형 씨 그렇게 안 봤는데.'

'잡아먹으려고 작정했네!'

도형에 비해 지유는 사회초년생이고, 아직 창창한 나이라는 점때문에 그렇게 보이나 보다.

그걸 대놓고 들은 도형은 그저 웃으며 아무렇지 않아 했다.

사실 사고는 둘이 친 건데…… 도형 탓만 하는 거 같아 지유는 가끔 미안한 마음이 들긴 했다. 그럴 때마다 도형은 오히려 사람들이 하는 이야기가 맞다며 지유를 달랬다.

오빠 생각하니까 보고 싶네.

"으쌰! 지유 씨, 이거 여기 둬?"

"네. 감사합니다! 믹스 커피는 두 봉 넣어서 탔어요."

차석은 지유가 타 온 커피를 마시며 연신 감탄했다. 머그컵 반정도 물 양에 믹스커피 두 봉을 넣으면 딱 차석 취향의 커피가 된다.

"저 왔습니다!"

"동우 씨."

"간식 사 왔어요."

동우는 테이블 위에 간식 꾸러미를 내려놓았다.

"뭘 이렇게 많이 사 왔어요? 너무 많은데."

"아, 두 봉지는 다른 팀 거예요."

"유컬이요?"

"맛있게들 드세요!"

동우는 초밥 박스를 꺼내 큰 회의 테이블에 올려뒀다. 다들 나무젓가락을 하나씩 집어 들며 눈을 빛냈다.

회사 앞 새로 생긴 초밥집은 가격대에 비해 맛있어서 매번 줄을 서서 먹어야 하는 맛집이었다. 테드에서 '찍이 맛집'으로 소개된 이후 직장인들까지 몰려 이제는 미리 전화로 주문하지 않으면 먹기 어려워졌다.

"동우 씨, ……근데 언제 승진해요?"

"저요?"

"네. 최소 실장까진 보고 있는데. ……소식 없어요?"

"아…… 선배님, 왜 이러세요. 저는 승진하려면 10년은 걸릴 거 같습니다."

처음에 테드와 유컬이 합친 후, 동우가 그래도 최소 팀장급으로 승진하지 않을까 생각했는데 그건 편집부의 생각이었다.

새로운 사업을 하거나 가게를 차려 시작하는 거면 몰라도 이미 만들어진 기업에 능력 없는 아들을 꽂을 생각이 없다는 회장님의 경영 방침으로 인해 동우는 여전히 지유와 같은 사원이었다.

"근데 이 간식은 뭐예요?"

"10년 후에 승진하려면 실세한테 잘 보여야죠. 편집장님. 잘 부탁드립니다."

동우의 묵직한 농담에 편집장은 입으로 가져가려던 스시를 도로 일회용 접시에 내려놓았다.

"이거 뇌물이었어?"

"에이~ 농담이죠. 지유 씨 초밥 안 먹어?"

"네. 선배, 먹고 싶긴 한데……."

지유는 젓가락을 잡으려다가 도로 놨다. 초밥, 간장게장, 육회 등. 먹고 싶은 음식이 많았으나 혹시라도 배탈이 날 만한 음식은 되도록 먹지 않으려 노력하는 중이었다.

"그럼 먹어요. 여기 전에 지유 씨가 추천한 곳인데."

"……다음에요."

입 안에 침이 고였다. 안 먹을 순 있어도 한 번만 먹을 수 없는 스시 맛집! 쉐프가 밥을 얼마나 잘 짓는지 말랑한 살덩이와 함께 와사비가 섞이면 입 안에서 사르르 녹는다.

접시에 있던 스시들이 순식간에 사라지는 걸 보며 지유는 다시 입맛을 다셨다. 다들 젓가락질을 한 번만 한 거 같은데 왜 몇 점 안 남은 걸까.

"지유 씨, 근데 임신해도 날 거 먹어도 된대. 우리 언니가 그랬어."

"대리님! 진짜요? 그럼 저 먹을까요?"

지유는 나무젓가락을 반으로 똑 갈랐다. 한입만, 한입만!

"임신? ……저만 뭔가 모르고 있는 거 같은데."

"동우 씨 몰랐구나. 지유 씨, 말해도 돼?"

"네. 이미 알 사람 다 아는걸요. ……동우 선배, 저 임신했어요."

지유의 볼이 빨개졌다. 결혼한 다음 임신이 되는 그런 순서가 아닌지라, 지유는 편집부에 밝힐 때도 또 다른 누군가에게 말할 때도 볼이 빨개졌다. 당당하고 싶었지만 왜인지 모르게 부끄러웠다.

"저, 저, 저, 정말?"

"네. ……그렇게 됐어요."

"누, 누, 누구…… 서도형 씨?"

"네. 맞아요."

"꽈씨! 한발 늦었네. ……저는 그럼 가 보겠습니다."

동우는 아쉬워하며 남은 스시 봉지를 들고 뒤도 안 돌아보고 옆 편집부로 갔다.

"동우 씨 충격받았나 봐."

"그러게."

"충격받을 일인가?"

"동우 씨 설마 지유 씨 좋아한 거 아니야?"

"설마요."

지유가 아니라며 고개를 저어 부인했다.

"그랬다고 해도 아주 가벼운 감정이었을 거야."

미희는 남은 스시를 입 안에 쏙 넣은 후 오물거리며 말했다. 사람의 눈이 어딜 보고 있는지, 마음이 어디로 가고 있는지 가장 잘 보는 사람의 말이니 신빙성이 있었다. 동우 선배가 결혼 상대여도

괜찮다는 말은 어쩌면 가벼운 진심이었을 수도 있겠다는 생각이
들었다.

＊

시댁에 가기 전, 지유는 드레스 가봉과 촬영을 위해 도형의 스
튜디오로 갔다.

넓은 스튜디오 안 한가운데 드레스로 추정되는 물체가 긴 옷걸
이에 걸려 있었다. 통화를 끝낸 도형이 지유를 발견하고 다가왔다.

"왔어?"

"이거 내 드레스?"

"응. 열어 볼래?"

도형이 손으로 드레스를 가리고 있던 천을 치우려는 순간, 지유
는 도형의 손목을 잡았다.

"나 너무 떨려. 잠시만. 숨 좀 쉬고."

지유는 두 손을 모아 가슴에 대고 크게 숨을 들이마셨다가 내쉬
었다. 무려 한 달을 기다린 드레스였다.

'쌍둥이라 몸이 언제 불지 모르니까 너무 티 나지 않으면서도 예쁜
드레스 없을까. 머메이드가 예쁘긴 한데, 이런 건 배 나오면 못 입겠지?'

그녀도 도형과 드레스 투어를 했으나 매달 얼마나 몸무게가 불
어날지 알 수 없기에 애매했다. 그녀가 입고 싶어 하는 드레스와
결혼식 때 소화할 수 있는 드레스가 달랐기에. 깊은 고민을 거듭하
던 그녀를 두고, 도형은 맞춤 드레스를 제안했다.

도형은 미국에서 포토그래퍼로 유명세를 날릴 때 셀럽들의 파티에도 여러 번 초대되었다고 했다. 언론에 노출되지 않는 소수 정예 파티의 경우엔 그도 종종 참석했다고 하였다. 그때 몇몇 디자이너들을 알게 되었고, 그는 지유에게 그들이 제작한 드레스를 보여주었다.

지유는 보자마자 드레스 하나를 딱 골랐다.

"후, 오빠! 이제 오픈해 줘!"

지유는 두 손을 꼭 잡았다. 드레스를 가리고 있던 천들이 걷어지고, 순백의 드레스가 그녀의 눈앞에 드러났다.

"와……!"

아직 퇴근하지 않은 레이와 라영도 다가와 같이 감탄했다.

"네가 물 건너오느라 고생했다. 흑흑. 너무 예쁘잖아."

지유는 드레스를 차마 만지지 못하고 2cm 간격을 두고 손을 오므렸다 폈다.

"그럼 입어 봐야죠! 왜 제가 기대되죠?"

"본식 드레스는 이거고, 이브닝드레스는 조금 더 걸린대."

"와……! 나 진짜 복받았나 봐."

이게 뭐라고, 왜 눈물이 울컥 날 거 같은지.

도대체 결혼이란 게 뭐길래. 세상에서 가장 사랑하는 도형과 평생 함께하겠다고 사람들한테 공표하는 자리일 뿐인데, 이 드레스를 보니 결혼식 자체가 가볍지 않고 도형이 저를 얼마나 소중하게 생각하는지 느껴졌다.

"어느 포인트에 울컥한 거야. 우리 지유."

도형은 그녀의 어깨를 감싸 안았다.

"물 건너온 게 감격이었나 봐. ……울컥했어."

"입어 보자."

수석 디자이너가 직접 디자인한 솔리드 실크 소재의 웨딩드레스는 단조롭고 우아한 A라인 드레스였다.

한 달 뒤에 있을 결혼식을 위해 미리 넘어온 것이다.

도형이 작업실 안으로 들어가자, 드레스 가봉을 위해 본사에서 나온 매니저와 직원이 지유가 드레스를 입는 걸 도왔다.

"이 드레스는 여기 테콜테가 예쁜 사람이 입어야 멋이 사는데, 딱 사모님이 잘 어울리시네요."

"감사합니다. 와- 엄청 부드러워요."

"그럼 잠깐 조일게요."

"아…… 살살 부탁드려요. 임신을 해서."

"어머, 혼수를 벌써! 지금은 가볍게 조이고, 본식 때는 조금 더 조일게요."

"소재 자체가 부드러워서 편하네요. 으윽!"

지유는 직원이 드레스를 살짝 조이자 손을 배로 가져갔다. 본능적인 움직임이었다.

"괜찮으세요?"

"네, 괜찮아요."

"휴……. 다 됐어요."

직원은 지유의 드레스를 잡은 후 전신 거울 쪽으로 안내했다.

"신랑님~ 나오셔도 됩니다."

"네."

도형도 물 건너온 턱시도를 입고 나왔다. 넥타이를 매며 패션의 마무리를 하던 그는 드레스를 입은 지유를 보고 자리에 멈춰 섰다.

"오빠."

지유는 거울 속 제 모습을 보고, 거울 뒤로 돌처럼 굳어 있는 도형을 보며 그를 불렀다.

"드레스 너무 예쁘다. 어때?"

제 눈에는 전에 드레스 투어할 때 입었던 드레스보다 백 배 예뻐 보였다. 요새 유행하는 실크 소재인 이 드레스는 종종 연예인들이 입어서 화제가 되기도 했었다. 그리고 턱시도를 입은 도형은 머리를 정돈하고 피부톤을 보정하지 않았음에도 너무 멋있어서 눈을 뗄 수가 없었다. 지금 모습이면 한류스타 강태훈이 옆에 서 있어도 도형이 먼저 보일 정도였다.

남자는 이래서 역시 슈트지.

"오빠? 어떠냐고~"

지유는 벙찐 도형에게 다시 물었다. 상대가 멍하니 보고만 있으니 긴장돼서 심장이 터질 것만 같았다.

그녀의 질문에 멍한 상태에서 벗어난 그가 지유에게 성큼성큼 다가와 와락 안았다. 그러곤 두 볼을 잡아 이마에 부드럽게 입술을 눌러 입을 맞췄다.

쪼옥.

"너무 예뻐. 눈이 부실 정도로 예뻐."

"그 정도야?"

"응."

"어후~ 작가님~ 다들 뒤돌까요?"

드레스를 구경하던 직원들의 입에도 미소가 번졌다.

레이는 카메라를 점검하며 재희에게 소품을 둘 위치를 정해 주면서도 두 남녀에게 자꾸 시선이 갔다.

도형은 레이의 정식 데뷔를 위해 자신의 결혼식 촬영을 그에게 부탁했다. 도형은 레이가 J 스튜디오 조수가 아닌, 이제는 정식 작가로서 같이 일하기를 바랐다.

"자자- 준비 다 됐습니다!"

"잘 부탁한다."

"그럼요. 피사체가 너무 좋아서 눈 감고 찍어도 그림일 거 같아요."

"도형 오빠는 정면으로 찍고, 저는 뒤돌면 되죠? 뒤태 예쁘게 찍어 주세요."

"지유 씨를 제일 찍고 싶은데요?"

"어머."

지유는 키득키득 웃으며 재희가 세팅한 벤치 의자 위에 앉았다. 도형은 그녀의 뒤로 와서 어깨를 감쌌다.

"좋아요. 지유 씨는 왼쪽으로 조금 몸 틀고, 작가님께선 오른쪽으로 몸을 틀어서. 예예- 지금 이 구도로, 잠시만요."

레이는 뷰파인더로 보고, 서브 모니터를 확인했다. 마음에 드는 구도는 잡았고, 이제 인물의 표정을 잡을 차례였다.

"지유 씨, 서 작가님이 가장 멋있을 때가 언제예요?"

"매일요!"

"서 작가님께서 지유 씨와의 첫날밤을 상상해 주세요~"

"지레이."

묵직한 도형의 음성이 튀어나왔지만, 레이는 개의치 않았다.

"표정 잡았고. 좋아요."

세상의 만물을 사랑하듯, 지유의 표정은 따스하고 밝았다. 본인이 피사체가 된 건 처음인 도형은 딱딱하게 굳어 있었는데, 레이의 농담에 순식간에 귀가 빨개졌다. 레이는 도형이 귀가 빨개졌다가 원색으로 돌아오면서 부드럽게 풀린 표정을 놓치지 않았다.

그렇게 몇 번 사진을 찍고 이번엔 다른 포즈를 주문했다. 그사이 레이의 뒤에서 재희는 또 다른 소품을 이용해 다음 촬영 콘셉트를 만들기 시작했다.

"와- 레이, 진짜 많이 늘었다."

라영은 컴퓨터 화면으로 사진이 찍힐 때마다 드레스 모양이나 셔츠, 슈트 각과 두 사람의 머리카락이 어딜 가리지 않는지 세세하게 살폈다.

레이는 라영과 도형의 조수로 비슷한 시기에 들어왔는데, 그사이 그의 사진 실력은 많이 늘어 있었다.

"자자, 다음 장소로 이동하실게요!"

레이는 엄지 두 개를 치켜세워 칭찬을 해 준 후 다음 장소에서 직접 재희를 데려와 포즈를 잡았다.

"이렇게 서 작가님이 지유 씨 볼을 잡고 이마를 맞대고 저를 보시면 돼요."

"……저는 언제까지 상대 배역을 해야 할까요?"

"쉿."

레이는 검지로 재희의 입술을 막았다.

"아무 말도 하지 마."

"……으악! 선배님. 저 진짜 무서워요."

"나 남자 취향 아니라니까?"

레이의 말에 스튜디오는 웃음바다가 되었다. 여전히 미심쩍어하는 재희에게 절대 아니라고 부정을 하는 대신 레이는 재희를 놀렸다.

"자자-! 한 시간 내로 끝낼게요. 지유 씨, 좀만 더 힘내요."

"네! 힘내야죠."

"그럼, 촬영할게요."

"……나는, 난 힘 안 내냐."

촬영 장비를 만지던 레이가 눈썹을 올리며 도형을 봤다.

"서 작가님도 힘내세요! 형~ 파이팅! 사랑해요! 우유 빛깔 서도형!"

'힘내세요'에선 키득 웃던 그의 입술이 '우유 빛깔 서도형'에서 다시 일자로 굳어졌다.

***

지유는 도형의 본가로 손을 잡고 들어갔다. 들어가자마자 맛있는 갈비찜 향이 그녀의 코끝을 찔렀다.

촬영을 하고 나니 배가 고픈 상태였는데, 음식 냄새만 맡아도 입에 침이 고였다.

"안녕하세요!"

"지유, 왔어? 도형아, 아버지 서재에 계신다."

"네. 식사하라고 말씀드릴게요."

"바로?"

"네. 저희 배고파요."

도형은 어머니께 인사를 한 후 서재로 들어갔다. 지유는 가방과 코트를 벗어 도우미에게 드리고 감사 인사를 했다. 깨끗이 손을 씻고 나온 그녀는 부엌으로 가 수저를 테이블에 놓는 걸 도왔다.

"작은 사모님, 이러시면 저희 혼나요. 앉아 계세요!"

"그럼, 우리 남편 것만 제가 둘게요! 도형 오빠 건 제가 두고 싶어요."

"네. 그럼 도련님 것만이에요."

지유는 비밀 엄수하겠다고 검지를 입가에 붙였다. 그러곤 수저를 챙겨 도형의 자리에 바르게 놓았다.

임금님 상처럼 갖가지 알록달록한 반찬들이 많았지만 지유의 눈엔 갈비찜만 들어왔다. 혀로 입술을 축이며 침을 꼴깍 삼키는데, 그녀의 뒤로 시부모님과 도형이 함께 들어왔다.

"앉지."

"아버님~ 음식이 너무 맛있어 보여서 눈을 못 떼겠어요."

"많이 먹으렴. 두 배로 먹어야 한다."

"안 그래도 요새 양이 늘어서 걱정이에요."

"자주 놀러 와. 맛있는 거 많이 해 줄게."

"어머니, 감사합니다!"

지유는 아버님과 어머님이 먼저 식사를 하신 후, 숟가락을 들었다. 앞접시에 갈비를 덜고 바로 입에 가져가 먹었다. 간장 양념의 신세계였다. 적당히 익어서 씹을 때마다 양념의 즙이 입 안을 황홀하게 돌아다녔다.

가끔 너무 많이 익히면 질긴데, 이건 익힘의 정도도 지유의 취향을 딱 맞았다.

"아가."

"네, 아버님."

"많이 먹거라."

지유는 손으로 입을 가리고 웃었다. 그녀는 정말 먹는 것에 한창 집중했다. 그러고 나서 정신을 차렸을 땐, 지유의 접시엔 빈틈없이 갈비 양념이 묻어 있었다. 아버님, 어머님, 도형의 앞접시를 보니 갈비 양념이 점처럼 잠깐 놓였던 흔적밖에 없었다.

그녀는 상체만 스르르 옆으로 옮겨 팔꿈치로 도형을 찔렀다. 그가 고개를 내려 지유를 보며 '왜?'라고 입 모양으로 물었다.

"앞접시."

지유가 작은 목소리로 말했으나 다이닝룸 자체가 조용해서 목소리가 울렸다.

"여분 앞접시 여기 있다."

"가, 감사합니다. 어머님."

"우리 생각하지 말고 편히 먹으렴. 괜찮아, 복스럽게 잘먹으니까 좋기만 한데."

지유는 다음 접시는 너무 더러워지지 않게 신경 써서 먹었다.

***

"여기가 오빠 독립하기 전에 썼던 방이야?"

"응."

"나간 지 오래됐는데 아직도 깨끗하네."

"그럼. 일주일에 한 번은 청소하니까."

"와-"

방이라고 표현했지만 웬만한 신혼부부의 첫 아파트와 비슷한 평수였다. 방 안에 욕실도 있고, 벽을 밀면 반으로 접히며 드레스룸이 나왔다. 그게 끝이 아니었다. 해가 잘 드는 곳엔 베란다가 있었는데 거긴 카페처럼 테이블이 세팅되어 있었다.

"도련님은 도련님이구나."

"뭐?"

"오빠 방에 네 명이 자도 충분하겠다."

"그럼, 좁지. 방울이랑 까까 방은 따로 만들어 달라고 할 거야. 우리 놀러 오면 두 사람은 따로 재워야지."

"같이 자도 될 거 같은데?"

침대도 크고, 욕실도 있고. 굳이 방을 따로 만들 필요는 없을 거 같았다.

"내가 안 돼. 난 침대에 너랑만 누울 거야."

"방울이랑 까까는?"

"따로 자야지. 아기 때부터 버릇을 그렇게 들여야지."

지유는 킥킥 웃으며 배를 손으로 만졌다.

"방울 까까야. 네 아빠가 너희랑 안 잔대. 말이 돼?"

"말이 왜 안 돼? 방울아, 까까야. 아빠는 침대는 엄마랑만 공유할 거야. 알겠지?"

도형은 무릎을 굽혀 지유의 배 가까이에 얼굴을 대고 배 속에 있는 아이들에게 말을 걸었다.

"이제 곧 진짜 결혼식이네. 신혼여행도 우리가 제일 먼저 가고."

"그러게."

"신혼여행 겸 태교 여행! 비행기 타도 되겠지? 그냥 국내로 갈까?"

"타도 돼. 너무 걱정하지 마."

도형은 그녀의 머리를 쓰다듬었다. 혹시라도 배 속의 아이가 잘못될까 봐 전전긍긍하는 지유를 보니 마음이 쓰였다.

지유는 도형의 침대에 털썩 앉았다. 그는 그녀의 두 볼을 감싸 저를 보도록 위로 들었다. 그러곤 침대 위로 무릎 하나를 올리며 서서히 상체를 숙였다.

자신의 집, 어려서부터 살던 제 방에서 지유에게 입을 맞추자 새삼 설레는 기분이 들었다. 다디단 지유의 입 속을 유영하며 그는 그녀의 머리카락 안에 손을 찔러 넣었다.

"하아…… 오, 빠."

"사랑해, 지유야."

"하…… 읍!"

도형은 고개를 옆으로 틀어 지유에게 입을 맞추며 부드럽게 제 입 속으로 빨았다가 놓아주고, 혀로 어르길 반복했다.

아까 전 드레스를 입었을 때부터 이렇게 깊숙이 입을 맞추고 탐하고 싶었다. 입덧에 지친 지유를 탐할 수가 없어서 욕망을 억눌렀지만 오늘은 그러고 싶지 않았다.

그는 그녀를 침대에 서서히 눕히며 등과 머리를 받쳤다. 도형은 침대에 누운 지유를 위에서 지긋이 바라보다가 두 손에 깍지를 끼고 다시 입술을 눌렀다.

서로의 숨소리가 방 안을 가득 메울 때쯤 방문이 열렸다.

"죄송합니다."

도형은 지유의 양옆으로 두 손을 대고 지탱한 채로 고개만 뒤로 돌렸다. 도형의 어릴 적부터 함께 한 여사님의 딸, 윤지인이 두 손으로 얼굴을 가리고 서서 죄송하다고 연신 사과를 하고 있었다. 도형은 아쉽지만 지유의 위에서 내려와 목 뒤로 손을 넣어 어색하게 매만졌다.

"노크를 해야지."

"오빠, 죄송해요. ……평소에 오빠 안 계실 때 여기 제가 청소했었거든요. 오늘도 안 계실 줄 알고."

"오늘 나 온단 소리 못 들었어?"

"네? 네. 못 들었어요."

지유도 옷매무새를 다듬으며 일어나 앉았다. 처음 보는 아이인데, 도형과 살갑게 웃고 대화하는 걸 보니 썩 기분이 좋진 않았다.

입을 쭉 내밀었다 다시 집어넣으며 지유가 두 사람에게 다가갔다.

"여긴 나랑 결혼할 지유. 여기는 윤지인. 어릴 때부터 같이 커 온 동생이야."

"안녕하세요. 유지유라고 합니다."

"저는 윤지인이에요. 작은…… 사모님."

뒤에 작은 사모님은 목소리가 너무 작아서 지유는 듣지 못했다.

"내려가서 같이 과일 먹을까?"

"아뇨. 저는 여기 정리하고 제 방으로 갈게요."

"그럴래?"

"……네."

시무룩한 지인의 표정이 꽤 오래 도형에게 머물렀다. 지유는 그 눈빛을 놓치지 않고 보다가 눈썹을 찡그렸다. 도형이 먼저 방을 나가고 잠깐 지인과 눈이 마주쳤는데, 그녀의 눈빛이 살벌했다.

"오빠."

"응?"

"어떻게 아는 사이야? 어릴 때부터 같이 커 왔다니, 사촌 동생?"

"아니. 여사님 따님이야. 여기서 나고 자라서 나한텐 동생 같은 애야."

"나도 동생이었는데."

"그걸 왜 거기다 붙여."

"나도 동생에서 여자 친구 되고, 이제 부인되는 거니까……!"

지유의 말에 도형이 꽉 끌어안았다.

"말도 안 되는 상상은 제발, 그만. 넌 나한테 동생 아니었다니까."

"친구 동생?"

"아니. 그냥 나한텐 지유 너였어."

그 말을 들으니 안심이 돼서 마음이 푹 놓였다.

"동생이면 몇 살?"

"지유 너보다 두 살 어린가? 세 살?"

"아…… 엄청 어리구나."

도형은 키득 웃었다.

"세 살 차이가 엄청 어린 거면, 지유 넌 나한테 얼마나 어린 거야?"

"어…… 그러네. 내가 한참 어리네."

"그래서 지유 너한테 더 잘하려고. 한참 어리니까."

두 사람은 키득키득 웃으며 아래로 내려왔다. 부모님과 디저트로 과일과 케이크를 먹고, 커피까지 마신 후 두 사람은 본가에서 나올 수 있었다.

***

며칠 뒤, 지유는 윤지인을 우연히 만나게 되었다. 대학생 서포터즈 1기를 뽑은 후 공식적으로 처음 얼굴을 맞대는 자리였다.

"우리 구면이죠?"

"네. 아줌마."

"아주움마?"

고작 세 살 차이인데 아줌마 소리를 들으니 되게 기분이 이상했다. 출산 전이긴 하나, 애가 배 속에 있으니 아줌마가 아닌 건 아닌데…… 뭐지, 왜 기분이 안 좋지?

"여기 회사 다니세요?"

"네. 어떻게 여기서 뵙네요."

"좋은 데 다니시는구나. 그래서 도형 오빠가 좋아하나?"

"……네?"

"아니에요."

그녀는 제 할 말만 하고 서포터즈 1기를 위해 차려진 다과를 집어 먹으며 다른 사람들과 서로 인사를 나눴다. 지유는 병찐 채로 찜찜한 기분을 지우지 못한 채 다른 학생들에게도 반갑게 인사하고 입사하기 위해 필요한 것과 선배로서 해 줄 수 있는 말들을 해 줬다.

저녁 식사를 마친 후, 팀원들은 음식점에서 모두 귀가했다. 지유는 도형이 날이 춥다며 데리러 온다기에 계산대 앞 대기석에서 도형을 기다렸다. 간 줄 알았던 지인이 그녀의 옆에 앉았다.

"도형 오빠 기다려요?"

"네."

"아…… 같이 가도 돼요?"

지유가 당황한 표정으로 지인을 보자, 그녀가 싱긋 웃으며 지유에게 팔짱을 끼었다.

"저는 오빠랑 집 방향이 같으니까, 언니 먼저 내려 주고 얻어 타고 가면 좋을 거 같아서요~"

"평소에도 이래요?"

"글쎄요. 도형 오빠가 워낙 다정한 편인 건, 언니도 아시죠?"

"······네, 잘 알죠."

그 다정함이 다른 사람에게도 해당하는지는 몰랐다.

미묘한 신경전이 계속되는 사이, 도형이 안으로 들어왔다.

"오빠~"

"어, 지인아. 어떻게 여기 있어?"

"테드 서포터즈 1기 지원했는데 여기서 지유 언니 만났지 뭐예요~ 반가워서 인사하고 있었는데 오빠 오는 줄 몰랐어요."

"그랬구나. 바로 집으로 가?"

"네! 차 끊기기 전에 가야죠. ······밖에 춥죠?"

"응. 아직 겨울이니까."

도형은 지인에게 살뜰히 대답하며 지유에게 다가와 어깨를 감쌌다. 원래 도형은 남에게 살가운 편이 아니었는데, 다른 여자한테 잘해 주는 걸 보니 정말 이상했다.

그렇다고 두 사람 친한 걸 갖고 뭐라 할 처지도 아니고.

"택시 잡아줄게."

"아니에요. 지하철 타고 갈게요."

"······!"

아까는 도형 차 타고 간다면서? 지유는 지인을 흘깃 봤다.

"안 그래도 언니가 오빠 차 타고 같이 가자고 하셨는데, 예의가 아닌 거 같아서요. 저는 지하철 타고 갈게요."

어머머! 지유의 눈이 동그래졌다. 언제 자신이 그녀에게 같이 가자고 했단 말인가.

"지인아."

"네, 오빠."

"콜택시 불러줄게. 타고 가. 난 오늘 집에 안 들어갈 거라."

그는 부드럽게 미소 지으며 콜택시를 불렀다. 지유는 속이 다 시원해 슬쩍 입꼬리를 올려 웃었다. 그러자 상대의 눈가에 힘이 들어간 게 보였다.

쟤 설마…… 도형 오빠 짝사랑 중인가. 그 설마가 왜 맞는 거 같을까?

"택시 금방 온대. 여기서 기다리다가 타고 가면 돼."

"네. ……이제 다시 원래 집으로 가시는 거예요? 한동안 집에 자주 오셔서 좋았는데."

"그래야지. 그럼 조심히 가."

도형은 지인의 말을 가볍게 넘기며 지유의 어깨를 감싸며 음식점 문을 열고 나왔다. 밖으로 나가면서 지유는 등 뒤로 어깨가 축 늘어진 지인을 보았다.

지인은 도형을 짝사랑하고 있는 게 확실하다는 촉이 왔다.

***

도형은 지유의 집 앞에 차를 세웠다. 먼저 내린 그가 보조석 문을 열며 안으로 손을 내밀었다. 지유는 그의 손을 잡고 차에서 내렸다.

"들어가."

"들어가기 싫어."

"어머니 기다리실 거야."

지유는 임신 사실을 알린 후로 자취방을 정리하고 엄마 집으로 들어왔다. 집에 들어가고부터는 공주 대접을 받고 있었다. 다른 집 딸이 임신했을 땐 별 관심도 없더니, 엄마는 지유의 임신 소식에는 엄청 호들갑을 떨었다.

혹시 감기라도 걸릴까 싶어 집 안의 온도와 습도까지 체크하며 도우미를 달달 볶는 모습에 지유는 고개를 절레절레 저으면서도 그 관심이 싫지 않았다.

"괜히 자취방 정리했어."

"나도 네가 어머니 옆에 있는 게 편해. 나한테 오기 전까진."

"그냥 확 내일부터 오빠네에서 살겠다고 짐 싸 들고 나갈까?"

"나도 그러라고 하고 싶다."

그런데 아직 결혼식을 올리지 않았다.

임신은 빨랐어도 결혼식은 절차대로 진행하기로 하였다. 마음 대로 하지 않는 건 양가 부모에 대한 예의였다.

"오빠가 우리 집에서 자고 갈래?"

"……응?"

"엄마 있긴 한데…… 재신 오빠도 집에 오라고 하면 되잖아."

연애할 때도 집에 가기 싫은 상황에선 서로서로의 집에 머문 적이 많아서 그런지 헤어짐이 익숙하지 않았다. 도형을 고민하는 듯하더니 스마트키를 누른 후 차에 탔다.

그가 보조석 쪽 창문을 내렸다.

"가는 거야?"

"아니. 주차 제대로 할게."

갓길에 주차하고, 차에서 내린 도형이 그녀의 손을 잡고 초인종을 눌렀다.

"어머니, 사위 왔습니다."

* * *

"내가 화장도 못 해서, 어머. ……잘 놀다 가요."

"네. 어머니. 지유랑 더 있고 싶은데 갈 곳이 없어서 제가 여기로 왔어요. 불편하시겠지만 반겨주셔서 감사합니다."

"잘했네. 밖에 날도 추운데."

"재신이 올 때까지만 있다 갈게요."

"아냐. 아침도 먹고 가. 손님방 자리 봐두라고 할게."

지유의 어머니는 차마 도형을 더 보지 못하고 얼른 방 안으로 들어갔다. 재신의 친구들이 놀러 올 때도 어머니는 풀 메이크업을 하고 있었다.

오늘은 예기치 못한 방문이라 민낯이었고 옷차림도 너무 캐주얼했던 터라 민망했던 것이다.

"내 방 구경할래?"

"응."

도형은 지유의 손을 잡고 그녀의 방 안으로 들어갔다. 지유가 먼저 들어가자 도형은 문을 닫았다.

그의 방에 비해 아기자기한 지유의 방은 공간 활용이 잘 되어 있었다. 책상 아래엔 컴퓨터 본체, 책상 위에는 데스크톱과 노트북대가 설치되어 있었다. 그 앞에는 사진과 포스트잇이 빽빽하게 붙어 있었다.

〈신사동 떡볶이 맛집 OO : 생각보다 맛이 없음. 맛집이라는데 왜 맛집이지? 빨간 소스보다 짜장 떡볶이가 나았음. 빨간 소스는 포장마차가 더 맛있는 거 같다. 짜장 소스는 요새 시중에서 잘 안 파니까 가서 먹을 만함.〉

〈큐브/베이비링 빵 맛집 OOO : 손바닥만 한 큐브 빵을 뜯어서 먹으면 맛있음. 바로 나왔을 때, 식었을 때, 하루 지나서 다 먹어봤는데 바로 나왔을 때가 제일 맛있다. 하루 지나서 먹으면 커피나 잼이 필요한 맛. 베이비링은 안에 크림이 너무 많이 들어가서 밖에서 먹기 불편함. 맛은 3.5〉

동글동글한 지유의 글씨체가 뒤덮인 곳을 보니 입가에 절로 웃음이 번졌다. 도형은 머릿속에 그녀의 모든 것을 새길 것처럼 세세하게 살펴봤다.

"여기 지유 졸업사진도 있네."

지유는 팔을 뻗어 초등학교, 중학교 졸업 사진을 꺼내려는 도형의 팔을 막았다.

"어허. 이건 판도라의 상자야."

"내가 못 본 지유의 어릴 적 사진이라 궁금한데."

"안 돼. ……이건 애 셋은 낳고 보여 줄 거야."

"셋이나 낳게?"

"응! 능력만 된다면."

그녀의 말에 도형은 어깨를 펴고 곧게 몸을 세웠다.

"아니, 서도형 씨~ 그 능력 말고요."

"그럼 무슨 능력?"

"시간적인 것과 내 몸 상태?"

지유가 '내 몸 상태?'라고 말하며 검지로 본인을 가리켰다. 그러느라 잡고 있던 도형의 팔을 자연스레 놓아 주었다. 그사이 도형은 졸업사진 두 개를 빠르게 꺼냈다.

"어! 안 돼!"

만약, 초중고 졸업사진을 찍어 주는 사진사가 엄청 트레디한 사람이었다면…… 내 졸업사진은 판도라의 상자가 안 되지 않았을까.

지유는 도형을 막는 대신 두 손으로 제 눈을 가렸다. 도형이 졸업 사진 앨범을 펼치는 걸 볼 수 없었다.

잠시 정적이 흐른 다음, 지유는 슬며시 손가락을 펴서 틈새로 도형을 보았다.

다행히 아직 그는 졸업 앨범을 열지 않았다. 손가락으로 얼굴을 가리고 동동거리는 저를 보며 즐거워하고 있었다.

"네가 허락 안 하면, 안 봐."

도형은 도로 팔을 뻗어 졸업앨범을 책장에 잘 꽂아 두었다.

"혼인신고 하면 보여 줄 거야."

"뭐?"

그는 뭐가 그렇게 웃긴지 하하 큰 소리로 웃었다.

"오빠 졸업앨범은 다 멋있었잖아. 나는 ……안 그렇단 말이야. 지금이 제일 나."

"고등학생일 때, 대학생일 때, 그리고 지금. 지유 넌 계속 귀엽고 예뻤어."

"초등학생, 중학생일 땐 달라."

"내 눈엔 다 예뻐 보였을 거야. 걱정하지 마. 혼인신고 전이나, 후나 달라지는 건 없어."

도형의 말에 지유는 입을 삐죽였다. 그래도 이건, 조금 더 시간이 지나서 보여 줄 생각이었다.

Rrrrrr.

그때 도형의 핸드폰이 울렸다. 그가 주머니에서 핸드폰을 꺼내자 지유는 자연스레 그쪽으로 눈이 갔다.

[지인]

"지유야, 잠깐만."

도형은 책상에 하체를 기대고 서서 전화를 받았다.

"여보세요."

-오빠, 어머니께서 내일 춥다고 집에 와서 주무시라고 전해달라고 하셨어요. 집이세요?

"어…… 집은 집인데."

-아, 지유 언니네예요?

"응."

도형은 그녀와 함께 있다는 걸 숨기지 않았다.

-아…… 그렇구나. 네…… 결혼…… 진짜 하시는구나. 안 하실 줄 알았는데, 축하드려요.

"어. 고마워. 근데, 이 늦은 시간에 전화하는 건 좀 아닌 것 같다. 어머니께서 너를 통해 연락하는 것도 아닌 거 같고. 그건 내가 말씀드릴게."

-아니에요. 오빠! 꼭 전해달라는 건 아니었고…… 지나가면서

말씀하셨는데 쓸쓸해 보여서 제가 전화드린 거예요.

"응. 그럼 수고해."

도형은 제 할 말을 끝낸 후 전화를 끊었다. 이쯤 되니, 질투하던 마음은 눈 녹듯 사라지고, 새삼 상대가 안쓰럽게 느껴졌다.

얼마나 좋으면…… 저렇게라도 전화를 할까.

여자 친구가 없는 줄 알았는데 갑자기 결혼하겠다고 여자를 데려오니 마음이 급했을 거다. 너무 좋아서 고백하지도 못하고 뒤에서 지켜만 봤을 지인을 생각하니, 미움보단 미안한 마음이 들었다.

처음엔 걱정되었고, 질투했고, 약이 올랐는데 지금은 달랐다. 그렇지만 미안하다고 해서 때문에 바뀌는 건 없었다.

"오빠 어디 오지로 가도 내가 오빠 믿을 수 있겠어."

"응? 무슨 소리야?"

"다정한 듯 철벽남이라…… 바늘로 찌를 곳도 없는 느낌이야. 어떤 여자가 와도 대꾸는 해 주되, 철벽을 칠 거 같아."

"내가 그랬어?"

"응."

용기 내서 전화했을 지인에게 이 시간에 전화하는 것도, 어머니가 그녀를 통해 전화하는 것도 예의가 아니라고 응수했다. 거기다 아쉬움이 뚝뚝 묻어나는 목소리에 대고 수고하라는 형식적 인사를 건넸다.

"원래는 연락도 잘 안 받아. 지인이는 좀 예외인 경우야."

"무슨 예외?"

"어려서부터 나 돌봐 준 여사님 댁 딸이잖아. 내가 지인이한테 막 대하면 여사님께서 얼마나 마음 아프시겠어. ……평생 우리 집에서 우리 편하도록 집안 살림 가꿔주셨는데. 이건 여사님에 대한 내가 해 드릴 수 있는 예의에 불과해."

"……아."

"우리 집안일에 애써 주시는 분의 딸을 하찮게 보지 않고, 있는 그대로 어린 동생으로 봐주는 것. 우리 집에서 불편하지 않게 하는 것. 네가 오해한 부분은 없었으면 해. 걱정할 일 없어."

아…….

도형의 말을 듣고 보니 저가 너무 작은 사람이 된 것 같았다. 그 짧은 순간 질투하고 상대를 마음에서 미워했던 것이 정말 하찮게 느껴졌다.

지유가 커가는 동안 집 안을 돌봐주고, 그녀의 밥을 챙겨주던 도우미는 여러 번 바뀌었다. 그녀는 그 사람들의 얼굴을 모두 기억하지 못했고, 챙길 생각도 하지 못했다.

"지유야."

"응?"

"컴퓨터 켜도 돼?"

"응. 켜. ……아, 잠깐만! 뒤돌고 있어. 내가 보라고 하면 봐~"

지유는 도형이 뒤를 돌자 컴퓨터를 켜고 손톱을 물어뜯었다. 화면을 켜자 아이콘이 배경 화면을 꽉꽉 메우고 있었다. 그녀는 잡동사니 폴더 하나를 만들어 그곳에 아이콘을 모두 때려 넣었다.

"이제 됐어."

"……내가 보면 안 되는 사진이라도 있어?"

"아~니."

그는 의심스러운 눈초리를 하다가 화면을 보고 피식 웃었다. 지유와 함께 찍은 커플 사진이 배경화면으로 되어 있었다.

"레이가 메일로 사진 보내줬거든."

"웨딩 촬영? 얼른 보자, 보자!"

도형은 메일함에서 메일을 찾아 다운받았다. 거기엔 수십 개의 사진이 있었다.

첫 번째 사진을 더블 클릭하자 화면 전체 크기로 커졌다.

"우와……!"

와, 우와! 감탄사밖에 나오지 않았다.

이렇게 내가 포즈를 잘 취했나, 표정도 너무 자연스러웠다.

"예쁘네. 드레스 잘 어울려."

"……오빠도 멋져. 와. 이건 인생 사진이야. 평생 간직할래."

"앞으로도 계속 내가 인생샷 찍어줄 텐데, 뭐."

"그래도. 우와. 메이크업이 잘된 거야, 아니면 사진을 잘 찍은 거야?"

"본판이 좋은 거야."

지유는 사진을 확대해 보고 줄여 보며 연신 감탄했다. 도형은 뒤에서 그녀를 백허그하듯이 안아 마우스를 뺏었다.

"자, 그럼 …… 무보정 사진을 보러 가볼까?"

웨딩 폴더 안에 무보정 폴더가 하나 더 있었다.

"아악! 안 볼래. 아니라고 해 줘."

무보정 폴더를 딸깍 눌렀다. 지유는 질끈 눈을 감았다. 거의 성형을 해야 하는 수준으로 바뀐 건 아니겠지…….

눈을 뜬 그녀는 텅 빈 폴더를 보고 고개를 갸웃했다.

"크큭. 아까 사진이 모두 원본이야. 보정 전."

"뭐어? 정말?"

"응."

"나 놀린 거야?"

"응. 오기 전에 무보정 폴더 일부러 만들어서 알집에 넣었지."

도형은 그녀의 어깨에 이마를 대고 키득키득 웃었다. 다시 사진을 띄운 그는 턱을 그녀의 어깨에 올려 두었다가 지유의 포근한 향에 목을 빨아들였다.

"아앗!"

지유는 놀라서 파리를 잡듯이 목을 손바닥으로 찰싹 때렸다. 그 위로 도형의 입술이 다시 오갔다.

"으음…… 간지러워."

촉, 초옥. 입술이 그녀의 목선을 간질일 때마다 화면에서 웨딩 사진은 자동으로 다음 사진으로 넘어갔다.

지유는 게슴츠레한 눈으로 이번엔 도형을 집중해서 봤다. 무보정 사진이라는데 도형은 정말 나무랄 데가 없었다.

그날 도형은 따로 메이크업도 받지 않고 머리만 본인이 거울 보고 만진 정도였는데, 연예인이 따로 없었다.

앞머리를 내릴 때, 올렸을 때…… 모두 다 잘 어울렸다.

"하……으."

지유는 그가 목선을 따라 입술을 내려 티셔츠를 옆으로 내리고 어깨에 입을 맞추자 숨을 들이켰다. 그의 입술 안에서 나온 혀가 야릇하고 축축하게 어깨를 적셨다.

"간지럽다니까, ……으음. 도형 오빠아, 여기 우리 집…… 앗."

그의 여유로운 손이 옷 위로 배를 만지다가 티셔츠 안으로 불쑥 들어왔다. 배 위를 따스하게 오가던 손이 더 위로 올라오자 지유는 발끝을 세웠다.

의자의 바퀴가 뒤로 밀리고 지유는 목을 뒤로 꺾었다.

"읍!"

도형은 뒤로 젖히고 앉아 있는 그녀의 얼굴 위로 본인의 입술을 내렸다. 그의 윗입술과 지유의 아랫입술이 맞닿고, 그의 아랫입술은 지유의 윗입술과 맞닿았다.

그는 거친 입김을 불며 그녀의 아랫입술을 빨아들였다. 타액이 섞여 질척이는 소음이 방 안을 갈랐다. 그의 손은 한시도 쉬지 않고 그녀의 상체를 주무르며 그녀를 한계로 몰아갔다.

"앗. ……응."

전보다 조금 더 예민해진 몸은 가슴을 살짝 건드리기만 해도 반응을 해 왔다. 도형은 입술을 떼고 바퀴 의자를 돌려 그녀를 안았다. 번쩍 들어 침대에 내려놓은 후, 도형은 그녀의 몸을 누르지 않기 위해 양팔로 몸을 지탱하며 입을 맞췄다.

아래에서 위로 잡아먹을 듯이 입술을 탐하고 고개를 틀어 구석구석 저를 새겨 넣었다. 그는 그녀의 바지 버클을 풀고 그 속으로 손을 넣었다.

"오빠!"

"······지금 안 해. 여기선 못 하겠지?"

"당연하지. 우리 집은 오빠네처럼 궁궐이 아니라고. 다 들려."

속닥속닥, 지유는 그의 귓가에 속삭였다. 그게 그에겐 자극으로 느껴져 입은 안 되겠지라고 물으면서도 손은 멈추지 않았다.

"으음!"

"지유 네 몸은 여기서 하라고 하는데?"

"······오빠 몸도 마찬가지거든!"

지유는 제 다리 사이에 닿는 그의 뜨거운 하체에 숨을 멈췄다. 그의 손길이 더 야릇하게 그녀를 적시자 그녀는 두 다리를 모았다.

"······오빠아, 하······ 나 한계. 으읍!"

도형은 그녀의 입술을 훔쳤다. 그는 본인의 바지 버클을 풀고 이불로 두 사람의 몸을 덮었다.

"하진 않을게."

"그럼 지금 하는 건 뭐야? 으읏."

"그냥······ 느낌만. 하······."

도형은 지유에게 몸을 겹쳐왔다. 너무 급해서 다 벗지도 못한 상태로 말이다.

지유는 옷을 정신도 없어서 그의 목을 두 팔로 둘러 안았다. 도형은 그간 지유가 임신 상태여서 참았던 욕망을 분출해냈다.

한 번 욕망이 터지니 걷잡을 수 없이 커졌다. 그는 이불 속에서 그녀의 다리를 접은 후 다시 몸을 겹쳤다.

서로의 입에서 새어 나온 숨소리가 방 안을 뜨겁게 달궜다. 도형은 그녀를 안으면서 손으로는 지유의 입을 막았다.

부드럽게 그녀를 어르던 그가 조금 더 격렬하게 그녀를 몰아갔다. 그러다 어느 순간 그는 그녀의 위로 푹 쓰러졌다.

　"하아…… 살 거 같다."

　"으음." ·

　"이러려고 들어온 건 아니었는데. 하아. 근데 더 하고 싶다."

　"안 돼. 진짜. ……읏."

　"조금만, 응?"

　도형은 그녀의 몸을 다시 뜨겁게 달궜다. 기분만 느껴보겠다던 사람이 저를 덮치고, 조금만 한다던 사람이 그 조금만을 여러 번 되뇌었다. 전처럼 이런저런 자세로 거칠게 저를 갖진 않았지만, 몸이 식어갈 틈 없이 저를 가졌다.

　지유는 킥킥 웃으며 나중에는 발로 이불을 걷어 냈다.

　"이러다가 재신 오빠 올 거 같아."

　"그런 소리 마. 말이 씨가 돼."

　"……크큭."

　지유는 도형의 허리를 두 다리로 감고 손으로 그의 얼굴을 끌어당겼다.

　지이이잉, 지이이잉.

　[도형아, 집에 와 있다며. 나 30분 후면 도착한다. -유재신]

　두 사람은 30분 후에 누가 오는지도 모르고, 서로에게 푹 빠져 있었다.

　30분 후면 도착한다던 재신은 한 시간이 훌쩍 지나고서 집에 도착했다. 도어로크를 해제하고 들어간 재신은 부엌으로 가서 시원한 물을 한잔 마시고, 지유의 방으로 갔다.

똑똑, 똑똑.

노크했으나 안에서는 아무 소리도 들리지 않았다. 재신은 머리를 긁적이며 제 방으로 가기 위해 몸을 돌렸다. 그 순간, 안에서 문이 빼꼼히 열렸다.

"안에 있었……."

"쉿, 지유 자."

도형은 잘 짜인 잔 근육을 드러내며 문 앞까지 와서 재신에게 소리를 낮출 것을 요구했다. 재신은 미간을 좁히며 도형을 보았지만, 그는 태연하게 침대 아래에 있는 티셔츠를 집어 입으며 방 밖으로 나왔다.

"지유가 요새 잠이 많아져서."

"네가 괴롭힌 건 아니고?"

"……어."

대답이 한 템포 늦자 재신의 눈초리가 금세 날카로워졌다.

"집에 맥주 있어?"

"당연하지. 너는 곧 결혼한다는 놈이 맥주 마셔도 되냐?"

"응. 난 관리하니까."

재신은 냉장고에서 세계 맥주 두 캔을 꺼내서 테이블 위에 올려 놓았다. 점심에 여사님께서 만들어둔 음식들을 훑다가 선반 위에 있는 나초를 발견했다.

"결혼식이 한 달도 안 남았네. 지유가 먼저 가다니, 여동생 보내려니까 허하네."

"아직도 한 달이나 남아서 난 애가 타 죽겠는데."

"야— 친오빠 앞에서 너무한 거 아니야?"

도형은 피식 웃으며 맥주를 마셨다. 재신을 지유 생각하는 마음으로 보면, 오빠가 아닌 아빠라고 해도 믿을 것 같았다.

"재신아, 나 뭐 물어봐도 돼?"

"응."

도형은 오래전부터 궁금했던 것을 물어보기로 했다. 묻고 싶은 순간은 정말 많았지만 실제로 물어보는 건 오늘이 처음이었다.

"지유를 왜 그렇게 아껴?"

"……어?"

당황한 재신이 도형의 눈을 피했다.

"언젠가 한 번은 물어보고 싶었거든. 대답하기 곤란한 질문이야?"

그런 재신을 보는 도형의 눈빛이 알게 모르게 굳어져 갔다. 입을 일자로 만든 도형이 재신을 뚫어지게 응시하자, 재신이 머리를 긁적이며 지유의 방을 한 번 더 보았다.

"우리 지유, 불쌍해서 그런다! 왜!"

"불쌍해서?"

"지유는 내 가족이고, 내 동생임에는 변함없어. 그 마음은 그대로인데, 지유가 입양아인 건 변하지 않잖아. 언젠가 지유가 친부모에 대해 궁금해하는 순간이 올 거라고 판단했어. 그래서 어머니랑 나는 재단을 통해 친부모를 계속 수소문해서 찾고 있었는데…… 혹시라도 궁금해하면 만날 수 있게 해야 하지 않을까 싶어서 말이야. 그런데 하아……."

도형은 재신의 묵직한 한숨에 뒤에 나올 이야기가 심각한 이야기일 거란 생각이 들었다.

"가정 폭력이 심한 집안이었나 봐. 주민 신고가 잦을 만큼. 지유가 태어나고 나서도 지유 아버지는 지유 친모를 곤죽이 되도록 때린 모양이야. 그러다가 아직 아기인 지유를 발로 찼대. 씹…… 휴……."

재신은 욕지거리가 나오려는 입을 술로 막으며 다시 숨을 몰아쉬었다.

"지유 모친은 살기 위해서 남편을 죽였어. 법 앞에서 친모는 무기징역을 선고받았고, 지유는 고아원으로 가게 된 거야."

"어떻게 그런 일이……."

"그거 알고서 나는 더 잘해 주게 된 거고, 우리 어머닌 그런 일이 있었다고 한들 지유는 지유니까 하던 대로 대한 거고. 난 볼 때마다 안쓰럽더라고."

도형은 묵묵히 맥주 한 캔을 다 비우고 재신에게 한 캔 더 줄 것을 요구했다. 그러자 재신이 본인의 맥주 캔도 싹 비운 후, 두 캔을 꺼내 왔다.

"상대도 지유를 만나고 싶어 하지 않아. 살인자 자식이란 소리 듣게 하고 싶지 않고, 핏줄에 폭력적인 아빠가 있었던 사실조차 알게 하고 싶지 않대. ……이런 부모를 찾느니 차라리 모르는 채 사는 게 낫다고 하시더라고. 그리고 얼마 안 가서 쓸쓸히 돌아가셨어."

결국, 지유가 찾으려는 친부모는 두 분 다 이 세상에 존재하지 않는 사람이 되었다. 도형은 혹여 나중에 지유가 정말로 친부모를 찾고 싶은 순간이 온다면 이 이야기는 숨길 것이 아니라 지유가 알고 견뎌야 할 몫이라고 생각했다.

"부모가 자식을 선택할 수 없듯, 자식도 부모를 선택할 수 없어. 지유의 부모님이 그랬다면 그건 지유가 감당할 몫이야. 그 사실이 지유를 불쌍하게 하는 것도 아니고, 그렇다고 지유가 다른 사람이 되는 것도 아니야."

"그렇지만…… 지유가 상처받을 거야."

"지유가 견뎌야 할 상처가 어떻든 내가 옆에서 위로해 주면 돼. 같이 겪으면 돼. 내가 지유한테 이 이야길 털어놓진 않겠지만 언젠가 지유가 정말 궁금해한다면 친부모 찾는 거 말리진 않을래."

도형은 자신 있었다.

지유가 힘들어하고 지칠 때 옆에 있어 줄 자신. 따스하게 안아 주고 위로해 주고, 어떤 일이 있어도 지유 편임을 상기시켜 줄 자신이 있었다. 지유는 그런 자신을 보며 견디고 이겨내며 한 뼘 성장할 것이라 믿어 의심치 않는다. 그가 본 지유는 그랬으니까.

"그래. 우리 매제. 지유, 잘 부탁해."

"응."

"이젠 정말 나보다 네가 더 지유를 잘 아는 거 같아. 내가 손 떼도 되겠어."

"……설마 결혼해서도 간섭하려고 했냐?"

"아니지."

도형이 미심쩍은 표정으로 재신을 보자 그는 정말 아니라는 듯 고개를 저었다.

"나 그렇게 한가한 사람 아니야."

"지유 한정 한가하잖아."

"……그랬지. 그런데 이젠 그럴 필요 없어졌어."

"그래. 지유 한정으로 한가한 건 나 하나면 돼."

"어휴……이 팔불출. 네가 이렇게 될 줄 몰랐다."

"너도 이런 순간이 올 거야."

"내가? 난 안 그럴 거 같아."

재신의 확신에 도형은 코웃음을 쳤다. 지유에게 하는 거로 봐서 재신은 사랑하는 상대가 생기면 정말 애지중지할 거 같은 느낌이 든다. 자기 조카들한테도 선물 사다 나를 거 같고.

"내일 아침 먹고 갈 거지?"

"응."

"그래. 여긴 내가 정리할게."

"됐어, 같이 해."

"아냐. 오늘까지만 손님하고, 다음부터는 청소는 매제가 다 해. 난 손 하나 까닥 안 할 테니까."

"그럽시다, 형님."

도형은 그렇게 말하면서도 빈 캔을 다 수거해 한 곳에 모아 두었다. 나머진 살림살이를 모르니 재신이 정리할 것이다.

***

도형은 손님방과 지유의 방을 앞에 두고 고민하다가 지유의 방으로 들어갔다. 지금은 그녀의 얼굴이 보고 싶었다.

침대 턱에 걸터앉아 새근새근 잠든 지유를 보니 저도 모르게 손이 그녀의 머리카락을 빗겨 주고 있었다. 그의 손가락이 닿을 때마다 찡그렸다가 실실 웃으며 반대편으로 몸을 돌리는 그녀를 보니 가슴이 따듯해졌다.

보고만 있어도 이렇게 좋은 사람이 옆에 있다니.

"으음……."

도형은 이불을 들추고 그 안으로 들어갔다. 포근한 제 아내의 살 내음이 코끝을 적시고 체온이 그를 안심시켰다.

그는 뒤에서 그녀를 품에 안은 채 배 위에 손을 얹었다.

"으음, 오빠?"

지유가 배 위에 있는 그의 손을 잡더니 무거운 눈꺼풀을 들었다.

"더 자. 왜 깼어?"

"……본능인가 봐. 배 만지니까 잠이 깼어."

"미안. 나는 잘 자라고 배 만져주려고 했는데."

"으…… 맥주 냄새."

"역해?"

"아니, 좋아. 먹고 싶을 만큼."

도형이 팍 인상을 쓰자 지유가 그의 품으로 몸을 돌린 다음 손으로 직접 미간을 펴주었다.

"말만 그렇고 안 마셔. 내가 그럴 리가 없잖아."

"그렇지, 우리 지유. 근데 나 아주 살짝 배 만진 건데 네가 깨니까 신기해. 평소엔 이런 거로는 잠에서 안 깨잖아. 손으로 말고, 입으로 해 줘야 깨는데……."

"도형 오빠!"

지유가 두 볼을 붉히며 꽥 소리를 질렀다. 그러다 집인 걸 깨닫고 두 손으로 입을 막았다. 누가 들었을까 봐 긴장한 눈빛이 귀여워서 도형은 불시에 입을 맞췄다.

"이게 엄마의 본능인가 봐. 대중교통 탈 때도 나도 모르게 팔로 배를 가리게 되고, 이렇게 불시에 접촉할 일이 생기면 자연스레 경계하게 돼. 내가 그러려는 건 아닌데 그렇게 된다? 너무 신기하지?"

"정말?"

"응."

도형은 이번엔 지유의 눈을 마주하며 손을 배로 가져갔다. 큰 손이 그녀의 아랫배를 감싸고 전체를 마사지하듯이 둥글게 문질렀다.

"지금은?"

"오빠인 거 아니까 괜찮아."

지유가 양 입꼬리를 올리며 웃었다.

"오빠."

"응?"

"이브닝드레스는 언제 와?"

"다음 주?"

"아, 떨려. 오빠 보니까 심장이 너무 떨려. 나 결혼식 때 떨려서 넘어지면 어떡해?"

"내가 잡아주면 되지."

"오빠 있는 쪽 말고, 입장하는 쪽 가까이에서 넘어지면 오빠 오기 전에 이미 한차례 웃음거리가 될걸."

지유는 스텝이 꼬일까 봐 걱정이라며 칭얼거렸다. 그녀는 그의 팔 한쪽을 펴게 만든 후 그 위에 머리를 기댔다. 반강제적 팔베개였지만 도형은 그녀를 보며 따스한 웃음을 지을 뿐이었다.

"나 다시 잠들면 팔 알아서 빼. 알겠지?"

"응."

"아침까지 이러고 있으면 안 돼. 사람 머리 무게가 꽤 나간대."

"알겠어. 우리 지유 잠들면, 뺄게."

"응."

지유는 그의 팔에 얼굴을 비비며 스르르 눈을 감았다. 잠들려는 그녀의 머리를 쓰다듬고 머리카락을 만지자 가볍게 눈꼬리를 접더니 슬슬 잠에 취해가는 거 같았다.

"사랑해, 지유야."

아주 오래전부터 지금까지, 그리고 앞으로도 계속 너를 사랑해.

그의 손길은 다정하기 그지없었다. 숨을 쉴 때마다 오르내리는 지유를 한참을 내려다봤다. 어떻게 숨을 쉬는지, 자면서 꿈을 꿀 땐 어떤 표정을 짓는지, 그런 지유를 보다가 앞으로 태어날 우리 아이의 얼굴을 떠올려 보기도 하며 그는 팔이 저릴 때까지 그녀를 보았다.

잠들면 팔 빼라고 했는데.

손님방에서 자야 하는데.

말 잘 듣는 남편이 되고 싶었는데, 이런 사랑스러운 제 여자를 두고 손님방으로 가는 짓은 못하겠다.

제 팔을 베고 잘 자는 지유를 차마 베개 위로 내칠 수가 없었다. 그저 바라보는 것만으로도 좋아서 팔이 저리는 고통 따위는 참을 수 있었다.

"잘 자, 지유야. 방울아. 까까야."

***

한 달 후.

두 사람의 결혼식은 성대하게 이뤄졌다. 간소화하고 싶은 마음은 있었으나, 두 집안의 결혼이기에 양가 부모님의 뜻을 거스를 수 없었다.

지유는 입구에서부터 카메라 세례를 받아야 했다. 후암이노베이션, 후암커뮤니케이션즈, 후암기획 등 후암그룹 임원진이 참석하였고 도형 쪽인 형운그룹 내에서도 임원진이 참석하였다. 두 회사를 놓고 보자면 후암이 더 크긴 하지만, 카메라 세례는 도형 손님 쪽이 더 우세했다.

기업가 임원보다는 도형이 해외에서 인맥을 맺은 스타와 쉽사리 볼 수 없는 유명 포토그래퍼와 갖가지 직업군이 왔기 때문이다.

지유는 신부 대기실에서 얼굴에 경련이 나도록 웃었다. 신부 대기실 문이 열릴 때마다 들리는 소리로 바깥 상황이 얼마나 복잡한지 보지 않아도 알 수 있었다.

후암에서 지유의 가족은 거의 버려진 것과 다름없지만, 그럼에도 이런 큰 잔치에는 주변에 말이 나오지 않게 하기 위해 다들 참석한 것이다.

"지유야. 밖에 사람 엄청 많다."

"어! 지수야~"

"응. 와- 드레스 대박. 재벌가의 드레스란."

"보기에만 이렇지. 이리 와 봐."

지유가 손짓하자 지수는 그녀에게 가까이 다가왔다. 지유는 지수의 귀에 귓속말하였다.

"이거 다 보이기 위한 거야. 1원도 우리한테 안 준다고. 오빠가 욕심만 내면 좋을 텐데, 사람이 욕심이 없어."

"네가 욕심내면 안 돼?"

"내가?"

지유는 곰곰이 생각하다가 왜 이런 생각을 못 했나 싶어 눈이 동그래졌다.

"너 진짜 똑똑하네. 와- 그래! 내가 가져 볼 생각은 왜 못했지? ……근데 그냥 안 할래. 도형 오빠랑 보내는 시간이 줄어들 정도로 일을 많이 하고 싶지 않아. 가족들 보니 행복해 보이지 않더라고."

"넌 그럴 거 같더라."

지수가 알 만하다는 듯 킥킥 웃었다.

"지수야 가지 마."

"왜?"

"중고등학교 동창들도 오긴 했는데, 난 네가 필요해. 네가 있으니까 마음에 위안이 되고 안심이 된다."

지유는 지수의 손을 잡고 고개를 저었다. 가지 마. 여기 너무 삭막해. 지유가 불쌍한 눈빛으로 지수를 보자 그녀는 소파에 핸드백을 내려놓았다.

"안 그래도 도형 오빠가 여기 계속 있어 달라고 했거든. 너 잘 부탁한다고 어젯밤에 문자까지 했더라."

"정말?"

"보여 줄까?"

지수는 백에서 핸드폰을 꺼내 도형에게서 온 문자를 보여 주었다.

[지수 씨, 서도형입니다. 내일 결혼식 때 우리 지유 잘 부탁해요. 국내외 가리지 않고 하객도 많고 기자들도 많이 올 거 같아요. 마음은 지유 옆에 있어 주고 싶지만 그게 어려울 거 같아서 부탁드립니다. 지유 곁에서 너무 떨지 않게 함께해 주세요. 제가 크게 밥, 술 다 사겠습니다.]

도형의 문자에 지유의 눈가에 눈물이 맺혔다. 왜 그런지는 모르겠지만 결혼식이라는 단어만 들어도 눈가에 눈물이 맺혔다.

[그럼 저 남소해 주세요!]

그 밑에 뜬 지수의 답장에 지유는 감동받은 마음이 사라지며 웃음이 나왔다.

[남소?]

[남자 소개요. ……저 친구 지유밖에 없단 말이에요. 우리 지유 데려갔으니 남자 친구를 데려와 주세요.]

지유는 고개를 절레절레 흔들며 밉지 않은 눈으로 지수를 보았다. 쓸데없이 솔직한 자식!

"이 상황에 남소가 뭐야. 크큭. 지수 너도 진짜 대박이야."

"도형 오빠 주변에 괜찮은 사람 많잖아. 오히려 대어를 건질 수 있어!"

"……혼자서도 잘하면서."

"어머~ 지유 결혼 축하해~"

그사이 문이 열리며 카메라와 함께 고모님이 들어오셨다. 지유는 지수의 손을 놓고 일어나 깍듯이 인사했다. 입가에 경련이 일어날 것만 같았다.

그 후로 작은어머니, 작은아버지 등 사촌에 육촌까지 지유에게 와서 축하한다며 인사를 건네고 사진을 찍었다. 일련의 과정을 다 거친 후에 신부 입장 타임이 되었을 때가 되자, 지유는 의자에 거의 드러눕다시피 기대었다.

"두 번은 못 하겠다."

"너 보니까 나는 결혼식은 원빈과 이나영처럼 풀밭에서 하려고. 소소하게."

"그래. 말할 기운도 없다."

지유는 지친 상태로 어깨에 힘을 빼고 축 늘어졌다. 손은 저도 모르게 배로 갔다. 웨딩드레스를 입는다고 배를 살짝 조인 상태라 방울이와 까까가 걱정돼서 자꾸 손이 갔다.

"지유야."

"응."

밖에서 한참 시달리고 온 모양인지 신부 대기실 문을 열고 들어온 재신의 이마에 땀방울이 맺혀 있었다. 사람한테 시달리는 게 제일 힘든 법이지. 거기다 카메라 세례까지 받았으니 여러모로 신경이 예민했을 것이다.

"오빠, 나 떨려. 이제 입장이지?"

"응. 잘할 거야. 잘해, 유지유."

"고마워, 오빠."

재신은 지유의 손을 잡아 두 손으로 감쌌다.

"오빠 동생 해 줘서 고마워. 애 엄마가 돼도 영원히 오빠 동생으로 남아줘."

"고마워, 진짜로. ……아 왜, 눈물 날 거 같지."

"아빠 대신 내가 손잡아줄게."

"진짜?"

지유는 돌아가신 아버지를 대신해서 손을 잡아 주겠다고 하는 재신의 말에 안심이 되었다. 오빠한테 부탁하고 싶었는데 누가 될까 봐 그러지 못했다. 하객이 많다 보니 그게 예의에 어긋나는 경우일까 봐 말도 꺼내지 못했는데.

지유는 재신이 내민 손을 잡고 신부 대기실을 나섰다. 안쪽 통로를 통해 들어가니 연회장 입구였다. 금색과 화려한 문양으로 도배된 고급스러운 문을 앞에 두고 지유는 지그시 눈을 감았다.

"신부 입장!"

사회자의 목소리가 귓가를 둥둥 울렸다.

굳게 닫힌 문이 열리자 눈이 부셨다. 홀 안을 가득 메우고도 앉지 못해 서 있는 하객들도 꽤 되었다. 지유는 연이어 터지는 플래시 세례에 눈도 제대로 못 뜰 거 같았다.

그런데 저 먼 곳에서 제 손을 잡기 위해 기다리고 있는 도형의 다리가 보였다. 제 곁에 굳건히 버티고 서 있을 도형이 보여서 얼른 그곳으로 가고 싶어졌다.

지유는 힘을 내서 재신의 손을 잡고 평생 함께할 도형에게로 서서히 걸음을 옮겼다. 도형에게 가까워질수록 그의 얼굴이 또렷해졌다.

도형은 약간 긴장한 얼굴이었지만, 지유를 향한 무한한 사랑이 묻어났다. 굳이 말로 표현하지 않아도 누가 봐도 사랑에 빠진 남자였다.

"지유 잘 부탁해."

"여기까지 지유 지키느라 고생 많았다. 이제 내가 할게, 형님, 고맙다."

재신의 손을 잡은 지유의 손이 도형의 손으로 옮겨갔다. 도형은 손에 힘을 줘 그녀의 손을 꽉 쥐었다.

도형은 재신에게 반말과 존댓말을 자유자재로 써도 된다는 허락을 받았다. 그러나 도형은 머리로는 존댓말을 해야 한다고 생각하면서도 친구를 대하던 버릇은 버리지 못한 모양이었다.

재신이 내려간 후 두 사람은 단상 앞에 두 손을 잡고 섰다.

"사랑해, 지유야."

"나도."

"조금만 버텨 줘. 식만 끝나면 앞으로 행복한 일만 있을 거야."

그는 그녀의 귓가에 속삭였다. 행복이 넘쳐야 할 결혼식이지만 지유의 얼굴엔 피곤이 누적되어 있었다.

지유는 잡고 있던 그의 손바닥에 작은 공간을 만들어 손가락으로 그의 손바닥을 건드렸다. 도형이 주례사 눈치를 보며 지유를 흘 긋 내려다봤다.

"왜?"

"나 지금도 행복해, 오빠. 지금도, 앞으로도 행복하자 우리."

지유의 말에 도형의 얼굴에는 함박웃음이 걸렸다.

주례사는 신랑이 신부를 너무 사랑해서 눈에서 꿀이 뚝뚝 떨어 진다며 짓궂게 놀렸다. 그런 도형의 표정은 다음 날 포털사이트 연예 1면에 걸렸다.

***

"지유야, 축하해. 늦어서 미안."

"괜찮아요!"

"아까 신부 대기실에 못 가봐서 아쉽더라. 그래도 마지막에 인증샷은 찍었어."

지유는 이브닝드레스로 갈아입고 결혼식의 2부를 위해 내려왔다.

"와- 2부 드레스가 더 예뻐. 지유 씨, 진짜 부럽다."

휘연 대리가 입을 헤 벌리고 지유를 보았다.

"스드메 어디서 했어?"

"아, ……그게."

"저희 주문 제작입니다."

도형이 뒤에서 그에게 말을 건 하객에게 인사를 하고 지유에게 다가오며 손을 잡았다. 그러면서 그들에게 대신 말해 주었다.

이브닝드레스는 레이스 소재로 이루어져 단아하면서도 귀여웠다. 누가 봐도 지유와 찰떡궁합으로 보이는 드레스였다.

본식 드레스보다 특히 지유가 더 마음에 들어 해서 명절 때마다 입겠다고 해서 도형이 고개를 절레절레 저었던 드레스였다.

머메이드 라인이 레이스로 되어 있어서 보완이 필요한 부분은 확실하게 잡아주고, 목 주변엔 비즈가 박혀서 귀여움을 강조했다. 그럼에도 드레스의 격이 떨어지지 않도록 단아함도 살린 드레스였다.

"와 주셔서 감사합니다."

"당연히 와야죠, 작가님~"

"이따 뵙겠습니다."

"네~ 이따 인터뷰 때 봬요."

미희는 화사하게 웃으며 도형에게 악수했다. 지유가 제일 먼저 결혼을 하고, 신혼여행을 가는 대신 인터뷰는 역시 테드와 함께하기로 했다.

"지유 씨 축하해. 까면 깔수록 놀라운 지유 씨."

"감사해요, 편집장님."

"이건 우리가 주는 선물."

미희가 대표로 지유에게 하얀 봉투를 전달했다. 그녀는 디자이

너가 함께 제작해 준 보석이 박힌 작은 클러치백을 열어 봉투를 쏙 넣었다.

"역시 편집장님 센스! 정말 감사합니다."

"참고로 말하지만 우리 부주도 했다. 이건, 방울이랑 까까한테 주는 용돈이야."

"하하. 아직 태어나지도 않았는데 벌써 용돈을 받네요."

지유는 하하 웃으며 클러치백을 닫았다. 도형은 지유의 손을 잡고 다른 테이블 쪽으로 눈짓했다. 여기서 더 지체할 시간이 없었다. 하객들에게 모두 인사하려면 하루가 가도 모자를 테니 각자 중요한 분들께만 하기로 했지만 그럼에도 하루가 꼬박 걸릴 것처럼 많았다.

"그럼, 식사 맛있게 하세요!"

"그래. 지유 씨, 신혼여행 잘 다녀와. 회사에서 봐요."

도형은 지유의 손을 잡고 구석진 테이블에 있는 손님에게 다가갔다.

"와 주셔서 감사합니다."

"선남선녀네요. 결혼 축하드립니다."

인사를 마친 후 도형은 떠들썩한 연회장을 한번 쭉 훑고는 지유의 손을 잡고 구석진 테이블 옆문을 열었다.

"어디 가?"

먼저 나간 도형이 지유의 손목을 잡아 끌어당겼다. 그는 결혼식 내내 힘들었을 지유를 쉽게 해 주고 싶었다.

문이 굳게 닫히자 소음도, 음악도 모두 차단되었다.

"……가자, 지유야."

"어디를?"

"신혼여행. 아니, 어디라도. 너 좀 쉬어야 할 거 같아."

"뭐? ……그럼 하객은?"

"너희 하객은 재신이가 상대한다고 했고, 우리 쪽은 부모님께서 할 거야. 눈치 봐서 먼저 가라고 하시더라고."

"그래도 돼?"

"안 될 건 뭐야? 네가 이렇게 피곤한데."

도형은 지유의 앞에 무릎을 꿇고 상체를 숙였다.

"업어줄게."

"아- 아냐. 괜찮아, 오빠."

"우리 방울이랑 까까 있으니까, 이게 아니지."

도형은 일어나더니 양팔로 지유를 공주 안기로 안았다. 번쩍 안아 들어 신부 대기실로 가는 동안 도형은 지유의 얼굴에서 눈을 떼지 못했다.

그의 입술이 지유의 볼에 가볍게 닿았다 떨어지기 무섭게 이번엔 입술과 이마에 자잘한 키스가 뿌려졌다.

"너무 예쁘다, 우리 지유."

"오빠도 멋져."

"사랑해. ……지유야, 고마워."

"뭐가 고마워~ 나도 사랑해, 우리 도형 오빠."

지유는 두 팔로 도형을 꼭 안았다. 신부 대기실 앞에 선 그가 문을 열고 널찍한 소파에 그녀를 내려놓았다.

"네가 나한테 와 준 게 고맙지. 네 남자로 선택해 줘서 고마워."

도형은 부드럽게 지유의 입술에 입을 맞췄다. 경건한 마음으로 사랑을 담아.

입술을 뗀 그가 엄지로 지유의 입술에 묻은 타액을 닦아 주며 눈을 맞춰왔다.

'사랑해.'

그는 입 모양으로 속삭였다. 지유가 '나도'라고 대답했을 때, 그는 그녀를 와락 안았다.

오랫동안 간직한 마음을 전하고, 감사하게도 그 상대에게 평생 자신과 함께하겠다고 답을 받았다. 도형은 더없이 행복한 남자였다.

외전 1회. 방울이와 까까

눈 깜짝할 새 지유는 두 아이의 엄마가 되어 있었다. 그녀는 새근새근 잠든 재욱과 다연을 다정한 눈빛으로 보았다.

서재욱. 서다연.

두 아이는 그들의 삶을 백팔십도 바꿔 놓았다.

도형을 똑 닮은 재욱과 다연은 벌써 두 살이 되었다. 엄마, 아빠, 까까, 물 등 나름의 간단한 단어로 의사 표현을 하다가도 칭얼대는 게 일과였다.

두 아이는 집 안을 돌아다니며 여기저기 부딪치고, 서로 같이 장난감을 갖고 놀다가 몸에 생채기를 내기도 했다.

"애들 자?"

"응."

"우리 다연이 진짜 천사 같아. 우리 지유 닮아서 그런가 봐."

"재욱이는?"

"재욱이도 뭐. 잘생겼지."

도형은 제 딸을 볼 때와 아들인 재욱을 볼 때 표정이 달라졌다. 아들에게는 조금 엄한 편이었고, 딸에게는 한없이 딸바보 아빠였다.

"자는 모습도 천사야."

도형은 두 아이의 머리맡에 자리를 잡고 위에서 내려다보았다. 손에 든 카메라로 제 아들과 딸을 찍으며 그는 피식 웃었다. 그의 컴퓨터 폴더 안에는 지유 외에도 두 개의 파일이 더 늘었다.

"애들 자는 동안 우리는 티타임을 할까?"

"응. 좋아."

지유는 아이 방문을 닫고 밖으로 나왔다. 거실을 지나 두 사람은 부엌으로 향했다. 지유가 의자에 자연스레 앉자 도형이 머그컵에 물을 적당히 따른 후 전기 오븐에 넣었다.

빵과 쿠키를 직접 구워주기 위해 산 전기 오븐은 두 사람이 커피를 마실 때 물을 뜨겁게 하기 위한 용도로 쓰이고 있었다.

땡.

그는 머그컵 두 개를 꺼내 테이블 위에 올렸다. 지유는 테이블 위에 있는 목재 쟁반 하나를 끌어왔다.

"오빠는 커피, 나는 차."

각자 선호하는 티백을 넣어 우려냈다. 도형의 잔에는 아메리카노가, 지유의 잔에는 재스민 차가 들어 있었다.

"내일이 벌써 출근이라니. ……주말은 왜 이렇게 빨리 가는 걸까?"

"그러게."

"어머님, 아버님 안 계셨으면 난 복직도 못 했을 거야."

지유는 출산, 육아 휴직을 동시에 썼다. 조금 눈치 보이긴 했지만, 부서 식구들이 그녀의 편의를 잘 봐주었다. 줄줄이 결혼할 예정이라 대신 셋째는 천천히 가져야 한다고 신신당부를 하긴 했다.

다음 차례는 미희 편집장님 또는 휘연 대리가 될 테니까,

두 팀은 결혼 후 몰골이 핼쑥해질 정도로 경쟁을 하더니, 미희 편집장님이 먼저 임신에 성공하셨다. 고로, 지금은 미희 편집장님이 휴가셨고 편집장님이 돌아오는 시기엔 임신 3개월 차인 휘연 대리가 휴직계를 낼 차례였다.

커피를 마시던 도형이 지유의 작은 손을 살며시 잡았다.

"지유 넌 어떻게 애를 낳아도 이렇게 예쁘냐."

다정한 음성이 그녀의 귓가에 닿았다. 지유는 저도 모르게 부끄러워 손으로 귀를 문질렀다.

"주름 하나 없고, 몸매도 다 돌아오고. 주변 엄마들이 너 보면 신기해하겠다."

"아니야. 신기하긴."

"그럴 거 같은데?"

도형의 말은 지유를 춤추게 했다. 그녀는 기쁜 나머지 일어나서 냉장고 문을 열었다. 거기서 재료들을 쓱 훑으며 도형에게 물었다.

"스파게티 해 줄까? 오빠, 먹고 싶은 거 있어?"

"음. ……진짜 먹고 싶은 게 있긴 한데."

"뭔데?"

지유는 냉장고 문을 반만 닫고 옆으로 고개를 돌려 의자에 앉은 도형을 보았다. 표정이 능글맞게 변하는 것이 심상치 않은 느낌이었다.

"너."

"……!"

"난 항상 네가 고파, 유지유."

그는 한쪽 손에 턱을 괸 채로 그녀를 내려다보았다. 그와 눈빛이 마주치자 지유는 허둥지둥하며 부산을 떨었다. 그러다 냉장고 문이 닫혔다. 도형은 느긋하게 일어나 냉장고 문 앞에 있는 지유에게 다가갔다.

지유가 냉장고 앞에 선 순간 도형이 지유 양쪽으로 손을 짚어 결박했다.

"오, 오빠?"

"그래. 오빠 얼마나 듣기 좋아. 재욱 아빠, 다연 아빠보다 훨씬 낫네."

"이러다 애들 깨~"

"안 깨. 네가 소리만 안 내면."

그는 슬며시 그녀의 배 위에 손을 얹었다. 부드러운 살결을 손으로 쓸며 그가 다정하게 물어왔다.

"지유, 배고파?"

"아니. 입이 심심한 정도?"

그녀의 말에 도형은 다시 입꼬리를 올렸다.

"나도 입이 심심하던 차였는데, 잘됐네."

그는 말을 마친 후, 그녀에게 입술을 부딪쳤다.

'그 뜻이 아니잖아!'

지유가 웅얼대는 말은 그의 입 속에 갇혀 밖으로 새어 나오지 못했다. 도형은 지유에게 입술이 닿는 순간 심장박동이 빨라짐을 느꼈다. 어쩌다 한 번에 애를 둘 낳긴 했지만, 그에게 지유는 여전히 그를 미치게 하는 여자였다.

보기만 해도 만지고 싶고, 옆에 오면 안고 싶고, 제 밑에 눕혀 놓고 마음껏 취하고 싶은 사람.

결혼하면 언제든지 마음껏 그녀를 사랑해 줄 수 있을 줄 알았는데, 아이가 태어나니까 그마저도 쉽지 않았다.

아무래도 아이가 있는 곳에서 행위를 할 순 없었으니까.

이렇게 아이들이 낮잠을 자는 시간이 그에겐 꿀맛 같은 시간이었다.

"오빠…… 으!"

지유는 냉장고에 등을 댄 채로 제 몸을 타고 내려가는 도형의 머리에 손을 찔러 넣었다. 옷을 들치고 그 안으로 들어간 그가 그녀의 몸에 키스를 뿌렸다.

제게 다정하게 말하던 입술은 살갗에 닿자 짐승처럼 변했다. 그녀를 극한으로 몰고 가기 위해 쉬지 않고 그녀의 여린 살을 공략했고, 손으로도 그녀를 절정으로 이끌었다.

"……아!"

지유가 두 무릎을 붙이며 숨을 헐떡이자, 도형은 만족스럽게 웃으며 손등으로 입술을 닦았다. 그 섹시한 모습에 지유는 저도 모르

게 그를 꽉 안으며 발끝을 최대한 세워 도형의 입술에 제 입술을
가져갔다.

"지……!"

그녀는 그가 제게 한 대로 그의 입술을 쪽쪽 빨고 그의 입 안을
깊이 탐험했다. 촉촉한 그의 혀와 만나자 온몸에 전율이 흘렀다.
그는 그녀가 하는 대로 따라가는 듯하더니 결국 주도권을 다시 가
져갔다.

그는 그녀의 턱을 잡은 후 옆으로 고개를 틀고 더 깊숙이 그녀
의 입술을 갈취했다. 그녀의 몸 구석구석까지 다 입술로 제 자국을
낸 후에야 그는 입술을 뗐다.

지유의 머리카락에는 땀이 배어 있었다. 볼과 눈가 주변이 발갛
게 물든 그녀는 섹시하다 못해 관능적이었다.

그는 지유의 다리 하나를 들어 제 허리에 감았다. 뭉근하게 몸
을 비비던 그가 그대로 그녀에게 제 몸을 겹쳤다.

"……아."

지유와 도형의 입에 탄성이 새어 나왔다.

"……오빠, 소리."

입에서 나는 소리는 손등으로 막고, 도형의 옷깃을 쥐고 이를
그의 어깨에 박으며 참아낼 수 있었다. 그러나 쿵쿵, 등이 냉장고
에 닿을 때마다 나는 소리는 지유가 조절할 수 있는 영역이 아니
었다.

도형은 그녀의 두 다리를 제 허리에 감게 한 후 번쩍 들었다. 그
대로 소파에 내려놓고 다시 그녀의 위로 몸을 겹쳤다.

"······으음."

지유는 그가 다시 키스해 오자 두 팔로 그의 목을 감았다. 그의 입술이 턱에서 더 아래로 내려와 거센 입심으로 그녀의 살결을 빨고 다시 위로 올라가 입술 주변에 키스했다. 그러면서도 그는 행위를 멈추지 않고, 그대로 이어갔다.

"······소파 소리."

끼익, 끼이익.

이번엔 소파가 움직이면서 끼익, 끼이익- 긁히는 소리가 들렸다. 도형은 그런 지유의 두 귀를 두 손으로 막아 주었다.

"듣지 마, 나한테 집중해."

그는 그녀가 보는 앞에서 겹친 몸을 떼어낸 후, 소파 아래로 내려갔다. 그녀의 다리를 바짝 당긴 그가 다시 입술을 가져갔다.

"······아. 거기는!"

지유가 손으로 눈을 가렸다. 그 이후는 생각할 겨를이 없었다. 그의 말대로 끼익, 끼이익 소리가 거슬리지 않을 정도로 그에게 매달렸다.

도형은 침대로 지유를 데려간 후 팔베개를 해 주었다. 새근새근 잠든 그녀를 보고 있으니 기분이 너무 좋아서 웃음이 자꾸 나왔다.

제 아내는 왜 이렇게 사랑스러운 걸까.

방울이와 까까가 그녀의 배 속에 있을 때가 바로 엊그제 같은데.

"으음······."

지유가 뒤척이며 그의 몸에 다리와 팔을 올렸다. 그는 그녀의 허리를 감싸 제게로 더 꽉 붙였다.

"으으응~"

잠귀가 밝은 도형은 옅은 아이의 칭얼거림을 듣고 아쉽지만 지유의 팔과 다리를 떼어 냈다. 조금 더 안고 싶었는데.

피곤으로 꿀맛 같은 낮잠이 든 지유를 위해 도형은 안방을 나와 아이들의 방으로 들어갔다. 잠에서 먼저 깬 재욱이 눈을 비비며 이불 위에 앉아 있었고, 다연이 칭얼거리며 이불을 발로 차고 있었다.

"재욱이, 다연이 깼어?"

"물! 물 주세요."

다연보다 말이 한참 빠른 재욱은 어색한 발음이지만 그에게 의사 표현을 했다. 주말엔 따로 진주댁 아주머니가 오지 않기 때문에 그들이 직접 모든 것을 해야 했다.

"다연이 잠깐 보고 있어. 물 갖다줄게."

도형은 부엌으로 가서 아이의 물컵에 물을 따라서 다시 방으로 들어왔다. 그의 손에는 재욱과 다연의 컵이 들려 있었다.

"다연이는?"

그의 질문에 재욱이 손으로 제 동생을 가리켰다.

쌍둥이이긴 하지만, 재욱이 조금 더 빨랐다. 학년은 같겠지만 말이다.

"으으응~ 흑흑!"

훌쩍거리는 소리가 들리나 싶더니, 아니나 다를까 다연의 입이 크게 벌어지고 있었다. 조금 있으면 방 안이 떠나갈 정도로 울 것이다. 그는 아이에게서 울음이 터지기 전에 다연을 제 품에 안았다.

"우리, 다연이- 자장, 자장. 조금만 더 자자. 응? 엄마 이제 잠들었단 말이야."

평일에도 일하고, 주말에도 아이 돌보느라 쉬지도 못하고, 거기다 이 아빠의 체력까지 받아 줘야 해서 너희 엄마는 지금 체력이 바닥이거든.

그는 자세한 설명은 생략하며 아이를 토닥였다.

그의 종아리를 꽉 안은 재욱이 위를 올려다보며 부럽다는 표정을 지었다. 울먹거리는 표정으로 바뀌고 있는 재욱을 보며 그는 이로 입술을 물며 미간을 좁혔다.

"서재욱."

"……흐흑."

"남자는 우는 거 아니야."

"흐…… 훌쩍."

콧물을 킁 들이마시며 훌쩍이는 재욱이 귀여워 그가 더 엄한 표정을 지었다. 그랬더니 딸꾹질을 하며 울음을 참는 게 보였다.

그는 뚝 그친 재욱을 번쩍 안았다. 양팔에 두 아이를 안은 채로 그는 거실로 나와 몸으로 놀아 주었다.

서서히 잠에 깬 다연도 재욱도 그가 번쩍 들어 돌려주고, 덮는 이불 위에 두 아이를 올려놓고 온 거실을 헤집고 다니자 까르르 웃었다.

그들의 집 안엔 아이들의 웃음소리로 가득했다.

딩동, 딩동.

"삼쫀! 삼쫀!"

다연이 쪼르르 달려가 초인종 쪽을 보며 손으로 가리켰다. 거기엔 재신의 얼굴이 찍혀 있었다. 도형은 버튼 하나를 눌러 문을 열어주었다.

재신은 신발을 벗고 들어가자마자 다연을 번쩍 들었다. 하늘에 높이 띄우고 빙글빙글 돌자 다연은 까르르 웃으며 삼촌에게 안겼다.

"쫀! 삼! 쫀!"

다연이 부정확한 발음으로 삼촌을 부르며 볼에 뽀뽀하자, 재신의 입가에도 미소가 번졌다. 그는 다연을 내려놓고 문밖으로 나와 양손 가득 다연과 재욱의 선물을 들고 들어왔다.

"오빠! 뭘 이렇게 많이 샀어?"

"안 많아. 과대 포장이라 부피가 커서 그렇지 알맹이는 작아."

"알맹이가 작긴! 우리 애들 방에 오빠가 주말마다 사 온 선물로 가득하다니까."

지유는 허리에 손을 올리고 엄한 표정을 지었다. 그러나 재신은 어깨를 으쓱하며 이번에는 재욱에게 다가갔다.

"재욱이 키 더 컸네. 주마다 쑥쑥 큰다."

"고……맙습니……다."

"네가 아빠를 쏙 빼닮았네. 우리 재욱이 주려고 액체 괴물 사 왔지~ 이따가 삼촌이 놀아줄게."

"네!"

재욱 또한 재신을 너무 좋아했다. 적어도 이 주에 한 번은 이곳에 오는 삼촌은 두 남매를 무척이나 잘 놀아줘서 아이들은 재신을 매번 기다렸다.

"새언니는?"

"친정 갔어. 좀 쉬고 온대."

"오빠도 같이 갔어야 하는 거 아니야?"

"으음…… 아니야. 우리 조카, 한 번 안아보자."

시스터 콤플렉스가 조카 바보로 변하면서 재신은 재욱과 다연을 안아서 번쩍 올렸다가 내리며 사서 고생을 했다.

"도형인 살이 좀 더 빠졌네."

"어. 밤에 잠을 못 잤더니."

도형의 말에 지유의 볼이 빨갛게 익었다. 재신은 그 모습을 보다가 미간을 좁히며 팔꿈치로 도형을 밀었다.

"왜."

"……작작 좀 해라. 작작 좀!"

"뭘 해. 밤에 애 보느라 못 자는 건데."

"아닌 거 같은데."

지유는 손으로 부채질을 하며 볼을 식혔다.

"너희 그러다 셋째 생기면 어쩌려고."

"으악. 오빠, 제발…… 말이 씨가 된다고. 쉿!"

"알겠어. 애 묶으라고 닦달 좀 해."

"안 그래도 같이 병원 가기로 했어."

지유가 밝게 웃으며 말하자 장난기를 머금고 있던 재신의 얼굴에 핏기가 가셨다.

"뭐? 서도형 정말? 씨를 말리기로 작정한 거야?"

"그렇게 말하니까 고자 되는 거 같잖아. 피임의 기법의 하나라고."

"⋯⋯그래."

재신은 딱한 표정으로 도형의 다리 사이를 응시했다.

"그거 해도 문제는 없대?"

"⋯⋯어."

"정력이 떨어지거나 그런 것도 아니고?"

"오빠! 아~무 문제없대. 도형 오빠 내가 어떻게 설득했는데, 들쑤시지 마. 가뜩이나 우리 여보가 무서워하고 있는데."

"그게 진짜 남자로서 큰 결심을 해야 하는 거거든. 도형이가 너 많이 사랑하나 보다. 직접 자기가 씨 말리려는 걸 보면."

재신의 직설적인 표현에 도형의 미간이 좁혀졌다. 그의 적나라한 표현 때문에 묶자고 결심했던 마음이 흔들리고 있었다.

남자로서 지키고 싶은 내 소중한 곳인데.

"커피?"

"응. 나 그럼 애들 잠깐 놀아주고 올게."

재신은 본인이 사 온 장난감을 들고 거실로 갔다. 거기에 액체 괴물과 악기 소리가 나는 장난감을 풀어 놓고 사용하는 방법을 알려주었다.

장난감 삼촌답게 기발하게 놀아주는 그 모습을 보며 도형은 뿌듯한 미소를 지었다. 주말마다 오는 아주 반가운 손님.

그는 재신이 오기 전에 항상 장난감 배터리를 체크하곤 한다. 재신이 놀아줄 때 배터리가 닳아 있으면 재욱이랑 다연이가 배터리를 가는 시간을 참지 못하고 드러누워 떼를 쓰기 때문이다.

"우리 오빠도 얼른 아이가 생겨야 할 텐데."

"생기겠지."

"그렇지? 아이를 저렇게 좋아하는데, 우리가 아니라 오빠네가 서너 명 낳아야 해. 새언니는 힘들겠다."

"······나 병원 꼭 가야겠지?"

지유가 가자미눈을 뜨고 도형을 찌릿 째려봤다.

"알았어. 갈게. 내가 해야지. 우리 지유 몸에 부작용 일어나느니, 내가 하는 게 나."

도형은 커피포트를 들고 머그컵에 물을 붓고 있는 지유를 뒤에서 안았다. 그러곤 그녀의 손에 든 커피포트를 넘겨받아 백허그를 한 채로 대신 물을 부어 주었다.

"무거워. 내가 할게."

"안 무거워. 나 이제 재욱이랑 다연이 번쩍 든다니까."

"일어날 때 힘들어서 윽- 소리 내면서."

"순간적으로 힘을 주기 위해 기합을 넣는 거지. 커피포트 무게 정도는 괜찮아."

"이런 건 내가 할게. 무겁고, 뜨거워."

그는 그녀를 의자에 앉혔다.

"잠깐 쉬어. 재신이가 애들 놀아줄 동안. 커피는 연하게?"

"응! 연하게!"

지유는 의자에 앉아 커피 석 잔을 타고 있는 도형을 응시했다. 꼭 안아주고 싶을 정도로 넓은 등이 보였다. 그녀는 턱을 괴고 제 남편을 감상했다.

애랑 같이 나가지 않으면 아직도 오빠 소리 듣는 남편.

레이의 말에 의하면 아직도 스튜디오에서 촬영 후에 그에게 번호를 묻는 배우, 가수가 꽤 있다고 하였다.

여기저기 프로그램 섭외는 물론이고, 비밀 파티에도 종종 초대된다고 했다. 눈치 없는 레이는 도형의 사생활을 제게 너무 잘 전달해 줘서 탈이었다.

"나 왜 등이 간지럽지?"

도형이 머그컵 두 잔을 먼저 양손에 들고 테이블로 왔다.

"내가 째려보고 있었어."

"왜? 나 묶는다니까. 다다음 주에 병원 예약했잖아. 그날 일도 뺐어."

"그래서 째려본 거 아니야."

"그럼?"

도형이 재신의 몫으로 타 둔 커피 하나를 들고 테이블 위에 올려뒀다.

"잘생겨서. ……애가 둘이나 있는 데도 아저씨 티가 하나도 안 나잖아. 억울해."

도형은 앉아 있는 지유를 저를 보도록 두 볼을 잡고 턱을 올렸다. 말똥말똥한 눈이 그를 오롯이 바라보고 있었다.

"우리 지유도 티 안 나. 예뻐 죽겠어."

쪽.

갑작스러운 입맞춤에 지유의 눈동자가 갈 곳을 잃고 서성였다. 좌우로 살핀 그녀가 거실 쪽을 보았을 때 재신이 못 볼 것을 봤다는 듯 두 사람을 째려보고 있었다.

"둘이서 놀고 있어~ 삼촌은 재욱이 아빠랑 다연이 엄마랑 커피 한잔하고 올게."

재신은 두 아이의 손을 잡고 사정을 설명했다. 그러나 두 아이는 삼촌의 손을 놓지 않았다.

"재우기 엄마, 도여니 아-빠."

"도여니 아빠야."

딸 바보인 도형은 다연이의 아빠이고, 아들에게 엄한 게 안쓰러워 재욱을 안아주다 보니 지유는 재욱의 엄마가 되어 있었다.

두 아이의 발상에 지유는 콧잔등을 찌푸렸다.

"내가 다연이랑 더 놀아줘야겠네."

"지유야. 애들이 손을 안 놔!"

재신이 거실에서 지유를 찾았다. 그녀는 도형에게 싱긋 웃어 주고는 거실로 나갔다. 그녀가 나오자 두 아이는 언제 재신에게 매달렸냐는 듯 지유의 앞으로 걸어와 엄마 손을 잡았다.

재신은 그 틈으로 부엌으로 빠르게 들어갔다.

***

"지유, 서툴 줄 알았는데 애 잘 키우네."

"응."

"걱정했는데 몸도 마음도 건강해 보여서 다행이야. 앞으로도 지유 잘 챙겨줘."

"당연하지."

"그리고 제발 내가 보는 앞에선 애정 표현 좀 자제해."

"……형님께서 주말마다 오시니까 보는 거죠. 저녁 출입은 자제해 주시죠."

재신은 가끔 밤에 애들 생각나서 쌀과자를 샀다며 늦은 밤에 오기도 하고, 자고 있는데 문자로 애들 사진 좀 보내 달라고 하기도 했었다.

재욱이랑 다연이가 아른거려서 잠이 안 온다고.

"처남댁이랑 싸웠어?"

"……아니."

"근데 왜 이 시간에 여길 와? 같이 있기도 아까운 주말에."

"쫓겨났어."

"왜?"

재신은 그가 타 준 커피를 마시더니 후- 한숨을 깊게 쉬었다.

"평일엔 피곤하니까 하지 말자는 거야. 주말에만 하재. 후배 찾아가서 TG 전자 일 좀 줄이라고 발칵 뒤집을까 고민하고 있어. 야근 수당 주는 건 고마운데, 그거 안 줘도 되니까 일 좀 줄여 주면 좋겠다."

"……그만두라곤 못 할 거잖아."

"체력도 안 되는 애가 그거 다 소화하려니까 몸이 남질 않지. 아직 우린 신혼인데 평일에 손도 대지 않는 게 되냐. 보기만 해도 몸이 달아오르는데."

"나한텐 작작하라고 하더니."

"……네가 부럽다."

재신은 정말 부럽다는 표정으로 도형을 보았다.

"횟수에 대한 합의를 보지 못해서 지금 냉전 상태야. 물론 이따 밤이면 또 한 수 접고 들어가겠지만……."

"도대체 평일에 처남이 얼마나 혹사하면, 처남댁이 그래?"

"해 보고 잔 적도 있긴 한데. 지금은 그렇지 않다고. ……그냥 적당히 두세 번만."

도형은 적당히의 기준이 너무 주관적이라 판단할 순 없지만, 몸이 달아오른 재신은 쉬지도 않고 처남댁을 덮친 모양이었다.

아무래도 처남댁이 대기업을 다니다 보니 일이 많긴 할 것이다. 야근도 자주 하는 거 같았고. 그것만으로도 피곤한데, 가끔은 쉬고 싶은 순간도 있을 텐데, 재신은 그걸 들어줄 사람이 아니었다.

"임신해도 막달까지 일하겠대. 거기서 화가 났어."

"왜?"

"몸 생각을 전혀 안 하잖아. 지유 보니까 막달에 숨도 제대로 못 쉬고, 밤에 자다가 다리 쥐 나고 숨이 갑자기 막혀서 죽을 거 같다고 울고 그랬다며. 그런 몸으로 야근을 어떻게 해. 회사가 아무리 좋아도 그렇지."

재신은 민지에게 너무 서운했다.

섹스의 횟수보다 중요한 건 그녀가 자신의 몸을 잘 챙기는 거였다. 일도 몸이 이겨낼 수 있을 정도로만 눈치 봐 가며 적당히 하길 바랐다. 집에 오면 지쳐서 침대에 드러누워 한두 시간은 잠부터 자고 일어나 씻는 패턴을 보면 가슴이 너무 아팠다.

그렇다고 일을 좋아하는 그녀에게 그만두라고 할 수도 없고.

"처남댁은 어떤 생각을 하고 있어?"

"다 잘할 수 있대. 미리 일어나지도 않은 일로 걱정하지 말라고, 자기 몸은 자기가 잘 안다고. 에휴. 우리 민지 얘기하다 보니까, 보고 싶네. 가서 싹싹 빌어야겠다."

"응. 그래라. 네가 잘못했네."

"야. 너라도 내 편 들어 줘야 하는 거 아니야?"

"그러니까 작작 좀 하라고."

"허……."

도형은 그가 제게 해 준 말을 고대로 돌려주며 그를 따라 거실로 나왔다. 문 앞까지 나가자 지유와 놀고 있던 두 남매가 쪼르르 재신의 앞으로 달려왔다.

"가지 마, 삼촌."

"숙모가 삼촌 기다리고 있어서 데리러 가야 해. 지금 안 가면 삼촌 여기 다신 못 와. 다음번엔 숙모도 데리고 올게."

"응."

"싫어. 싫어."

재욱은 첫째답게 조숙한 면이 있었다. '된다'와 '안 된다'의 구분을 정확히 할 줄 아는 아이였다. 그래서 가끔 재욱이 떼를 쓰면 꼭 말을 해 줘야 할 거 같은 느낌이 들었다.

그에 반해 다연은 제 뜻을 들어주지 않으면 한참을 골을 내곤 했다. 지유는 다연을 안아 들고 재신에게 나가라는 손짓을 보냈다.

재신은 나가기는커녕 오히려 지유에게 가까워졌다.

"여기, 비타민 사탕. 다연이 두 개 다 먹어."

재신은 다연에게 비타민 사탕 두 개를 주었다. 재신이 사탕을 손수 까서 입 안에 넣어주자 다연은 까르르 웃으며 지유의 품에서 내려와 제 아빠에게 달려가 안겼다.

그는 다연이 간 걸 보고 현관에 앉아 재욱에게도 비타민 두 개를 주었다.

"쉿. 다연이한텐 비밀."

"그런다고 비밀이 지켜져? 재욱아, 엄마가 까줄게."

지유는 비타민 두 개를 다 깐 후 재욱에게 주었다. 재욱은 비타민을 보고 잠시 고민하더니 한 개만 입에 넣고 하나는 다연을 안고 있는 아빠에게 갔다.

"아빠. 아빠."

"응? 우리 재욱이 왜?"

"다연이 거."

제 손에 든 비타민을 보여 주며 아빠에게 주자, 도형은 오히려 재욱의 머리를 쓰다듬어 주었다.

"다연아. 오빠가 다연이 비타민 준다는데, 다연인 여기 한 개 더 있으니까 저건 오빠 주자. 알았지?"

"으응! 까, 까주."

눈앞에 있는 비타민만 봤지, 아래에 재욱이 가진 비타민은 못 본 게 틀림없었다.

"그건 재욱이 먹어. 우리 재욱이 동생 잘 챙기고 멋있네. 지금 말고 나중에 더 크면 그때 챙겨줘."

재욱은 아빠의 말이라면 무조건 끄덕였다.

"재욱이 나의 핏줄인가. 내가 보인다."

"……안 돼. 우리 다연인 남자 친구 여럿 만나게 할 거야."

"재욱이가 그거 못 볼 거 같은데?"

재신의 농담에 지유는 절대 안 된다고 고개를 저으며 자연스레 도형을 응시했다.

"도형 오빠가 마지막 사람이라 좋은데, 굳이 첫 번째 사람일 필요까지 있었나. 연애는 자고로 많이……."

그러자 아이에게 있던 도형의 시선이 지유에게 향했다. 무언의 압박에 그녀는 입꼬리를 위로 늘어뜨렸다.

"첫 번째이자 마지막이어서 아쉬워?"

지유는 아쉬운 표정을 지었다가 도형이 방긋 웃으며 두 아이를 다 안아 올리자 바로 생각을 고쳐먹었다.

"아니야. 오빠, 도형 오빠가 첫 번째여서 더 행복해. ……다른 사람 만났어도 결국 기억에 남는 남자는 서도형 하나였을 거야."

"여기 못 있겠다. 나는 가야겠어. 너희 두 사람의 인연은 나로부터 시작된 거니까, 다 나한테 고마워해. 오빠 간다. 우리 재욱이랑 다연이도 잘 있고."

고개를 절레절레 흔들던 그녀가 나가려는 재신을 잡았다.

"아차차- 오빠, 새언니한테 김치 좀 전해 줘. 잠깐만."

지유는 김치냉장고에서 김치 한 통을 꺼내 와 재신에게 주었다. 새언니는 특히 지유가 담근 김치를 무척 좋아했었다.

재신은 고맙다며 부리나케 밖으로 나갔다. 바로 나가면 아이들이 우니까, 울지 않게 나가느라고 시간이 많이 지체됐다.

***

저녁 시간은 바쁘게 지나갔다.

누 아이의 저녁을 먹이고, 도형과 지유도 밥을 먹었다.

"나 가위 낼 거야."

"응."

지유는 승부사처럼 비장한 표정으로 말했다. 다 먹은 설거지를 할 것이냐, 아이들의 목욕을 시킬 것이냐. 지유는 설거지를 선택하려고 했다.

"가위 바위 보!"

"……가위 낸다며."

"으아아악!"

지유는 주먹을 냈고, 그녀에게 져주려 했는지 도형인 보자기를 냈다. 어쨌든 승리는 도형이었다.

"목욕시키고 올게. 애들 물기는 오빠가 닦아줘."

"됐어. 거실에서 쉬고 있어. 이따 애들 자고 나면 설거지하면 되고, 소파에서 쉬다가 애들 옷만 입혀줘."

"아니야. 괜찮아."

"평일에 못 해 주니까 주말에라도 해 주게."

도형이 욕조에 물을 받기 위해 욕실로 가는 순간, 그녀는 그를 와락 안았다.

"내 처음이자 마지막 남자 서도형."

"응."

그는 자잘한 웃음을 던지며 제 허리를 감은 그녀의 손을 풀고 다시 뒤를 돌았다.

"이러니 내가 더 사랑하지."

그녀는 발끝을 세우고 입술을 앞으로 내밀었다. 그러자 도형이 엄지로 그녀의 입술을 찍고 제 입술에 댔다.

"지금 입술 닿으면, 애들 못 씻겨."

"왜?"

"너부터 씻게 될 테니까."

그의 말에 지유가 까르르 웃으며 그의 팔을 손바닥으로 탁탁 치며 부끄러워했다. 그런 그녀의 이마에 쪽 가볍게 키스를 한 후, 그는 바로 욕실로 들어갔다.

지유는 도형이 애들을 씻기는 동안 욕실에 들어와 세 사람을 구경했다. 다 벗은 도형이 욕조에 두 아이와 함께 들어가 물장구를 치고, 비눗방울을 불고, 소꿉놀이하는 모습을 보니 뿌듯한 기분이 들었다.

"근데, 오빠."

"왜?"

"내년부터는 재욱인 오빠가 씻기고, 다연인 나랑 씻어야겠어."

그는 그녀의 말에 왜 그래야 하냐는 표정을 지어 보였다. 그 모습이 꼭 세상 억울하단 표정이라 지유는 크게 웃었다.

"내년쯤 되면 애들이 성에 관심이 생긴대. 다연이가 오빠 거기 보고 만지고 장난칠까 봐 겁나. 내가 우리 다연이 다 사랑하는데- 그건 못 보겠어. 내 딸이지만 안 돼."

"지금 소유욕 주장하는 거야?"

"……그런 게 아니라!"

도형은 자신이 그와 다연의 사이를 질투해서 그런 거라 판단한 모양이었다. 장난기 가득한 표정으로 도형을 품에 안아 얼굴 주변에 쪽쪽 입을 맞추는 걸 보며 그녀는 고개를 절레절레 저었다.

그게 아니라…… 애가 내년이면 세 살이라 자신과 몸이 다르면 궁금해하고 만지고 막 그런다니까.

"알겠어. 네 말 들어야지 뭐. 올해까진 되지?"

"응. 올해까진."

"이제 다연이는 내 담당."

"……정말?"

"평일에도 노력해 봐야지. 그런 의미로, 목욕은 내 담당."

"하하하. 그럼 나랑 이모님은 애들 나오면 한 명씩 맡아서 물기 닦고 로션 바르고 옷 입히면 되겠네?"

"응."

듣기만 해도 기쁜 말이라 지유는 그들을 보고 있는 내내 웃음이 멈추질 않았다. 형제가 없던 도형은 두 아이를 낳은 그녀가 정말 자랑스러운지 시시때때로 '장하다'라는 표현을 하곤 했다.

재신도, 도형도 아이를 얼마나 예뻐하는지, 저러다 침 냄새 배겠다 싶을 정도로 머리부터 발끝까지 살이 보이는 곳마다 뽀뽀해댄다.

"오빠."

"응?"

"재욱이랑 다연이가 오빠 뽀뽀를 거부하는 날이 오면 어떨 거 같아?"

"……뭐?"

그가 참혹한 표정을 지으며 서서히 얼굴이 굳어졌다.

"오빠 지금, 나라를 잃어 비통한 표정이야."

"내 마음이 그래."

"결혼할 때 어떻게 하려고?"

"……상상만 해도 싫으니까 말도 꺼내지 마."

도형이 딱 잘라 정색하며 두 아이를 품에 안았다. 저렇게 좋을까. 애 없었으면 어쩔 뻔했어.

애가 태어나면 자연스레 부부 사이의 관계가 소홀해진다는데, 그녀는 아이를 낳고 도형이 더 좋아졌다.

도형은 아이가 있으나 없으나 아직은 제게 콩깍지가 쓰인 상태이고.

"이제 애들 한 명씩 내보낼 테니까, 준비해 줘."

"응. 3분만. 로션하고 입을 옷 다 꺼내 놓고 기다릴게."

지유는 물에 젖지 않으려고 상체를 숙여 도형에게 뽀뽀를 하고 욕실 밖으로 나갔다. 그녀는 욕실과 제일 가까운 안방에서 두 아이의 잠옷과 기저귀, 로션과 오일을 꺼냈다.

"오빠, 준비됐어!"

"재욱이도 이제 나가."

샤워기 소리가 들리더니 문이 열리고, 재욱이 나왔다. 그녀는 큰 수건으로 재욱을 감싸 안아 안방으로 데려갔다. 로션과 오일을 온 몸에 바르고 기저귀와 옷을 입히자, 어떻게 알았는지 바로 또 도형의 목소리가 들렸다.

"우리 공주님 나간다~"

지유는 재욱이 나왔을 때처럼 큰 수건을 갖고 아이를 감쌌다.

"엄마~ 엄마!"

두 아이를 모두 옷을 입히자 지유의 기력이 쇠했나. 안방 바닥을 보니 물기를 닦는다고 했는데도 목욕한 티가 났다.

머리를 말리지도 않고 두 아이는 온 집 안을 뛰어다녔다. 정신 없는 와중이었지만 지유는 말끔히 안방을 청소했다.

얼마 지나지 않아, 도형의 목소리가 다시 들렸다.

"지유 들어와."

욕실 안에서 들리는 소리에 지유는 고개를 절레절레 저었다.

"……못살아 정말."

이번엔 그녀를 씻길 차례라고 하더니.

그녀는 한시도 눈을 뗄 수 없는 아이들을 눈으로 좇으며 함박웃음을 지었다.

***

밤 10시. 드디어 하루가 다 지났다.

"매일이 전쟁 같아. 자고 일어나면 아침이고, 애들하고 보내다 보면 밤이야."

"그러게. 벌써 밤이야."

도형은 지유와 이불을 덮은 채로 마주 보게 누웠다. 정확히는 도형이 조금 더 위에 있었고, 지유는 그의 가슴께에 얼굴을 대고 고개를 뒤로 젖힌 상태였다.

"오늘 힘들었지?"

"아니. 하나도 안 힘들었어."

"내가 주물러 줄까?"

지유는 묻는 것과 동시에 도형을 밀었다. 그가 엎드려 눕자 지유는 그의 허리 위에 올라가 작은 손으로 어깨를 주물렀다.

"시원해?"

"응. ……좋아."

"정말?"

그녀는 팔꿈치로 그의 척추를 따라 옆을 누르기도 하고 주먹으로 쓸어내렸다.

"……윽."

"왜? 아파?"

"너 악력이 너무 세졌어."

지유는 손에 힘을 풀었다. 두 아이를 키우다 보니 손의 힘이 날로 세지고, 팔 힘도 세지고 있었다. 예전엔 못 들었던 무게도 이제는 거뜬하게 들고 있었다.

"이제 내 차례."

"······꺄아아!"

순식간에 제 아래에 그녀를 눕히고, 그는 그녀의 잠옷 단추를 풀려고 했다.

"마사지하는데 잠옷은 왜 벗겨?"

"왜 벗기긴, 우리 지유 예뻐해 주려고 하는 거지."

그는 마사지를 해 준다는 핑계로 그녀의 몸을 만졌다. 부드럽게 쓸어내린 그의 손이 닿는 곳마다 욕망의 감각이 깨어나는 듯했다.

그녀는 작게 신음을 터뜨리며 도형을 와락 안았다.

"······얼른, 오빠."

그녀의 말이 신호탄이 되어 도형은 이성의 끈을 놓았다. 지유가 너무 힘들어하지 않게, 재신이 했던 말도 있으니······ 그는 오늘은 꼭 한 번에 끝내야겠다고 생각을 했다.

"사랑해."

그는 오늘 밤에도 하염없이 그녀의 귀에 사랑한다고 속삭였다.

외전 2화. 둘만의 여행

　"다시 갈게요. ……얼굴 조금만 옆으로. 좋아요."

　도형의 말에 따라 남자 배우는 얼굴의 각도를 달리해 가며 카메라를 응시했다. 어느 정도 찍고 난 후 그와 잡지사 실장은 같이 모니터를 보았다.

　"좋아요. 잠시 쉬었다가 갈게요."

　"네."

　"윤재희."

　"네, 대표님!"

　"세팅 새로 해 줘. 다음 콘셉트로."

　"예썰!"

　두 아이가 태어나고 스튜디오도 많이 변했다. 오직 서도형 작가를 위해 존재했던 J 스튜디오는 두 명의 작가를 더 영입했다.

도형의 조수였던 레이와 라영이 다른 스튜디오를 차리거나 가지 않고, 그의 아래에서 포토그래퍼 생활을 하게 된 것이다. 도형은 그들에게 자리 한 칸을 내주었고, 세 사람의 스케줄 관리를 위해 직원을 뽑고, 각각 조수들도 따로 뽑았다.

　주로 라영은 연예인 부부의 돌 사진이나 만삭 사진 등 아이와 관련된 촬영을 하였다. 레이가 웨딩 촬영을 하니까 두 사람은 세트처럼 패키지 상품을 따로 만들어 두기도 했다.

　그렇게 잡지 사진 외에도 J 스튜디오에서 촬영할 수 있는 범위가 넓어진 것이다.

　재희는 흑백 사진에 매력을 느끼는 걸 보니, 예술 사진을 찍는 포토그래퍼가 될 확률이 높았다. 그래서 도형은 재희를 제 밑에 두고 조금 더 보고 배울 수 있게 하였다.

　"재희야."

　"네!"

　"다음 주 금요일에 스케줄 없지?"

　"유 대표님 증명사진 촬영 있습니다."

　"아."

　재신이가 특별히 증명사진과 여권 사진을 부탁해 왔다. 집 앞에서 찍어도 될 것을. 그러는 김에 한 번 더 얼굴 보자는 뜻으로 알고 그는 흔쾌히 좋다고 하였다.

　"내가 전화할게. 취소해."

　"네. 알겠습니다. 그런데, 주말에 어디 가세요?"

　"아…… 여행."

"사모님과 가시는 거예요? 부럽습니다."

"부럽긴. 안에 준비됐어?"

"네. 준비됐습니다. 바로 촬영 들어가시면 돼요."

도형은 안쪽 사무실에서 촬영장으로 향했다.

재희의 예측대로 그는 주말에 여행 갈 계획을 세우고 있었다. 겨울이 가기 전에 지유와 함께 여행을 다녀오고 싶은 마음에 부모님께 특별히 재욱과 다연을 부탁하였다.

도형은 지유가 결혼하기 전에 하고 싶다던 여행 가기나 커플룩 입기, 커플 사진 찍기는 모두 해 보았지만 그녀와 둘만의 시간을 보내며 여행하는 것은 가능하다면 매년 하고 싶은 일이었다.

도형은 지유가 이 소식을 듣고 좋아할 것을 떠올리니 온몸에 절로 힘이 나는 듯했다.

***

지유는 대망의 12월 호 마감을 앞두고 분주하게 일을 했다. 잡지사에서 가장 신경 쓰는 호가 12월호라고 봐도 무방했다. 메인 잡지에 나올 셀럽을 선택하는 것 또한 심사숙고하여야 하고, 그 해 가장 이슈가 되었거나 내년 한 해를 휘어잡을 사람으로 진행해야 했다.

"지유 씨. 여기 커피~"

"감사합니다. 편집장님은요?"

"다른 팀하고 미팅 들어갔어."

"휴-!"

"그렇게 무서워요?"

"네. 눈치도 엄청 빠르시고…… 정말 두 분 어떻게 연애하시는지 신기해요."

그녀의 솔직한 말에 차석은 사람 좋게 하하 웃었다.

"알고 보면 여린 부분이 많아요."

"……제 눈에 안 보여서. 장난이고요. 따뜻한 분이신 거 같아요. 직원 배려도 잘해 주시고. 근데 그런 것과 별개로 무서워요. 아마 평생 가도 편집장님께 거짓을 고하진 못할 거예요."

아직도 편집장님과 차석의 연애는 미스터리한 점이 많았다. 어떻게 만났을까, 언제, 어디서, 어떤 포인트에 반하게 됐을까? 누가 먼저 고백했을까? 궁금한 점은 많았지만 그걸 대놓고 편집장님께 물어볼 수 없었다.

예의가 아닌 거 같아서 차석에게도 묻지 못했다.

"지유 씨, 계속 핸드폰 액정 번쩍이는데?"

"아- 문자 왔나 봐요."

"그래요. 일하러 가요~"

차석은 본인 자리에 가자, 지유는 의자 바퀴를 끌어 제 자리로 가서 핸드폰을 켜자 도형에게서 메신저가 와 있었다.

[주말에 야근해?]

[아니, 대신 오늘 야근. 최종 마감이야.]

[다행이네.]

[왜? 주말에 오빠네 행사 있어? 스케줄 표에 없는데.]

그녀는 컴퓨터를 켜서 포털 사이트에 그와 같이 공유하는 아이디를 로그인했다. 스케줄러에 들어가 두 사람의 가족 행사가 있는지 확인해 보았지만 아무것도 없었다.

[여행 가자.]

[응? 애들 다 데리고?]

[아니, 우리 둘만.]

"뭐?"

우리 둘만?

그녀의 목소리가 컸는지 차석과 휘연이 지유를 보았다. 그녀는 아무것도 아니란 표정으로 고개를 저으며 핸드폰을 들고 슬그머니 일어났다.

휴게실로 가면서 그녀는 도형에게 전화를 걸었다.

-응. 지유야.

"우리 둘만 가자고? 재욱이랑 다연이는?"

-부모님께서 봐주신대. 우리 결혼하고 여행도 못 갔잖아. 둘만 있는 시간 보내고 싶다고 솔직히 말씀드렸어.

"허, 허, 허. ……좋긴 좋은데, 죄송해서 어쩌지."

-죄송해하지 마. 우리 다녀오면 두 분 다녀오실 수 있게 여행 보내드리면 돼. 물론, 장모님은 이모님들과 다녀오실 수 있게 예약할게.

사랑스러운 서도형.

잘생기고 멋진 줄만 알았는데 그는 행동 하나하나도 사랑할 수밖에 없게 만드는 남자였다.

-갈 거지?

"당연하지! 나 지금 설레서 목소리 떨리는 거 안 들려? 흐흐."

그녀는 정말 좋아서 자리에서 팔딱팔딱 뛰며 빙글빙글 돌았다. 누가 봐도 엄청 좋은 일이 있다는 걸 알아차릴 수 있을 정도였다.

-너무 흥분하지 말고. 애들 있어서 아침에 일찍 갔다가 다음 날 밤에 올 거야. 괜찮아?

"당연하지. 충분해!"

-급하게 예약하는 거라 가까운 일본으로 했어.

"두근두근. 우리, 어디로 가? 어디든 좋아. 근데 난 일본 하면 꼭 온천 가고 싶더라."

핸드폰 너머로 피식 웃는 소리가 들렸다.

그녀는 기대를 담아 그의 다음 말을 기다렸다.

-후쿠오카로 했어. 남은 티켓이 거기밖에 없더라.

"꺄아! 거기, 온천 맞지?"

-후쿠오카가 온천으로 유명하진 않지만, 온천으로 유명한 규슈 지방에 있지.

만약 여기에 도형이 있었다면 와락 안겼을 것이다. 그와 둘만 보내는 시간도 소중한데, 어쩜 자신이 가고 싶었던 곳까지 바로 예약했을까.

"사랑해, 서도형!"

-……뒤에 사람 있다.

"헙!"

지유는 뒤를 돌았다. 다행히 휴게실에는 그녀 혼자였다.

"나 혼자거든."

-나도 사랑해. ……이따 집에서 봐.

출장을 가든, 여행을 가든, 집 밖을 벗어나도 하루의 마지막은 꼭 집이었다. 돌아갈 곳이 있고, 그곳에 가족이 있다는 게 새삼 소중하게 느껴졌다.

전화를 끊은 후 그녀는 히죽히죽 웃었다.

끼이익.

응?

지유는 다시 뒤를 돌았다. 그러자 안쪽에서 동우가 눈을 비비며 나오고 있었다.

"지유야."

"동우 선배?"

"저기 침대에서 자고 있었는데, 네가 나 깨웠다."

동우가 침대를 손으로 가리켰다.

"어제 밤새우셨어요?"

"으응. ……십 분만 자려고 했는데."

"다 들으셨어요?"

"……일본 온천 간다고 들었지만 못 들은 척할게. 애정 행각 때문에 깼지만 그것 또한 못 본 거로 할게."

"죄송해요."

지유는 얼굴이 화끈거려 손으로 제 볼을 쓸며 말했다. 너무 좋아서 여기가 회사라는 것도 잊은 모양이었다.

요새 날씨가 추워져서 외롭다는 동우 선배 앞에서 하필 애정 행각을 하다니. 차라리 휘연 대리나 차석, 편집장님 앞이었으면 다들 깨 볶는 신혼 생활 중이라 아무 문제없었을 텐데 말이다.

"장난이고. 올해 겨울은 같이 보낼 여자 있어."

"정말요? 축하드려요."

"······있을 거라고. 곧 생기겠지."

"아······."

동우는 피식 웃으며 지유의 머리를 흩트리려다 차마 대지 못하고 손을 뗐다. 이제는 아이의 엄마로 전처럼 장난을 칠 수 있는 후배가 아니었다. 다른 남자의 아내이기도 하고 말이다.

"그럼, 좋은 시간 보내고 와."

"네. 선배. 올해 겨울 선배의 옆자리는 무척 따뜻할 거예요."

"그랬으면 좋겠네."

그녀는 동우에게 힘을 실어주고 밖으로 나왔다.

***

드디어 대망의 토요일 아침.

금요일 밤에 두 사람은 차에 짐을 싣고 아이들을 태워 시댁으로 향했다. 저녁밥을 먹고 아이들을 재운 후, 두 사람은 잠깐 눈을 붙이고 새벽에 공항으로 갔다.

첫 비행기를 타는 두 사람의 짐은 조촐했다. 도형은 나중에 사올 가족들의 선물을 넣기 위해 큰 배낭을 메었고, 지유는 작은 배낭을 멨다.

"와- 새벽 공기가 이렇게 맑을 줄이야. 이 시간에 애들 칭얼대면 깨기 싫어서 이불 머리끝까지 쓰고 그랬는데. 같은 시간인데 왜 지금은 힘이 나지?"

"그러게. 이 시간에 지유 너 절대 못 깨잖아."

"정신은 깨는데, 몸이 못 일어나는 거야. 그래도 애들 돌까지는 새벽에도 깨어 있었거든!"

그녀의 말에 도형은 키득거리며 미리 예약한 비행기 표를 받기 위해 줄을 섰다.

"일반석으로 했어. 괜찮지?"

"응. 엎드리면 코 닿을 거린데 뭘."

"비즈니스석 할까 하다가 일본은 앉자마자 내리는 기분이라 안 했어."

"잘했어, 잘했어. 비행기에도 입석이 있다면, 일본은 입석도 괜찮을 거 같아."

도형은 그녀가 제게 팔짱을 끼자 팔을 풀고 허리에 감았다.

"오빠, 공항에 사람 엄청 많다. 새벽인데도. 그치?"

"그러게."

"이 많은 사람 중에 내가 여기 있다니. 너무 설레고 행복해."

"나도. 난 너랑 있어서 행복해."

두 사람은 아이도 두고 왔겠다 작정하고 애정 행각을 했다. 서로에게 속삭이고, 한 시도 떨어지지 않을 것처럼 손을 잡거나 팔짱을 꼈다.

도형이 지유의 허리를 안은 채로 공항을 배회했다. 그러다 면세점을 지나치지 못하고 지유의 것을 사 주기 위해 주변을 훑었다.

그러나 지유는 아이들이 먼저 생각나는지 아이들에게 줄 선물을 고르기 위해 눈에 불을 켜고 있었다.

아이들 것, 부모님 것, 장모님 것, ……그 어디에도 도형을 위한 선물은 없었다.

내 거는 없냐고 물어봐, 말아?

두형이 혼자 생각에 잠긴 사이 그녀가 도형의 팔에 매달리듯 팔짱을 끼었다.

"이제 오빠 거 사러 가자. 이번 달 월급 하나도 안 썼는데, 오빠 거 제일 비싼 거 사줘야지. 얼른~"

그녀의 말에 도형은 잠시 서운했던 마음이 언제 그랬냐는 듯 눈 녹듯 사라졌다. 이 말 하나면 됐다.

***

후쿠오카 공항에 도착한 두 사람은 건물 밖으로 나왔다. 택시 앞에 서자 그들을 반기듯 뒷문이 자동으로 열렸다. 깜짝 놀란 지유가 뒷걸음질 치며 도형을 꽉 잡았다.

두 사람은 택시를 탔다. 도형이 예약한 호텔명을 말하자 기사님은 차를 출발했다.

"와- 간판이 일본어야. 진짜 일본인가 봐."

신기한 눈으로 여기저기 살펴보는 와중에도 지유는 도형의 손을 꼭 쥐고 있었다.

"강릉 다음으로 좋아."

"국내가 더 좋아?"

"아니, 둘 다 좋아. ……강릉은 프러포즈 받은 곳이자 우리 재욱이랑 다연이 생긴 곳이잖아. 그래서 어디를 가도 강릉이 일 번이지."

"나도."

지유가 고개를 도형에게 슬며시 기댔다.

"오빠도 일본은 처음이지?"

"응. 유럽 일주는 해 봤고, 중국도 서쪽은 다 돌고, 미국은 잠깐 살면서 미주도 다 여행했지. 진짜 일본만 처음이네."

두 사람이 대화하며 까르르 웃는 사이, 15분 만에 호텔 앞에 도착했다. 체크인 하고 방으로 가자 지유는 기쁨이 넘쳐 도형을 와락 안았다. 그가 번쩍 그녀를 안아 올리자 두 다리로 도형의 허리를 감쌌다.

"스위트룸이네."

"응."

"응접실 너무 좋다. 뷰도 좋고. 여기 지도 보니까 하카타역이랑 가까워서 먹을 데도 많더라고."

"저녁에 뭐 먹을래?"

"와규! 소고기. 일본 소고기가 그~렇게 맛있대."

지유는 그의 품에서 내려와 가방에서 맛집 리스트를 적어둔 것을 꺼냈다.

"짜잔. 가고 싶은 맛집 리스트야."

"언제 준비했어?"

"어제. 흐흐."

도형은 그녀가 써 온 것을 쭉 내려보더니 빙긋 웃었다.

"영상 촬영하자, 지유야."

"영상?"

"너 크리에이터 하고 싶다며. 영상 촬영하고 편집 내가 해 줄게."

"……고급 인력을 이렇게 써도 돼?"

"그럼. 되지."

지유는 다시 한번 도형을 와락 안았다. 영상 촬영을 해 준다는 것보다 자신이 지나가듯 했던 말을 기억하고 있는 것이 너무 고마웠다.

"그럼, 점심은 여기!"

"샌드위치?"

"응. 이게 돈가스 빵인데 진짜 맛있대. 다른 곳들은 오픈 시간이 열한 시라, 내가 체크한 리스트 중에선 여기만 열려 있어."

아침 비행기로 왔기에 지유가 찾은 음식점들은 모두 오픈 전이었다.

"그 전에, 좀만 안아보자."

그는 베드룸으로 들어가 침대에 있는 잠옷을 치우고 그 위에 앉았다. 허벅지를 툭툭 치자 지유가 가까이 와서 그의 옆에 앉으려고 했다.

"아니, 거기 말고 여기."

도형이 그녀가 앉을 자리를 손으로 막더니 제 허벅지를 다시 툭툭 쳤다. 지유는 고개를 끄덕이며 그의 허벅지 위에 옆으로 앉은 후 두 팔을 그의 목에 둘렀다.

"이렇게 둘만 있으니까 좋다. 몇 시간이고 여기서 너만 보고 있어도 안 심심할 거 같아."

"나도 좋아. 다음엔 애들하고 또 오자. 여기 침대 크기면 우리 넷이 자도 되겠다. 왜 이렇게 큰 거 했어~"

"우리 편하게 자려고."

"데굴데굴 굴러다녀도 되겠다."

두 사람의 집 침실은 아늑한 편이라 침대도 두 사람이 자기에 적당한 편이였다. 여기 베드는 아이들을 다 데려와도 충분할 것 같았다.

도형은 그녀의 머리를 감싸 제게로 내렸다. 초옥. 그녀의 입술을 천천히 빨아들이는 입맞춤은 조금씩 범위를 넓혀 갔으나 시간상 아쉽게 입술을 떼어 낸 후 그는 그녀를 번쩍 안아서 내려 주었다.

"네가 말한 거 먹고, 온천도 하러 가자."

"온천!"

"지유야 내 뒤에 그 가방 좀."

"이거?"

"응."

도형은 배낭 외에 카메라 가방을 따로 챙겼다. 그 가방을 한쪽 어깨에 메고 두 사람은 지유가 말한 샌드위치 맛집으로 향했다.

***

도형은 직원에게 영어로 양해를 구했지만, 직원은 아쉽게도 영어를 하지 못했다. 난감한 표정으로 스페인어와 프랑스어도 섞어

봤지만 전혀 알아듣지 못하는 거 같았다. 핸드폰을 꺼내 번역기로 검색하려던 차, 지유가 도형의 손목을 잡았다.

「빵 먹으면서 영상 촬영을 하려고 하는데요. 가능한가요? 직원이나 손님들 말고 저랑 음식만 촬영하려고 합니다.」

「네. 가능합니다.」

도형은 조금 놀란 눈으로 지유를 보았다. 그러자 지유가 검지와 중지를 펴더니 브이자 모양을 만들어 냈다.

그녀는 직원이 두 사람의 자리로 오자 메뉴 주문도 마쳤다.

"일본어 할 줄 알았어?"

"응. 나 고등학교 때 일본어 배웠잖아."

"그걸 아직도 기억해? 우리 지유, 똑똑하네."

"누구 부인인데~"

사실 고등학교 때 배우고 대학생 때도 교양 과목으로 일본어를 선택해서 총 4년 가까이 공부했지만 유창함으로 따지면 부족한 수준이었다.

도형은 음식이 나오기 전 카메라부터 세팅했다. 장비를 확인한 후, 테이블에 음식이 놓이는 장면부터 촬영했다.

"이거는 새우 버거와 맛이 유사해요. 음……."

화면 안에서 우적우적 빵을 먹는 지유의 모습이 너무 예뻐서 도형은 엄지를 추어올리며 지유에게 힘을 주었다.

도형은 손을 뻗어 지유의 입가에 묻은 소스를 닦아 주었다.

"으음- 남편이랑 같이 왔는데, 남편은 절 촬영해 주느라 아직 한 입도 못 먹었어요. 그런 우리 자기 요거 한 입 넣어 주고 올게요."

지유는 벌떡 일어나 도형에게 삼 등분 해서 잘린 것 중 하나를 주었다. 도형은 한 손으로 빵을 들고 먹으면서 지유와 화면을 번갈아 보았다.

"자, 저희 남편에게 준 건 또 다른 버거인데요. 안에는 돈가스가 들어 있답니다. 한 번 먹어 볼게요~"

냠냠, 한 입 베어 먹던 그녀의 눈이 커졌다.

"빵은 우선 따듯해요. 빵 겉면은 매끈한데 먹으면 모닝빵의 업그레이드 버전 같은 맛? 안에 돈가스가 튀김이 정말 맛있어요. 아까 새우 빵 먹을 때도 튀김이 맛있다고 생각했는데, 괜찮아요. 근데 야채가 주변에 흐를 수 있어요."

지유는 다시 한 입 먹어 보더니 남은 새우 빵과 돈가스 빵을 화면에서 보기 좋게 다시 세팅했다.

"자 새우 빵과 돈가스 빵 중에 찍이의 선택은요! 돈가스 빵입니다."

지유는 활짝 웃으며 돈가스 빵이 있던 접시를 들었다. 그는 예쁘게 웃는 지유의 모습 하나도 놓치지 않고 촬영했다.

"아! 여기서 주의 사항! 두 명이 와서 새우 빵과 돈가스 빵을 다 주문하면 많아요. 오전 시간에 음료를 주문하면 서비스로 빵도 주거든요. 두 사람이 오면 커피를 두 잔 주문하고 서비스 빵에 돈가스 빵을 드시길! 생각보다 양이 많습니다. 제 생각에 포장해서 먹기엔 그리 먹기 좋은 맛은 아니에요. 이건 따뜻할 때 먹어야 합니다."

지유는 주의 사항까지 꼼꼼하게 말한 후 도형을 보며 고개를 끄

334

덕였다. 그는 촬영한 영상이 제대로 저장되었는지 확인하고 장비를 철수했다.

"어땠어?"

"완전 예뻤어."

"아니, 그런 거 말고."

"핵심만 집어서 잘 말했어. 편집은 오빠한테 맡겨."

"네. 좋아요. 료칸에서도 촬영할 거야?"

"음, 사진 촬영 금지라고 되어 있던데. 전체를 다 빌리지 않는 한."

"아- 맞다. 그렇지. 일본이 남녀혼탕이라던데……."

지유가 커피를 마시며 도형을 보며 말했다. 남녀가 다 벗고 들어간다는데, 속옷이라도 입고 들어갈 수 있으려나. 걱정스러운 표정을 짓자 그가 웃었다.

"남녀혼탕이면 내가 널 데리고 들어가겠어?"

"아니야?"

"당연히 아니지. 보기에도 아까운 널 왜 남에게 보여 줘? 절대 안 되지."

"그럼, 남녀 따로?"

"아니. 가족탕으로 너랑 나만."

"으으- 혼탕에 못 가다니. 그게 일본 료칸의 꽃이랬는데."

"도대체 누가 그런 소리를 해?"

도형의 질문에 지유는 핸드폰을 톡톡 쳤다.

"블로그 안 되겠네. 검색 금지."

"그럼 영어로 구-글링하면 되지."

두 사람은 적당히 먹은 후, 서비스로 준 빵은 맛만 보고 남겼다. 너무 많아서 배가 터질 수도 있으니까 말이다.

"자, 그럼 온천으로 가 볼까?"

"응."

도형은 지유의 손을 잡았다. 밖에 나가면 유모차를 밀거나 한 명씩 아이를 안고 다녀야 했는데 여기선 온전히 지유의 손을 잡고 다닐 수 있어 좋았다.

손을 잡고 흔들거리며 거리를 걷던 두 사람은 이곳을 눈 안에 담았다. 온천으로 가기 위해 차를 렌트한 후 도형은 한국과 달리 반대편에서 운전대를 잡았다.

"오빠, 운전 괜찮겠어? 신호 다 볼 줄 알아?"

"응. 문제없어."

지유는 그가 차를 출발하고도 십 분 정도는 혹시 사고 날까 싶어 심장이 쫄깃했다. 그러나 역시 도형은 뱉은 말은 정말 잘 지키는 남자였다. 온천에 도착할 때까지 아무 문제가 없었다.

***

여탕 남탕이 나뉘어 있어서, 지유는 우선 여탕으로 들어갔다. 안에는 여러 개의 탕이 있었다. 몸을 씻고 탕 안에 들어가자 따스함이 온몸에 퍼졌다.

탕 하나가 그렇게 크진 않지만 작은 탕이 여러 개 있어서 하나씩 들어가 보는 재미가 있었다.

내부는 한국의 찜질방과 다르지 않았는데, 외부 전경은 아주 달랐다. 주위로 산이 있어 기묘한 분위기를 풍겼다.

추운 날씨 탓에 모락모락 피어나는 하얀 연기, 주변을 두른 산, 모든 것이 신기하게 다가왔다.

지유는 큰 수건으로 몸을 감싸고 도형이 예약한 가족탕으로 가기 위해 발걸음을 옮겼다. 바깥으로 나가 온천욕을 즐기고 싶었으나 바람이 너무 추운 탓에 우선은 가족탕으로 향한 것이다.

"오빠~ 도형 오빠?"

지유는 쭈뼛거리며 안으로 들어갔다. 뒷모습이 도형 같아서 조심스레 부르자 그가 고개를 뒤로 돌렸다.

뿌연 습기로 인해 안이 잘 보이진 않았지만 그의 머리카락은 젖어 있었고, 얼굴과 목선에도 촉촉한 물기로 인해 그의 구릿빛 상체는 더욱 생동감 있게 보이는 듯 했다.

지유는 침을 꿀꺽 삼켰다.

"오빠, ……설마 다 벗었어?"

아무리 가족탕이라도 설마 다 벗진 않았겠지!

물에 젖은 그녀의 속눈썹이 팔락거렸다. 그녀를 보며 도형은 탕에서 일어났다. 그가 일어나면서 물이 탕 밖으로 흘러내리며 꼭 파도가 치는 것과 같은 소리가 났다. 지유는 꺄- 소리를 내며 눈을 질끈 감았다.

"다시 앉아, 얼른!"

"왜 이렇게 내외해?"

도형이 큰 수건으로 하반신을 가리며 나왔다. 지유는 그가 자신을 번쩍 안자 그제야 도형을 제대로 보았다.

"부끄럽잖아."

"뭐가 부끄러워."

"오빠 가족탕 말고 여탕 안에도 엄청 좋아. 탕이 되게 여러 개야."

"그래?"

"오빠 남탕 쪽 안 봤어? 일부러 가족탕 외에 다른 곳도 보라고 돈도 두 배로 내는 건데."

"난 바로 가족탕으로 와서 씻고 물에 들어왔지."

지유가 아니면 도형은 굳이 온천에 오지 않았을 것이다. 여러 명과 함께 탕에 들어가 서로의 때를 공유하는 건 그의 취향이 전혀 아니었다.

"얼른 물에 들어가자. 여기 있으니까 추워."

"네. 분부대로 해야죠."

도형은 그녀를 안은 채로 다시 탕 안에 들어갔다. 일본 온천은 한두 사람이 들어갈 정도로 작은 공간의 탕이 여러 개 있어서 골라가면서 탕 안에 들어가는 게 매력인 것 같았다.

김이 모락모락 날 정도로 뜨거운 탕 안에 몸을 넣고, 겨울의 찬 바람을 얼굴로 맞으며 풍경을 감상하는 것도 한몫했다. 산에서 목욕하는 느낌이었다.

도형이 긴 팔을 뻗어 지유의 어깨를 감쌌다. 그녀는 그의 맨 어깨에 얼굴을 기대며 발끝을 까닥거렸다.

"사진 찍어야지. 발 사진 필수지."

지유는 물에서 나가 핸드폰을 가져왔다. 그러곤 아까처럼 그의 품 안으로 들어가 어깨에 기대고 네 개의 발을 사진 찍기 위해 구도를 잡았다.

"여기 왜 이렇게 어둡게 나오지?"

"줘 봐."

도형이 핸드폰을 가져가더니 무심하게 버튼을 눌렀다. 소리 없이 찍힌 사진들을 본 지유는 너무 좋아서 그의 가슴을 작은 주먹으로 동동 때렸다. 그녀의 호들갑이 싫지 않은 그가 그녀를 보며 웃었다.

"마음에 들어?"

"응. 어떻게 이렇게 찍기만 하면 예술이지? 이거 진짜 감성 사진이야. 오빠 최고야."

지유의 칭찬에 도형은 머리를 긁적였다. 지유가 아직도 그의 앞에서 옷을 벗는 것을 부끄러워한다면, 도형은 그녀의 칭찬을 민망해했다.

"난 직업이잖아."

"직업이라고 다 잘 찍나? 따로 구도 잡지도 않고 무심하게 툭—근데 탁 멋진 게 나왔잖아."

지유가 그의 표정과 행동을 따라 하며 무심하게 네 개의 발을 찍었다. 그리고 결과물을 그에게 보여 주었다.

"난 왜 찍기만 하면 이래? 음식 초상화라고 지수가 맨날 놀렸는데, 이거 보면 발 초상화라고 하겠다."

"네가 못하는 걸 내가 잘해서 다행이야."

"응. 정말 다행이야. 간직하고 싶은 사진이 많아져서 너무 좋다."

그녀는 그를 와락 끌어안았다. 아이와 떨어져 있으니 그와 있는 시간이 더 소중하고, 몇 배로 그가 더 사랑스럽게 느껴졌다.

도형은 그녀가 저를 와락 안자 그대로 허벅지 위에 올렸다. 이제야 눈높이가 맞는다. 그는 그녀의 눈을 슬며시 바라보았다.

"오빠?"

"우리 지유, 진짜 예쁘네."

다정한 그의 음성이 그녀의 촉촉한 감성을 건드렸다. 그녀는 그대로 다시 두 팔로 그를 와락 안았다.

"예쁘다고 해 줘서 고마워."

"진심인데?"

"응. 뭐든 말로 해 줘서 고마워. 요새 거울 보면서 예전하고 피부도 다르고, 몸매도 달려져서 조금 속상했는데. 오빠가 그렇게 말해 주니까 자신감이 생기네."

"……."

"서도형은 예나 지금이나 멋있는데, 나만 변한 거 같았거든."

"전혀 아니야. 우리 지유가 얼마나 예쁜데."

그는 안고 있는 그녀를 떼어냈다. 그의 말엔 거짓이 없었다.

지유는 아이를 낳고도 여전히 예뻤다. 온천물로 인해 발그레해진 뺨과 촉촉한 피부, 어깨와 가운 사이로 언뜻 보이는 가슴 선은 아이 엄마라고 하기엔 탄력이 넘쳤다. 그녀의 걱정과 다르게 쌍둥이를 보다 보니 그녀는 전과 똑같은 몸매로 돌아왔다.

"아- 너무 좋아. 물도 따뜻하고, 오빠 몸도 뜨겁고. 보들보들해."

그녀는 그의 가슴을 손으로 쓸었다. 물기를 받아 반짝이는 그의 몸은 조각품처럼 아름다웠다. 꼭 여기에 있으니까 신선처럼 보이기도 했다. 보기엔 몸이 크고 근육이 잡혀 있어서 거칠 거 같은데 막상 만져보면 도형의 피부는 아기처럼 보드랍고 반질반질했다. 그 촉감이 좋아서 지유가 그를 계속 만지자, 도형이 그녀의 손등을 잡았다.

"여기서 일 치르고 싶어? 그만 만져."

"느낌이 너무 좋은데. 더 만지고 싶어."

꼭 우리 재욱이랑 다연이 만지는 것 같기도 하고. 아무래도 두 아이가 도형의 피부를 닮은 것 같았다.

"여기에 상처도 있고 색도 구릿빛인데 왜 살결은 부드럽지? 신기해."

"왜 이래?"

"칭찬하니까 얼굴 빨개지는 것 봐."

지유는 그의 볼에 쪽 뽀뽀를 했다. 아무도 없는 프라이빗한 공간이란 점과 둘밖에 없다는 점이 그녀의 애교를 한층 끌어올려 주었다.

"네 살이 더 보드라워."

도형의 반격이 시작되었다. 그는 물속에서 그녀의 발목을 잡은 후 종아리를 더듬고 더 위로 손을 가져갔다.

"……으음?"

물 밖으로 나온 그의 손이 그녀의 볼을 감싸고 서서히 제게로 당겼다. 눈을 맞추고, 콧잔등을 부딪치며 서로 키득 웃었다. 꼭 이곳의 분위기처럼 도형은 느긋하게 다가가 부드럽게 입을 맞췄다.

그녀의 아랫입술을 이로 질끈 물어 입을 벌리게 했다. 부드럽게 혀를 움직여 그녀를 탐했다. 그러자 그녀가 그의 위에서 바둥거리며 손을 허우적댔다.

찰싹, 찰싹.

욕조 안에 있는 물이 그녀가 움직일 때마다 파도가 일었다. 탕 밖으로 물이 넘쳐흘렀다. 지유는 분위기에 취해 그의 상체 쪽으로 몸을 더 기울이며 욕조 양옆 턱을 짚었다.

"······지유야?"

도형이 놀라서 눈을 끔뻑이자 그녀는 그대로 그의 입술을 막았다. 도형이 매번 제게 해 준 키스처럼 그녀는 배운 대로 고개를 살짝 기울여 십자가 모양처럼 입술을 겹쳤다.

"으음······."

다디단 그의 입술은 입을 맞출수록 기분이 야릇해졌다. 그의 손길이 다가와 제 몸을 감싸자 지유의 열 손가락이 곱아들었다.

그녀는 입술을 떼고 그의 얼굴을 보았다. 그녀와 키스하기 위해 살짝 턱을 든 상태였는데, 턱선이 예술이었다. 그녀는 그의 턱선을 지나 목에 입술을 댔다.

목 주변에 그의 맥박이 뛰는 곳에 입을 맞추자 도형의 입에서 거친 탄성이 터졌다.

"지유야."

"응?"

"······이러지 마. 이런 데서 널 안을 수 없어."

이곳에 얼마나 많은 커플과 부부가 다녀갔겠는가.

그에게 지유는 너무 소중한 사람이라, 아무렇게 아무 곳에서나 하고 싶지 않았다. 손이 타서 그녀를 만지면서도 도형은 아랫도리 단속을 철저히 하려고 노력했는데 지유가 그를 만지고 입을 맞추자 정말 미칠 것 같았다.

"······윽."

그는 그녀가 입은 가운을 꼭 쥐며 버텼다. 더 이상 그녀를 만지지 않기 위한 그의 사투가 시작되었다.

지유는 생긋 웃으며 그를 두 팔로 안았다.

"맞다. 여기 대중 시설이었지."

그녀는 그가 참는 모습이 재밌어서 조금 더 놀려 먹기로 했다. 그를 두 팔로 안은 채로 도형의 귓불을 코로 건드리고 그다음엔 입술을 가져갔다.

"유지유! ······!"

물 안에 있는 그의 손등 위로 핏줄이 불거졌다. 큰 타올로 하반신을 가린다고 가렸지만, 그의 형체까지는 가리지 못했다.

"오빠······ 꺄앗······!"

지유는 얌전히 참고 있던 그가 저를 안아 탕 위에 앉히자 깜짝 놀랐다. 몸 전체가 물을 먹어 무거웠을 텐데도 그는 가뿐하게 그녀를 안았다.

"가운 벗지 마."

"응?"

지유가 고개를 갸웃거렸다. 갑자기 가운을 벗지 말라니 무슨 의미지?

"미안하다. 목욕탕에서 널 안게 돼서."

"……앗."

"못 참겠어."

그는 곧 폭발할 것처럼 이로 입술을 짓이기며 말했다. 겨우 버티고 있지만 그 이성이 끊기는 순간, 짐승이 된 것처럼 표정이 야했다.

그의 말과 달리 여기는 목욕탕과는 분위기가 달랐다. 주변의 경치는 아름다웠고 맑았다. 사람을 몽롱하게 만들고 하늘에 떠 있는 구름을 보면 세상 근심이 사라지는 곳이었다. 그래서 오롯이 연인에게 집중할 수 있는 곳.

"여기서 정말 안고 싶지 않았는데."

그는 목욕탕에서 지유를 안는다는 것에 죄책감이 들었지만, 그녀를 안지 않고는 단 한 발자국도 여기서 나갈 수 없을 것 같았다.

그는 그녀가 여민 가운의 틈으로 손을 넣었다.

물기와 함께 그녀의 촉촉한 살결이 손안에 만져졌다. 그 만족스러운 느낌에 그의 입에선 탁한 신음이 흘러나왔다.

"……아."

그녀가 제 몸을 만지고 귓불을 건드렸을 때, 그 쾌락은 이루 말할 수가 없었다. 여기가 호텔이었다면 얼마나 좋을까.

"아앗. 오빠."

그의 손길이 짓궂어지자 지유가 물 안에 있는 그의 허리를 두 다리로 감았다.

"쉿. 여기서 소리 내면 안 돼."

"으응. 안 낼게."

지유는 손등으로 제 입을 막았다. 그녀는 그가 손을 움직일 때마다 코로 '흐응' 여린 신음을 내며 이로 손등을 물었다.

프라이빗한 공간이지만 소리까지 프라이빗하진 않았다.

도형은 그의 손이 닿았던 곳에 입술을 가져갔다. 그의 입술이 닿자 지유는 가운을 더 여미며 그를 가렸다.

그가 더욱더 깊게 키스해 올 때마다 욕조의 물이 찰박거렸다. 지유가 그의 입술로 의해 손등으로 자신의 입술을 막고 괴로워했다.

도형은 그녀가 어느 정도 준비가 되었다고 생각했을 때, 다시 그녀를 안아 물속으로 들어왔다.

탕에 앉은 그가 그녀를 제 위에 앉히며 입을 맞췄다. 얼굴 곳곳에 키스하던 그가 하반신을 가리고 있던 긴 타올의 매듭에 손을 댔다.

여유로운 다른 손은 그녀의 가운을 여민 끈을 잡았다.

그의 손에 동시에 힘이 들어간 순간, 두 사람은 서로를 꼭 안았다.

***

두 사람은 차를 타고 이동해 호텔로 돌아왔다. 호텔과 하카타역이 가까워서 그들은 걸어서 저녁을 먹으러 갔다.

지유는 핸드폰 앱을 켜고 원하는 음식점을 입력한 후, 도형에게 제 핸드폰을 주었다.

"거기로 가면 돼. 거기 소고기가 진짜 맛있대."

"저녁 메뉴는 소야?"

"응. 소고기!"

지유는 그가 핸드폰을 들고 길을 찾을 동안 팔짱을 끼었다. 마블링이 멋지고 육즙이 입 안에 터져 황홀함을 느끼게 해 준다는 맛집이었다. 셀카봉을 든 그녀는 길을 찾는 도형과 그녀의 얼굴을 사진으로 찍었다. 그러면서 이번엔 동영상 촬영을 했다.

"안녕하세요! 찍이입니다! 저는 지금 남편과 함께 소고기를 먹으러 가고 있습니다. 한 번 보시죠."

팔짱을 풀고 그녀는 도형의 주변으로 빙글빙글 360도 돌았다. 그러곤 다시 그에게 팔짱을 끼었다.

"미리 조사한 결과 금액대는 한국과 비슷합니다. 오히려 제대로 소고기 전문점을 간다고 가정하면 일본이 더 저렴할 수도 있습니다. 2~3인분에 한국 돈으로 4만 원 내외로 보시면 될 거 같아요. 여기서 중요한 건 소고기가 그냥 소고기인지, 아니면 먹었을 때 비싼 향이 입 안에 다 퍼져 황홀감을 주는지! 그게 포인트입니다."

도형은 음식점에서 틈틈이 동영상을 찍으며 재밌어하는 지유를 힐끔힐끔 보았다. 강조할 땐 나름대로 검지를 들고 말투에 힘을 주기도 하고, 중간중간 웃으며 부드럽게 분위기를 끌고 가기도 하는 모습이 그의 눈엔 그저 사랑스러울 뿐이었다.

"지유야. 저기인 거 같아."

"오오! 역시 내비게이놈이 잘 찾았네요."

"내비게이놈?"

"내비게이션하고 남자를 붙여서 내비게이놈."

"그럼 내비게이남 아니야? 뭔가 욕 같은데."

지유는 핸드폰 동영상 촬영을 종료시킨 후 그에게 팔짱을 끼었다. 활짝 웃으며 그녀는 완곡한 부정을 했다.

"아니야. 내비게이남은 뭐랄까, 단어 자체가 심심하잖아. 근데 놈을 붙이면 내비게이놈, 재밌는 단어가 된다고."

"내비 게이놈."

"아악- 붙여서 말해야지. 띄어서 말하니까 이상하네. 그래! 내비 게이남!"

지유는 내비와 게이를 띄어서 말하고는 그게 웃긴지 계속 키득거렸다.

"태훈 오빠는 잘 지낸대? 게이 하니까 태훈 오빠 생각나."

"그 오빠가 왜 생각나? 나랑 있는데."

"예전에 태훈 오빠랑 스캔들 났잖아. 나중에 태훈 오빠 애들이랑 우리 애들 만나면 다 얘기해 줘야지."

지유는 상상만 해도 즐거운 듯 키득키득 웃었다.

어떻게 남남 스캔들이 날 수 있었을까. 얼마 전 태훈이 제작발표회에서 과거 스캔들에 대한 질문을 받고 이제는 추억이라며 웃어넘겼던 게 생각났다.

"우리 다연이랑 재욱이는 모르게 하자. 제발."

"왜?"

"아빠 이미지 좀 챙겨주지?"

도형의 말에 지유는 싱글벙글 웃으며 혀를 쏙 내밀었다. 이렇게 둘이서 알콩달콩 투닥거리고 있으니 아이 엄마, 아이 아빠라는 생각은 저 멀리 달아나는 것 같았다.

아이한테 치여 있지 않은 지금, 지유는 그저 도형을 사랑하는 한 사람이자, 그에게 사랑받는 유일한 여자일 뿐이었다.

***

소고깃집에 들어간 두 사람은 한국어 메뉴판을 보며 눈을 크게 떴다. 그들을 보더니 중국인인지 한국인인지 묻던 점원이 한국인이라는 답변에 한국어 메뉴판을 가져다준 것이다.

"세상에나- 얼마나 한국인이 여행을 많이 오면, 한국어 메뉴판이 있어. 신기하네. 우리 공항에서도 한국어 적혀 있어서 되게 신기해했잖아."

"그러게."

지유가 안쪽을 둘러보자 현지인보다는 그녀처럼 블로그를 보고 찾아온 한국인이 더 많은 것 같았다.

"이거 주문하자!"

지유는 2~3인분 세트 메뉴를 가리켰다. 부위별로 다 나오는 소고기를 주문한 후 그녀는 떨리는 마음으로 얼른 나오길 기다렸다.

"지유 넌 먹을 때 정말 행복해 보여."

"아닌데? 난 오빠랑 있을 때 제일 행복한데!"

"그건 그렇지. ……순수하게 정말 좋아하는 걸 꼽으면, 넌 분명 음식을 고를 거야."

"딩동댕!"

지유는 짝짝 두 번 손뼉까지 쳤다. 내일 하루만 무엇을 할 거냐고 묻는다면, 도형과 우리 방울이 까까와 함께 세상에서 제일 맛있는 미슐랭 맛집에 갈 거라고 답할 것이다.

"먹는 거에 비하면 정말 살 안 쪄. 지유 넌 축복받았어."

"애 키워 봐. 살이 다 빠지더라고."

"……너만 빠지는 거 같은데."

도형이 고개를 갸웃거리며 말했다. 그의 주변에도 아기 엄마, 아빠들이 존재했고 비교 대상은 수도 없이 많았다.

물론, 쌍둥이라 남들보다 두 배로 힘들긴 하지만…… 그래도 먹는 거에 비하면 지유는 정말 체질적으로 안 찌는 편이었다.

"나만 그런가? 오빠도 안 찌잖아."

"난 소식하잖아. 저염식으로 먹고."

"하긴, ……오빠는 애들 반찬이랑 국도 맛있게 잘 먹더라."

그녀는 그래서 두 번 음식을 할 필요가 없었다. 재욱이랑 다연이의 몫으로 된장국을 하면 그녀 입맛엔 너무 심심한데 도형은 한 방울도 남기지 않고 잘 먹었다.

"네가 해 주면 다 맛있어."

"정말?"

"응."

"혹시…… 미각에 문제 있는 거 아니지?"

"절대."

도형은 고개를 저었다. 그는 심심하게 간을 해서 먹는 걸 선호했고, 나이가 들수록 더 그렇게 변하는 것 같았다.

술자리를 할 땐 간이 센 음식이 좋지만, 이상하게 집밥은 심심한 맛이 좋았다.

"오오…… 우리 거 나온다!"

도형은 카메라를 들었다.

"이건 영상만 얼른 찍고, 오디오는 집에서 따자."

"……그래도 돼?"

"응. 내가 영상 찍을 테니까, 고기 구워서 먼저 먹어."

"좋아. 안 그래도 이거 빨리 다 먹어 보고 싶었는데, 잘됐다. 오디오는 나중에 따자!"

지유는 반가운 소식에 함박웃음을 지으며 소고기를 불판 위에 올렸다. 종류별로 세 점씩 총 일곱 가지의 부위가 나왔다.

미리 달궈진 불판 위에 올라간 고기는 치이익, 치이익 소리와 함께 맛있게 익었다. 지유는 소금도 찍지 않고 그대로 입 안에 넣었다.

"아…… 황홀한 맛이야. 세상에나."

그녀는 도형에게도 얼른 먹어 보라며 젓가락으로 고기를 집어 그의 입 앞으로 가져갔다. 도형은 고기를 받아먹으면서도 표정 변화가 크지 않았다.

"맛있네."

"그 리액션이 나올 맛이 아닌데. 이 정도면 눈을 감고 고개를 막 흔들면서 감탄해야 한다고!"

"봐봐, 넌 먹을 때 제일 행복해한다니까."

"아니야. 오빠 미각에 문제가 있는 거야."

두 사람은 서로 눈이 마주치자 피식 웃었다.

도형은 밥과 반찬을 따로 주문했다. 김칫값이 고기 단품으로 시키는 것과 그렇게 크게 차이가 나지 않는 걸 보면서 괜히 주문했나 싶었다.

"오빠, 김치에서 젓갈 맛이 나. 오징어 젓갈 맛. 신기하게 고기랑 잘 어울리네."

그녀는 김치 하나도 신기하고 맛있다며 좋아했다. 도형은 지유가 이렇게 좋아하는데 너무 늦게 여행을 계획한 거 같아 미안하고 신혼 생활을 오래 즐기지 못해서 속상했다.

아이가 있어서 행복하지만, 그녀와 이렇게 둘만 보낼 수 있는 시간은 누군가가 희생해서 아이들을 봐주지 않으면 불가능했다.

"우리 재욱이랑 다연이도 데려올걸. 애들이 맛있는 음식을 알더라고."

멀리 와서도 지유는 제 자식들 생각이 많이 나는 모양이었다.

"다음에 데려오자. 온천도 같이 즐기고, 이런 것도 먹고."

"그래. 그러자."

"아…… 말하니까 보고 싶네. 우리 재욱이랑 다연이."

"나도."

아이를 떠올리는 도형의 입꼬리가 위로 올라갔다. 부드럽게 말린 곡선이 아이를 얼마나 사랑하는지 알려 주었다.

"자 그럼, 촬영은 이제 그만하시고 본격적인 먹방을 시작해 볼까?"

지유는 그의 손에 있는 카메라를 빼앗았다. 촬영하느라 깨작깨작 먹은 그를 위해 그녀는 고기를 더욱 열심히 맛있게 구웠다.

**

후식은 편의점 음식으로 대신했다. 호텔로 들어가기 전, 편의점에 들려 편의점마다 가장 맛있다는 품목을 샀다.

"옥수수 빵, 감자 샌드위치, 그리고…… 오뎅!"

"이거 다 들어가?"

"그러엄~ 우리 소고기 먹고 산책하면서 소화 다 됐잖아."

도형은 그녀의 손에 들린 후식을 들어 주며 먼저 앞으로 걸었다.

지유는 그와 발걸음을 맞추기 위해 빠른 걸음으로 와서 그의 팔짱을 끼었다.

"너무 먹나?"

"아냐. 잘먹어서 보기 좋아."

"살은 좀 찌겠지?"

"……거짓말은 못 하겠다. 당연히 찌지."

지유가 발꿈치를 들어 점프하듯 도형의 입을 막았다.

"거기까지."

그 뒤는 굳이 말을 안 해도 알 수 있으니까.

스위트룸 안으로 들어온 그녀는 응접실로 갔다. 블라인드를 걷자 시내가 한눈에 보였다. 테이블 위에 편의점에서 사 온 음식을 풀어 놓고, 복숭아 맛이 나는 물병도 올려뒀다.

"오빠, 물맛 진짜 최고다. 예전에 그 잎으로 만족할 때 음료랑 비슷한데…… 그건 탁했다면, 이건 진짜 물 같은 맛. 얼른 마셔 봐."

지유는 컵을 씻은 후 그의 몫을 따라주었다. 그러곤 남은 물은 병째로 꿀꺽꿀꺽 다 마셨다.

"나 서울 가기 전까지 이 물만 계속 사서 마실래. 내 스타일이야."

"……"

정말 별거 아닌 것에 너무 좋아하니, 도형은 정말 지유에게 미안해졌다. 도형은 지유에게 다가가 두 손을 꼭 잡았다.

"멀지도 않은데 자주 못 데려와서 미안해."

"……"

"우리 자주 오자. 여행도 가고 커플들 할 수 있는 거 다 하자고 했는데, 그때 한 번만 하고 못 해 줘서 미안해. ……오빠 마음 알지?"

"……오빠."

"지유야. 사랑해. ……정말 미안하다."

그의 진심 어린 사과에 지유는 어찌할 바를 몰랐다. 정말 너무 설레서 기뻐한 건데.

"나는 그냥, 오빠랑 둘이 있어서 평소보다 기분이 업된 거 같아. 그렇게 생각하지 마. 난 여기서도, 집에서도 오빠랑 있으면 너무 좋은걸. 장소가 중요한 건 아니야……. 근데 우리 둘만 있는 시간은 만들고 싶어. 그게 너무 좋더라."

같이 맛있는 음식을 먹고, 손을 잡고 걷고…… 그러다가 입을 맞추기도 하고 전처럼 서로밖에 없다는 듯 사랑하는 눈으로 바라보기도 하고, 다정하게 사랑한다고 속삭이기도 하는 시간.

그녀에겐 앞으로도 그런 시간이 필요했다.

"나도 사랑해, 도형 오빠."

***

다음 날 아침.

먼저 일어난 도형은 샤워를 마친 후 옷을 갈아입었다. 이불에 파묻혀 잠든 지유에게 다가가 어깨를 흔들자 그녀가 이불을 머리 끝까지 뒤집어썼다.

"지유야. 조식 안 먹어?"

"으응."

"여기 조식 맛있대."

일부러 신경 써서 골랐건만, 지유는 일어날 생각을 못 했다.

도형은 하는 수 없이 지유를 두고 가방에서 노트북을 꺼내 레스토랑으로 내려갔다. 그는 간단하게 토스트와 커피를 가져왔다.

커피를 마시면서 메일을 열어 그가 최종 완료해서 보낸 파일에 대한 회신이 왔는지 확인했다. 대부분은 이대로 가면 되겠다는 짤막한 답변이었다.

〈To. 우리 남편에게〉

응? 생각지도 못한 메일이 와 있어서 그는 고개를 갸웃하며 클릭했다.

〈도형 오빠, 안녕? 나는 지유야.

오빠랑 여행 가기 전에 미리 메일을 쓰고 예약 설정을 해 둘 거야.

여행에서도 오빠는 일할 테니까 분명히 이 메일을 보고 있겠지?

나를 예뻐해 주고, 사랑해 주고, 배려해 줘서 고마워.

오랜 시간 나를 기다려줘서 고맙고, 옆에 있어 줘서 고마워.

오빠를 생각하면 고마운 거 투성이야.

예전에 엄마랑 재신 오빠랑 크게 싸우면서 내가 입양된 거 알았을 때, 그날 나 오빠한테 의지 정말 많이 했잖아.

이후에도 오빠 개인 작업실 찾아가서 알바 시켜달라고 떼를 쓰지 않나.

꼬장을 애교로 받아 줘서 고마워.

우리 재욱이랑 다연이.

방울이랑 까까를 나한테 선물해 줘서 고마워.

우리 아이들 같이 잘 키우면서 살자.

……중요한 건 아이들이 있어도 나를 계속 사랑해 줘!

난 오빠한테 사랑받고, 내가 오빠를 사랑하고 있는 이 순간이 너무 좋아.

행복하게 해 줘서 고마워.

사랑해, 도형 오빠♡

얼른 오빠가 집에 왔으면 좋겠다.

내 옆으로 왔으면 좋겠다.

-매일 오빠와 함께하고픈 지유가♡〉

도형의 입가에 미소가 번졌다. 생각지도 못한 순간에 지유의 진심을 들여다보니 마음이 울컥했다.

고마울 게 전혀 없는데. 오히려 내가 너한테 고마운데.

보기만 해도 힘이 나고, 옆에 있고 싶어서 제 옆으로 데려온 것뿐인데 말이다.

그는 노트북을 종료시킨 후 음식의 반도 먹지 못하고 다시 스위트룸으로 올라갔다. 지금 당장 지유가 너무 보고 싶어졌다.

응접실을 지나 룸 안으로 들어가자 아직 밤처럼 어두웠다. 그는 미등을 켜고 이불 속으로 들어갔다. 손을 뻗자 그녀의 볼에 닿았다. 지유는 그의 팔에 얼굴을 부비더니 꿈틀거리며 조금씩 그의 품으로 들어왔다.

그의 팔에 얼굴을 비비다 잠이 들고, 그러다가 꿈틀 움직여 그에게 오다가 다시 잠이 드는 일련의 과정을 반복하다 보니 그녀는 어느새 정말 그의 가슴팍 앞까지 가까워져 있었다.

"지유야."

"……으음."

"많이 졸려?"

"……으응."

지유는 겨우 대답하며 그의 허리에 팔을 올리고 이불 속으로 내려갔다. 그의 가슴보다 조금 아래 부근에서 색색 숨을 쉬며 잠에 취해 있었다.

그는 그런 지유를 바라보며 머리를 쓰다듬어 주고, 이마에 입을 맞췄다.

이렇게 사랑스러우니 예뻐할 수밖에 없지.

그는 지유의 자는 모습을 한참 보다가 이불 속에서 나왔다. 응접실로 가서 노트북을 켠 그는 지유가 깨기 전까지 다른 포토그래퍼의 전시회나 패션 잡지 사진들을 찾으며 감상하고, 공부하기 시작했다.

지유는 그가 의자에 앉은 지 두 시간 정도 되었을 때쯤 기지개를 켜며 일어났다.

* * *

지유는 아점을 먹기 위해 일어나자마자 서둘러서 준비를 마쳤다. 바로 체크아웃을 하고 하카타역에서 텐진역으로 향한 두 사람은 지유가 추천한 덮밥집 앞에서 줄을 기다렸다. 그런데 줄을 기다리는 내내 도형이 저를 보며 실실 웃고 있었다.

"왜 그렇게 봐?"

"예뻐서."

"······음. 나 아침에 눈곱만 뗐는데?"

"하는 짓이 예뻐."

지유는 무슨 소린지 모르겠다는 표정으로 그를 보며 미간을 좁혔다.

그때, 직원이 다가와 그녀에게 설명을 했다.

"오빠, 2층으로 가래."

"응."

도형은 그녀의 말을 따라 2층으로 올라갔다. 두 사람이 마주 보게 자리에 앉자 직원은 메뉴판을 가져다줬다.

"여기 덮밥은 사 등분으로 나눠서 닭고기랑 밥이랑 한 번, 소스를 넣어서 한 번, 여기 간장 반숙 계란에 넣어서 한 번, 그리고 국물 부어서 한 번, 총 네 가지로 먹을 수 있대. 현지 맛집이라니까 우리 한번 먹어 보자고!"

지유는 신이 나서 소스 통 하나하나 뚜껑을 열어보며 신기해했다.

"액체 소스인 줄 알았는데. 이건 소금, 얜 고춧가루, 얘는 후추? 이걸 밥에 비비라는 거야? 이건 또 뭐지?"

"중국식 고춧가루 같은데? 훠궈 먹을 때 나오는 그 소스. 양꼬치 먹을 때 나오잖아."

"아아- 그건가 보다."

그녀는 다른 소스 통도 뚜껑을 열어 냄새를 맡아보더니 콧잔등을 찌푸렸다. 그녀가 생각한 소스는 칠리소스나 음식점만의 특색을 살린 특제 소스 같은 거였다. 그런데 여기 있는 소스 통은 정말 음식의 맛을 내기 위한 재료였다.

"오오- 다음 우리 차례다. 아까 우리 앞 테이블이 먼저 주문했거든."

도형은 지유를 보며 키득 웃었다. 둘만 있으니 지유가 아이 엄마라고는 상상이 가지 않았다. 그의 눈에는 그녀는 여전히 유지유로 보였으니까.

"이거 먹고 뭐 할래?"

"쇼핑? 우리 방울이랑 까까 선물이랑 어머님, 아버님, 우리 엄마, 재신 오빠. 나 회사 식구들, 오빠 스튜디오 식구들 선물 사야지."

"그렇게나 많이?"

"당연하지!"

음식이 나오자 지유는 눈을 번쩍 떴다. 그러더니 도형이 들고 있는 카메라를 눈짓하며 눈썹을 위로 올렸다가 내렸다.

도형은 픽 웃으며 카메라 전원을 켜고 위치를 조정한 후, 초점을 음식과 지유에게 맞췄다.

"자, 찍이입니다! 오늘은 일본 현지인들이 자주 가는 덮밥 맛집을 오게 되었는데요! 오픈 시간에 맞춰 오시면 주말인데도 30분도 안 기다린 거 같아요. ⋯⋯자 이 음식은 이렇게 먹는 겁니다!"

지유가 그에게 말했던 대로 먹는 법을 알려주고 본인이 먹기 시작했다. 그는 맛있는 음식을 먹을 때 시시각각으로 변하는 지유의 표정을 카메라에 담았다.

"오빠도 먹어. 자자~ 저희 남편이 아직 식사를 못 해서요. 그럼, 제가 카메라를 들고 음식을 촬영하겠습니다! 세 가지 방법으로 다 먹을 동안 이 따뜻한 국이 식을까 봐 걱정이네요. 살짝 숟가락으로 떠먹어 보니 사골곰탕하고 비슷한 듯 다른 맛이에요. 소금은 무조건 넣어 먹어야 할 맛이네요."

지유는 아까 자연주의 같다던 소스들을 여기 기호대로 넣어 먹으면 좋을 거 같다고 말했다. 도형은 그녀가 시키는 대로 네 등분을 해서 먹기 시작했다. 무엇보다 밥 위에 올려 진 구운 닭과 바삭한 닭 껍질이 일품이었다.

"순식간에 저희 남편 밥그릇이 비어가고 있는데요."

"근데 지유야, 촬영만 하고 오디오는 나중에 따도 되는데."

"⋯⋯한 번에 다 해야지. 오빠 힘들잖아~"

"안 힘들어. 너랑 같이하는데 뭐가 힘들어."

"……흐흐. 근데 오빠, 음식 맛있어?"

지유는 은근슬쩍 카메라를 내려놓고 도형을 빤히 보았다. 도형이 고개를 끄덕이자 그녀가 뿌듯한 표정을 지었다.

"내가 열심히 찾은 맛집인데 성공적이야! 오빠가 맛있게 먹으니까 왜 내가 다 뿌듯하지. ……정말 괜찮아?"

"응. 맛있어."

그녀는 그가 먹는 걸 보면서 아까 마지막으로 남겨둔 국물을 밥그릇에 부은 후, 밥과 남은 닭고기를 같이 넣었다. 고춧가루와 소금을 넣어 섞은 후 숟가락질을 시작했다.

순식간에 두 사람은 뚝딱 덮밥을 다 먹은 후 음식점을 나왔다.

***

일요일이라 그런지 어딜 가도 사람이 많았다. 쇼핑해도 계산대에 줄이 어마어마해서 엄두가 안 났다. 두 사람은 면세점에서 선물을 사자며 손을 잡고 흔들며 거리를 걸었다.

"나 추워, 오빠."

"추워?"

그는 코트를 벌려 그 안으로 지유를 쏙 넣었다. 그녀는 그의 허리를 안은 채로 걸었다.

"내 걸음이 느려서 불편하지 않아?"

"……조금?"

"빨리 걸을게."

지유는 그의 발걸음을 맞추려고 걸음을 빨리했다. 얼굴은 그에게서 떨어지기 싫어서 그의 가슴에 대고 다리는 앞으로 쭉쭉 나가는 이상한 포즈가 되었다.

"그냥, 내가 맞출게. 편히 걸어."

도형은 코트를 여며 찬바람을 막으며 그녀에게 말했다. 그녀의 속도에 맞춰서 걷는 건 그에게 익숙한 일이었기에 별로 어렵지 않았다.

"나는 왜 오빠한테 맞추기가 어려울까. 이런 사소한 것도 말이야."

"왜 굳이 나한테 맞추려고 해."

"오빠는 나한테 맞추잖아."

"그러려고 의도한 게 아니라…… 그렇게 돼."

"……."

"내 시선이 항상 지유한테 가 있어서 그런가 봐."

자신이 그녀에게 맞추고 있다는 것도 몰랐다.

그냥 지유가 좋으니까. 시선이 항상 그녀에게 닿아 있었고, 그녀를 따라가다 보니 식습관도 생활 습관도 변해가고 있었다.

"그리고 그만큼 네가 나한테 맞춰주고 있는 것도 많아."

"진짜? 뭐가 있지?"

"냉장고만 열어봐도 알지. 내가 좋아하는 음식, 선호하는 회사 음료가 있잖아. 우리 침실만 가도 침대는 지유 네가 골랐지만, 항상 내가 좋아하도록 깨끗한 상태로 두잖아. 처음에 우리 결혼했을 땐, 이불 정리 안 했잖아."

"그러네! 욕실에도 그러고 보면 수건걸이 오빠가 비위생적인 거 같다고 해서 없앴지. 오빠가 시계 자주 보니까 나도 문득, 문득 시계 보고 있고. 입맛도 변했고! 그러네."

생각해 보면 그녀 자신도 모르는 새 도형에게 맞춰져 가고 있었다.

그게 너무 신기해서 지유는 키득키득 웃으며 발끝으로 그의 발을 툭 건드렸다.

"오빠, 근데……."

"응."

"우리 어제 피임 안 했지?"

"어. ……못했지."

그의 미적지근한 대답에 지유가 볼에 빵빵하게 바람을 넣었다.

"솔직하게 말하면 들어줄게. 셋째 낳고 싶어?"

"……아, 아니!"

"정말이지?"

"응."

"정말 후회 없지?"

지유의 말에 도형은 머뭇거렸다.

그의 마음속에 지유를 닮은 딸을 또 보고 싶은 마음이 굴뚝같았지만, 지금 쌍둥이도 그녀에게 버거울 텐데 더는 짐을 지게 할 수가 없었다.

아이를 낳아주고, 엄마 노릇을 그가 대신해 줄 수는 없었으니까.

아빠 노릇을 한다고 해도, 엄마만이 할 수 있는 것들이 있었다. 예를 들어 모유 주는 것과 같은 것.

　"그럼, 귀국하면 같이 비뇨기과 가자."

　지유가 생글거리며 그에게 말하자, 아쉬워하던 그의 표정이 점점 굳었다. 그곳을 가긴 가야 하는데…….

외전 3회. 깜찍아, 안녕

"지유 씨. 영상 봤는데 서 작가님이 편집 엄청 잘했더라."

"감사합니다!"

일본 여행에서 돌아온 후 지유는 직장인과 주부의 의무를 다하며 겨울을 보내고 있었다. 도형은 바쁜 스케줄 속에서도 지유의 영상을 편집해 주었고, 지유도 다연이와 재욱이를 재워 놓고 나서 영상을 보며 오디오를 땄다.

잠을 줄여가며 두 사람이 같이 협업한 결과물이 그제 밤에 올라갔다. 아무도 안 봐서 모를 줄 알았는데 그새 휘연 대리가 본 모양이었다.

"서 작가님 채널이 아니라 아예 새로 팠던데?"

"네네. 찍이 채널 새로 팠는데, 괜히 그랬나 봐요."

혹시 겸업이 안 될까 봐 걱정했는데, 회사에선 전부터 흔쾌히 허락했었다. 잡지 안에 맛집 소개 코너를 내줬을 때도 그렇고, 그녀의 얼굴이 나오지 않는 선에서 동영상을 촬영해 마케팅했을 때도 언제든지 원하면 얼굴을 공개해도 된다고 하였다. 따로 채널을 만들어도 되고.

"시작이 반이라는데, 지유 씨는 반은 했네."

"네. 하고 싶었던 거였는데 정말 뿌듯하더라고요."

영상은 다섯 가지로 일주일 간격으로 올리기로 하였다. 도형의 경우엔 전에 영상을 올리자마자 잘되었지만 그건 도형이기에 가능한 것이었다.

지유는 대학생 때부터 지금까지 맛을 탐방한 결과, 맛에 관해서라면 '영자 언니'를 따라갈 수 있다고 자부했다.

"자자— 점심 먹으러 갑시다."

"네!"

편집장의 말에 모두 기지개를 쭉 켰다. 새로 온 신입 사원 두 명은 오아시스를 만난 사람들처럼 눈빛이 반짝거렸다.

"뭐 먹을까요?"

"우리에겐 지유 씨가 있잖아. 지유 씨, 추천해 줘. 이런 날씨엔 뭐 먹는 게 좋아?"

"눈도 오고, 추우니까…… 칼칼한 칼국수? 어때요?"

"봐둔 데 있어?"

"여기서 10분만 택시 타면 맛있는 곳 있어요."

"콜. 지유 씨 추천이라면, 무조건 콜."

차석의 동의에 미희도 고개를 끄덕였다. 실세는 역시 차석이었다.

미희는 자차로 차석과 휘연 대리를 태웠고, 지유는 신입 사원 두 명과 함께 택시에 올라탔다. 그들은 10분을 차를 타고 이동하여 칼국숫집으로 향했다.

***

도형은 레이와 재희의 다급한 전화를 받고 스튜디오를 나와 비탈길로 내려갔다. 눈이 많이 와서 그가 내딛는 길에 발자국이 새겨졌다. 찬 기온에 언 땅이 미끄러워서 그는 다리에 힘을 주고 중심을 잡으며 내려갔다.

레이가 재희를 차에 태워서 출근하던 중, 눈 때문에 비탈길을 오르지 못해 스튜디오를 눈앞에 두고 전화를 한 것이다.

"대표님!"

"보험사 부르지."

"집 앞이면 그러겠는데, 바로 스튜디오가 앞이어서 대표님께 전화드렸어요."

"나라고 별수 있나. 일단 내려 봐."

도형은 레이가 내린 운전석에 대신 올라탔다. 보조석엔 재희가, 뒷좌석엔 레이가 탔다. 작은 차에 성인 남자 세 명이 타자 꽉 차는 듯한 느낌이 들었다.

그들의 옆으로 J 브랜드의 차가 눈길에서도 미끄러지지 않고 방지턱을 넘어 위로 올라갔다.

"차는 역시 좋은 거 사야 하나 봐요."

재희의 말에 레이가 뒤에서 그의 뒤통수를 째려보았다.

"왜 내 이름과 같은 경차 이거 얼마나 좋은데."

"······그냥, 그렇다고요."

B사의 차도 바퀴가 미끄러지는 듯하더니 속력을 내어 거침없이 올라갔다.

도형은 두 사람의 만담을 뒤로하고 기어를 R로 바꾸고 비탈길 제일 아래까지 후진으로 내려갔다. 평지에서 숨을 고르고 기어를 D로 바꿨다.

"해 보고 안 되면 보험사 불러."

"네!"

"알겠습니다."

도형은 액셀을 밟았다. 브레이크를 밟으면 그 순간부터 못 올라가기 때문에 무조건 멈추지 않고 오르막길에는 차를 끝까지 몰아야 한다.

그들이 탄 차가 오르막길을 올랐다. 첫 번째 방지턱을 순조롭게 넘었다. 그 순간 차바퀴가 멋대로 돌며 핸들을 움직이지 않았는데도 차가 기울었다.

"어어······ 차가 미끄러지는 거 같아요."

"진짜 그러네."

도형도 인상을 쓰며 액셀을 다시 밟았다. 눈길에 빠진 바퀴가 파르르 소리를 내며 헛돌았다.

그는 핸들을 좌로 틀어 액셀을 밟고 다시 우로 틀어 액셀을 밟았다. 그렇게 지그재그로 길 위를 올라갔다.

"오오…… 올라간다."

"와."

두 남자는 차가 기어가면서도 위로 올라가는 걸 보며 눈을 크게 떴다. 아까 레이가 운전할 땐 바퀴가 헛돌자 무서워서 둘 다 브레이크를 밟은 채로 시동을 꺼버렸다.

도형은 주차장에 차를 주차하고 먼저 내렸다. 두 남자도 그를 따라 내렸다.

"레이, 오늘은 운전하지 말고 지하철 타고 가."

"네!"

"재희도 지하철 타고."

"넵!"

"대표님도 그럼 오늘 대중교통 이용하세요?"

"아니. 난 차 갖고 왔는데?"

레이는 그의 차 옆에 주차된 도형의 차를 보았다. 이 눈길이 가득한 산길을 달려도 무리 없을 정도로 바퀴도 차체도 큰 차가 서 있었다.

"대표님은 타셔도 되겠네요."

"응."

"이따 저녁에 사모님 데리러 가신다고 했죠?"

도형은 고개를 끄덕였다. 재신이가 다연이와 재욱이를 하원해서 놀아주기로 하였고, 그는 지유와 저녁 데이트를 하기로 약속했다.

지유가 오빠 잘 둔 덕에 그도 호강하고 있었다. 대신 재신의 아이가 태어나면 반대로 그들이 봐주기로 암묵적으로 지유와 약속을 하였다.

눈이 와서 그런가. 더 보고 싶네.

지유를 떠올리던 도형의 미간에 주름이 잡혔다.

"오늘 저녁에 갑자기 생길 스케줄 없지?"

"네, 없습니다. 사모님 만나시는 날이면 있어도 취소해야죠."

오늘은 최대한 늦게 퇴근하고 싶었다. ……지유와 약속한 그날이었기 때문에.

그냥 일반적인 데이트가 아닌, 비뇨기과를 들러야 하는 날이었다.

***

반차를 쓴 지유는 도형을 기다렸다. 오늘 저녁 데이트를 하기로 했었다. 건물 앞으로 나가자 도형의 차가 서 있었다. 그녀는 보조석 창문을 똑똑 두드렸다. 그러자 도형이 운전석에서 내려 보조석 차 문을 열어주었다.

"춥지? 얼른 타."

"고마워요."

그녀는 차에 탔다. 바로 그가 와 있었던 덕에 추울 틈도 없었다.

"그럼, 우리 약속한 장소로 가 볼까?"

"……꼭 가야겠지?"

"응. 당연하지!"

지유의 결연한 의지를 꺾지 못하고 그는 하는 수 없이 병원 위치를 내비게이션에 찍고 차를 몰았다. 가는 동안 다리 사이가 화끈거리는 느낌이었다.

"갈 때 가더라도 인사라도 하고 보내줘야 하는 거 아니야?"

"무슨 인사?"

"……호텔 들렀다 갈까?"

"아니, 이 오빠가! 우리 일본에서도 열심히 인사했거든!"

"그렇지만."

"집에서도 인사했고."

　지유는 입을 삐죽거리며 말했다. 어찌나 재욱이랑 다연이를 빨리 재우려고 애쓰는지, 도형은 매일 밤 애들을 재우느라 사투를 벌였다.

"수술 이후에 부작용 없겠지?"

"없어."

"이 오빠, 좀 걱정돼."

"……부작용 조금 있어도, 당신은 성욕이 조금 줄어도 돼."

"너무해."

　도형은 그러면서도 그녀의 말을 잘 따라 비뇨기과 주차장으로 들어왔다.

"나중에 날 따뜻할 때 다시 올까? 하필 너무 추울 때라, 우리 녀석 보내기엔 너무 시린데."

"누가 보면 잘라내기라도 하는 줄 알겠어요."

　도형은 도움이 될까 싶어 이미 수술한 선배들에게 상담하였지만 인생에서 참담한 순간이었다는 소리만 들었다. 그냥 수술한 순간부터 왜인지 모르게 자신감이 없어진다는 말에 덜컥 겁을 먹기도 했지만 지유와 약속한 것이 있어서 미룰 수가 없었다.

지유의 몸에 피임 기구를 넣으니, 조금 자신감이 줄어도 뭐……!

도형은 지유의 손을 잡고 엘리베이터에 탔다. 의사가 자신의 얼굴을 걸고 비뇨기과를 홍보하고 있는 포스터가 안에 붙어 있었다.

〈YOLO 라이프, 고통 없는 수술! 부작용 적은 수술!〉

"종우 오빠에게 여보를 맡겨야 하네."

"……"

"오빠, 걱정 마. 친구니까 더 잘해 줄 거야."

"내 마지막을 도종우에게 맡겨야 하다니…… 더 참담해."

지유는 그의 손을 잡고 옆으로 고개를 돌리고 킥킥 웃었다. 도형이 이렇게 긴장한 건 정말 손에 꼽을 일이었다..

잔뜩 겁을 먹은 모양인지 안면근육이 굳어 있었다.

엘리베이터가 3층에 멈췄다. 문이 열리자 도형은 숨을 훅 들이마셨다. 지유는 먼저 내린 후 엘리베이터가 닫히지 않게 밖에서 버튼을 눌렀다.

"오빠, 안 내려?"

"……어, 내려."

멍한 표정으로 엘리베이터에서 내린 도형의 손을 꼭 잡고 지유는 복도로 이끌었다.

"오빠 지금 도살장 끌려가는 소 같아."

"……"

"내가 뭘 얘기해도 지금 안 들리나 봐."

"……뭐라고 했어?"

"오빠 이렇게 긴장하고 멍해 있는 거 처음 봐."

지유는 그의 손을 꼭 잡고 손등 위에 제 손을 덮었다.

"이렇게 싫은데도 날 위해 용기 내 줘서 고마워."

"……"

"스케줄 생겨서 바쁘다고 다음에 가자고 해도 되는데, 여기까지
와 줘서 고마워."

지유의 어여쁜 미소에 도형은 입꼬리를 억지로 올려 같이 웃었
다. 그녀가 고마워하기에 백 퍼센트 진심이 담긴 웃음이 나와야 하
는데, 지유가 예쁜 것과 별개로 이별을 준비해야 하는 도형의 몸은
굳어진 상태였다.

〈도우 피부과/비뇨기과〉

병원 앞에 선 도형은 심호흡을 했다. 마지막 가는 길은 도종우
가 배웅해 준다고 생각하니 다행이면서도 참담했다. 그래도 지인
이라 수술은 깔끔하게 잘해 줄 것이다.

"들어가자."

도형은 마음을 먹고 지유의 손을 잡았다. 병원 문을 열자 그 앞
에 종우가 서서 그를 반겼다.

"왔어?"

"어. ……도종우, 오늘 컨디션 어때?"

"아주 좋아. 넌?"

"……어, 나도."

차라리 감기라도 걸렸더라면…….

"지유도 오느라 고생했어. 눈 많이 와서 못 올 줄 알았는데."

"도형 오빠가 운전 하나는 정말 잘하거든요."

"그렇긴 해."

"태훈이도 얼마 전에 수술하고 갔다며? 그 이후에 괜찮대?"

"당연하지. 누가 했는데."

종우가 씩 웃자, 도형의 얼굴엔 핏기가 가셨다.

"진짜 종우 오빠도 엄청 짓궂어. 서도형 씨."

"……응."

"수술 안 해도 돼. ……나 셋째 임신했어."

지유의 말에 핏기가 가셨던 도형의 얼굴에 화색이 돌더니, 입가 주변이 실룩거렸다. 가슴 깊숙한 곳에서 우러나온 웃음이 입가로 새어 나왔다.

"축하한다. 서도형."

"……정말이야?"

"응. 나 주기 정확한 편이잖아. 그런데 안 해서 오늘 테스트기 해 보니까 임신이더라고."

"서도형 입 찢어지는 거 봐라. 지유야, 저놈이 저런 놈이다."

종우의 말에 지유는 키득키득 웃었다. 저런 놈이든 이런 놈이든 내가 마음에 들면 되는 거지.

"지유야. 뭐 먹고 싶어?"

"오리고기."

"먹으러 가자. 도종우, 우린 간다."

"그래. 다음을 기약하마."

종우는 사악하게 웃으며 제 친구의 아래를 흘깃 보았다. 도형은
일단 십 개월은 벌었다며 가슴을 쓸어내렸다. 이별을 준비하는 기
간으로 십 개월이면 충분하다.

"오빠, 그렇게 좋아?"

1층으로 내려가는 동안 지유는 제 남편의 손을 잡고 흔들며 물
었다.

"응."

"그렇게 무서웠어?"

"어. 천당과 지옥을 오간 기분이야."

그녀는 그의 표현에 웃음이 끊이지 않았다. 오늘따라 도형이 오
늘 왜 이렇게 귀엽고 웃긴지 모르겠다.

"몸은 어때? 목도리도 안 갖고 왔는데. 우리 지유, 이리 와."

그는 코트를 열어 패딩을 입은 지유를 품 안에 넣었다.

"여기 건물 안이라 안 추워."

"엘리베이터 문 열리면 순간적으로 바람 들어와서 추워."

멀리 안 가고 가까운 곳에 있는 오리고기 음식점으로 가기로 한
두 사람은 1층에서 내렸다. 그의 말대로 문이 열리자 찬 바람이 순
식간에 밀려들었다. 지유가 움찔하자 그는 더욱 그녀를 꽉 안았다.

"오빠, 우리 태명 뭐할까?"

"음……."

"생각해 봤어?"

"아니, 아직."

"하긴, 지금 알았으니까. 밥 먹고 나서 생각해 봐~"

도형은 눈길에 그녀가 미끄러지지 않도록 잘 잡아줬다. 멀지 않은 곳에 있는 오리고기 음식점 안으로 들어갔다.

"오리 백숙 먹자."

"응. 여기 주문할게요."

도형이 손을 들자 직원이 가까이 다가왔다. 그는 오리 백숙을 주문하고 음료는 사이다로 대신했다.

"나 태명 생각났어."

도형의 말에 지유는 궁금한 눈으로 그의 다음 대답을 기다렸다.

"찍이, 깜찍이로 하자."

"……깜찍이. 좋아."

오래전 엄마가 그녀를 불렀던 별명이자, 그녀가 블로거로 활동할 때 쓰던 닉네임이었다.

"오빠는 태명은 다 나랑 연관된 거로 짓네."

"응. 우리 지유가 낳은 아이니까. 다 널 닮으면 좋겠어."

"나는 오빠 닮았으면 좋겠는데."

음식이 나오자 도형은 지유에게 팔을 뻗어 슬며시 가렸다.

"어, 조심……. 뜨거워."

직원이 오리 백숙이 담긴 냄비를 옮기고 있었다. 적당히 먹기 좋게 익혀서 나오기 때문에 냄비는 엄청 뜨거울 게 뻔했다.

"바로 드셔도 되지만 조금 끓여서 드시면 더 맛있습니다."

"네. 감사합니다!"

가스 불이 켜지고 백숙이 팔팔 끓자, 지유는 핸드폰으로 오리 백숙을 촬영했다. 나온 반찬들도 하나씩 꼼꼼하게 영상물에 담았다.

"자, 됐다! 먹자!"

"응. 덜어 줄게."

그는 앞접시에 국물을 먼저 떠서 지유의 앞에 두었다. 집게로 다리를 집어 살을 발라 그녀의 앞접시에 올려주었다.

"국물하고 같이 먹어."

"응. 오빠 안 잘라줘도 돼. 먹어, 먹어. ……앗, 뜨거."

"뜨겁다니까."

그는 물컵을 그녀에게 내밀었다. 그녀는 물을 벌컥벌컥 마셨다. 많이 뜨겁긴 한 모양이었다.

그는 그녀가 잘먹는 모습을 보고 난 이후 그도 오리 백숙을 먹기 시작했다. 지유가 제조해 준 소스에 찍어 먹으니 너무 맛있었다. 국물까지 떠서 먹자 절로 탄성이 터졌다.

이런 날씨에 먹기 좋은 음식이었다.

"셋째 낳으면 그냥 퇴사할까 봐."

"아니야. 애 때문에 그러지 마. 하고 싶은 거 다 하고 살아, 지유야."

"백 퍼센트 진심이야?"

"구십 퍼센트."

"나머지 십 퍼센트는?"

"노코멘트."

지유는 그 노코멘트가 뭔지 알 것 같았다. 집에서 아이에게 집중하고, 남편에게 내조하는 것. 그도 남자이기에 분명 그 정도 여지는 있을 거 같았다.

"말 안 해도 뭔지 알 거 같아."

"정말?"

"응. 내조하는 거 아니야?"

지유의 말에 도형이 처음 듣는 소리라는 듯 황당한 표정을 지었다.

"아니야?"

"응. 전혀 아니야."

"그럼?"

"나머지 십 퍼센트는 그냥, 매일매일 한시도 떨어지지 않고 내 옆에 있었으면 좋겠다는 진심. 내조 안 해도 돼. 아무것도 안 해도 좋아. 그저 네가 문득 생각나고 보고 싶을 때 바로 옆에 있으면 좋겠어."

그의 묵직한 진심에 지유의 눈 밑이 파르르 떨렸다. 칼슘 부족 현상이 아닌, 눈물이 나오기 직전 현상이었다.

"나 맨날 오빠 옆에 붙어 있을까?"

"응. 내 주머니 속에 넣어서 다니고 싶다."

"……미치겠다. 오빠 때문에."

너무 좋아서, 고마워서, 사랑해서 미치겠다.

왜 이렇게 사람을 감동하게 하는 걸까.

하고 싶은 거 다 하면서 살라고, 그녀가 일 때문에 치여 집안일이 뒷전이어도 그는 자신이 조금 더 집 안에 신경 쓰면 된다고 그녀를 지지해 주었다.

노력한 만큼 결과를 언제 얻을 수 있을지 모르는 크리에이터인 도형이 먼저 운을 떼 주었다. 결혼 전 그녀가 해 보고 싶어 했던 것을 기억해 주는 것도 모자라, 유튜버 선배로서 조언을 해 주고 영상 편집을 도왔다.

"나중에 위에 계신 분 만날 일이 있다면 절해야겠다. 오빠를 만난 건 정말 행운이야. 난 행운아야."

지유의 말에 도형은 그녀의 볼을 감싸며 비볐다.

"다 좋은데…… 더 먹어. 많이 남았다."

그는 그녀의 빈 접시에 국물과 야채, 그리고 오리고기를 푸짐하게 담아 그녀의 앞에 놓았다.

"깜찍아, 너는 정말 좋은 아빠를 뒀어."

그녀는 배에 손을 올리고 토닥거리며 말했다.

"찍아, 넌 정말 얼굴도 마음씨도 예쁜 엄마를 뒀어."

그도 그녀의 배 위에 손을 올리고 말했다. 얼굴도, 마음씨도 예쁜 지유. 그런 사람을 아내로 둔 자신이야말로 행운아였다.

***

처음 임신했을 때와 다르게 셋째는 5개월 차인데도 배가 꽤 불렀다. 누가 봐도 임산부 태가 나는 모양인지 외근으로 대중교통을 탈 때면 자리를 비켜주는 이가 많아졌다.

배 주변에 살도 많이 트고, 허벅지 쪽도 그랬다.

먹지 말아야 하나.

지유가 속상한 마음에 우울해하고 있으면, 도형은 튼 살마저도 사랑해 주며 오일과 로션을 듬뿍 발라주었다.

"오빠, 나 오늘이 회사 출근 마지막 날이야."

한 달 전 사직서를 냈다. 가고 싶던 회사였고 승진 욕심도 있었지만, 여기까지였다. 제 가족처럼 살뜰히 챙겨 주던 직원들이 그립겠지만 그녀는 결국 퇴사를 결심했다.

매일 제 옆에 붙어 있어 주면 좋겠다는 그의 십 퍼센트의 진심을 들어주기로 했다. 그녀는 아이를 낳고 아이에게 일 년 동안 집중하다가 도형의 스튜디오 안 미디어 팀에서 일할 생각이었다.

"역시 크리에이터는 아무나 하는 게 아니었어."

"더 안 해 봐도 돼?"

"응. 내가 콘텐츠 아이디어를 제공하고 운영하는 건 잘할 자신 있는데…… 역시 난 뒤에서 서포트해 주는 것에 더 재능이 있는 거 같아."

몇 달 동안 해 본 결과 그녀에겐 대중을 이목을 이끌만한 재능이 없었다. 이상하게 같은 콘텐츠로 방송을 해도 도형이 올린 것과 자신이 올린 것은 조회 수 차이가 컸다. 그녀가 올리는 콘텐츠는 족족 수면 아래로 거의 가라앉는다고 해도 과언이 아니었다.

그래서 그녀는 찍이 채널은 없애고, 제이크의 채널 안에 맛집 소개 코너를 만들었다. 그랬더니 시너지 효과로 대박이 났다.

그러다 보니 도형은 상업 사진을 찍는 횟수를 줄이고 아예 스튜디오 내부에 미디어 팀을 꾸렸다. 그곳에 와서 주말에 도형을 돕던 그녀는 일에 재미를 붙여 아예 눌러앉을 생각을 한 것이다.

도형이 신경 쓸 수 없는 부분을 잘 보완할 수 있는 사람은 그녀였으니까.

"하고 싶었던 거 해 봤으니까 그거로 만족할래."

"포기한 거야?"

"아니. 내가 할 수 있는 선에서 열심히, 아주 열심히 했으니까 포기는 아니지. 결과는 아쉬웠어도 노력하면서 내가 잘하는 걸 찾았으니까 됐어. 아이디어 뱅크라는 거 알았잖아. 그리고 또 오빠 옆에서 열심히 하다 보면 기회가 오겠지. 그땐 풍부한 경험이 합쳐져서 더 시너지 효과를 낼 수도 있고, 어쩌면 또 다른 일을 하고 있을 수도 있고. 그냥 할 수 있는 걸 열심히 할래."

도형처럼 아예 한 방면에 뚜렷한 재능을 나타내는 사람이 있는 반면, 평생을 바쳐도 결국 재능을 찾아내지 못하는 사람도 많았다.

앞으로 뭘 해야 할지, 내가 무엇을 잘할 수 있을지. 그녀 또한 그런 고민을 많이 했었다. 제 성격과 제 장점을 잘 살릴 수 있는 일이 무엇일까.

그 고민에서 답이 나오면 그녀는 바로 실천을 했다. 그게 성공과 실패를 가를 수 없을 정도로 처참할지라도.

재능형 인간인 도형을 보면 가끔 부러울 때가 많았다. 저도 뭔가 뚜렷한 장점이 있고, 이게 아니면 안 될 것처럼 좋아하는 게 있으면 좋을 텐데……. 그런데 그녀에겐 그런 게 없었다.

오랫동안 고민하고 이것저것 해 본 결과 그녀는 이제 제 앞으로의 삶을 정의 내릴 수 있었다.

지금 이 순간에 자신이 할 수 있는 일을 열심히 한다면, 그 과정들이 모여 제 삶이 될 것이라고. 언제 어디서 제게 올지 모르는 기회를 잡기 위해 어느 한순간도 썩히지 말고 소중히 하면 된다고, 그렇게 결론을 내렸다.

　"우선, 우리 찍이 태어나고 일 년은 우리 애들만 볼 거야. 추억도 많이 만들고 두 배, 세 배로 사랑해 줄 거야. 재욱이랑 다연이한테도 잘하고."

　"응. 네가 그렇게 결정했다면 그렇게 해."

　"정말?"

　"응. 근데 지유야. 자꾸 뭔가를 해야만 할 거 같고, 뭘 이뤄야만 한다고 생각하지 마. ……사실 네가, 우리가 애를 키우고 있는 것만 해도 그 '무언가'를 '하고' 있는 거니까. 열심히 하는 건 좋은데 억지로 압박 때문에 하진 않았으면 좋겠어. 무언가에 쫓기듯 하지 마."

　그의 말을 들으며 지유는 발끝을 세워 그를 안았다. 서로의 배가 부딪쳐 이상한 느낌이었지만 그가 긴 팔로 안아주니 마음도 몸도 따뜻했다.

　"지금 잘하고 있어. 우리 지유."

　"오빠도. 우리 남편도 잘하고 있어."

　그들은 서로를 위로했다.

　"항상 응원할게. 사랑해, 지유야."

　그는 그녀의 두 볼을 감싸 저를 보도록 만들었다. 도형은 붉고 촉촉한 그녀의 입술로 자신의 입술을 내렸다. 포근하고 다정한 입

맞춤이 이어졌다.

　잠시 입술을 뗀 그가 그녀의 눈을 오래도록 바라보았다. 그녀도 그의 눈 맞춤을 피하지 않았다.

　옆에서 응원해 주는 사람이 있어서, 저를 오롯이 봐 주는 사람이 있어서 두 사람은 앞으로의 삶도 힘차게 살아갈 수 있겠다는 확신이 생겼다.

　사랑하는 당신이 있어서.

-마침-

작가 후기

안녕하세요. 서경입니다.

벌써 네 번째 책으로 인사를 드리게 되네요.

매번 작가 후기를 쓸 때마다 실감이 잘 안 나요. 올해도 책을 낼 수 있다는 것에 감사할 뿐입니다. ㅠㅠ

다음번에는 조금 더 나은 글이 되어야지 다짐을 하지만, 매번 책을 낼 때마다 양심이 찔립니다. 그래서 이제는 내년에도 책이 나올 수 있게 노력해야지로 마음가짐을 바꿨습니다.

내년에도 또 만나요~ ^^

<아주 작은 방울> 책 출간까지 고생해 주신 와이엠북스 편집팀께 감사 인사드립니다.

또 항상 저를 지지해 주는 엄마, 아빠, 그리고 남편, 사랑합니다.
그리고 따님, 아프지 말고 건강하게 자라주세요. 소원입니다.

제 글을 읽고 조금이라도 즐거운 시간이 되셨으면 좋겠습니다.
언제나 감사드립니다. ^^

2019년, 봄이 오고 있는 3월에
서경 드림.